차라리 재미라도 없든가

차라리 재미라도 없든가

난다

January

2017 1
1
일요일

여자 없는 남자들

어니스트 헤밍웨이 이종인 옮김 문예출판사 2016년 9월

헤밍웨이는 이 단편집을 1927년에 냈고, 하루키는 2014년에 동명의 단편집을 냈다. 내가 이 책을 고른 건 당연히 하루키의 책 제목 때문이다. 그리고 나는 이 책에 있던 하루키의 문장을 떠올렸다. "여자 없는 남자들이 되는 것은 아주 간단하다. 한 여자를 깊이 사랑하고, 그후 그녀가 어딘가로 사라지면 되는 것이다." 아주 단순하면서도 가슴이 저미는 문장이다.

그러나 이 책은 하루키가 설명한 '여자 없는 남자들'이 되는 과정과는 전혀 다르다. 문체와 내용 면에서 접점은 전혀 발견되지 않고, 하루키는 다만 제목과 그 제목에서 느껴지는 서정성만을 차용했다.

헤밍웨이의 『여자 없는 남자들』은 하루키와는 별개로 대단한 명작이다. 특유의 하드보일드한 문체가 너무 강렬해서 칼날처럼 베일 것 같고, 그 특징은 첫번째 소설인 「패배를 모르는 남자」에서부터 독자들을 집어삼킨다. 헤밍웨이 이후의 단호하고 사실적인 문체의 작가들이 왜 그를 대문호로 꼽는지 알 수 있고, 하루키는 어떤 점에서 이 작가에게 감명받았는지 엿보기에도 좋다. 그가 바라본 세상을 그가 직접 풀어냈다는 이유 하나만으로 이 책은 고전으로 우리에게 깊은 감동을 준다.

고전을 계속 읽어야 하는 이유가 여기 있다. 고전은 까닭 없이 고전으로 남지 않는다. 그것들은 이미 그들이 써버렸으되, 이제 아무도 따라서 쓸 수 없는 작품의 반열에 오른 것들이다. 왜 많은 작가와 독자가 그러한 작품들을 고전이라 칭하며 사랑하는지는, 나름의 이유가 필경 존재하는 것이다. 그래서 어렸을 때 고전을 읽는 것도 필요하지만, 성인이 되어서도 필시 고전을 읽어야 한다. 우리가 사는 이 세계를 조금 더 차분하게 이해한 채로 고전을 다시 마주하

면, 그 대문호의 노력이 어떤 방식으로 이루어졌는지 느낄 수 있고, 그로 인해 변모해온 세상과 문학의 세계에도 한층 더 다가갈 수 있기 때문이다.

2017 1
2
월요일

내가 싸우듯이

정지돈 문학과지성사 2016년 5월

어떤 책은 저자가 썼다기보다는 저자가 읽은 책이 쓰고 있다는 느낌을 주는데, 이 책이 그렇다. 단편소설 9편에 등장하는 다양한 인물들이 언급하는 책들은 일단 너무 많아서 이것이 현실에 존재하는 책이 맞는지 의심스럽고, 설사 그렇다 하더라도 국적이 불분명한 외국어를 우리 문장으로 옮기는 과정에서 화자의 자의성이 엿보여 재차 독자들을 의심스럽게 한다. 언급된 책들은 소설적 장르의 특이성을 타고 실존과 허구의 경계를 넘나들며 재미를 선사하는데, 종국에 등장인물들은 분명 실존하지 않을 자신의 책까지 써내곤 한다. 소설 속에서 이런 대사가 나온다. "내가 그렇게 말하자 그는 잠시 머뭇하더니 저는 제가 읽은 것들을 다시 쓴 것뿐입니다, 이런 것도 창작이라고 해야 할지 모르겠군요, 라고 말했다."

소설을 닫으면 해설 대신 소설가 자신이 쓴 일기/기록/스크립트가 나오는데, 이는 저자가 읽은 문서를 엮은 또하나의 산문이다. 다음으로 참고문헌이 나오는데 이는 대놓고 보르헤스적 텍스트의 도서관이라 할 만하다. 마지막에는 아예 논문처럼 인용된 문서를 페이지별로 찾아볼 수 있는 '찾아보기' 섹션이 있는데 이까지도 다분히 의도적이다. 이 책에서 언급되는 수많은 문서와 그것을 정돈하는 행위는 그 자체로 문학의 일부분으로 느껴지며, 저자의 의도대로 이 책을 구성하고 지탱한다.

참고문헌을 훑었을 때, 그중 내가 아는 작품은 반의반도 되지 않았다. 하지만 그 반의반으로 미루어보건대, 이 책의 소설적 논조와 분위기는 그 어렴풋이 기억나는 책들에서 조금씩, 하지만 분명히 영향을 받고 있었다. 그러니 확실히 이 책은 그가 읽은 수많은 책이 대신 쓰고 있는 것이라고 나는 짐작한다. 내가 그 낯선 책들을 평생

다 접할 수 없을 것이 분명하므로 이 책은 무엇인가 그만큼 앞선, 미지의 세계를 엮은 것 같은 쾌감을 주었다.

2017 1
3
화요일

유혹의 학교

이서희 한겨레출판사 2016년 5월

은밀한 느낌을 주는 제목. 흐릿한 실루엣의 여인을 배경으로 한 표지. 혹자는 일견 이 책을 매력 있는 한 여성이 자신의 연애담을 털어놓으며 욕망을 솔직하게 드러낸 책이라고 생각할 수 있다. 심지어 이 책을 다 읽고서도 여전히 그렇게 생각할 수도 있다.

하지만 이 책을 그런 방식으로 소비해서는 곤란하다. 이 책이 진짜 다루는 것은 사람이 사람을 만나 '관계'를 맺고 때로는 사랑하게 되는 일을 '유혹'이라는 키워드로 풀어내는 것이기 때문이다. 우리네 인간들은 살면서 많은 사람을 만나게 되고, 우리네 인간들 사이에는 그 숫자만큼의 관계가 발생한다. 그중 대개는 우여곡절 끝에, 때로는 어처구니없이 쉽게, 사랑에 빠진다.

우리는 그 관계 속에 있던 사람 대부분을 스쳐지나가게 되지만 실은 그 사람을 평생 사랑하게 될 수도, 아니면 평생 미워하게 될 수도 있다. 부지불식간에 지나온 그 관계들을 돌이켜보면, 실은 그 과정이 얼마나 미묘했고 때로는 얼마나 복잡했는가. 세상에 단 하나도 같은 관계는 없었고, 앞으로도 없을 것이다. 우리는 그 낯선 조우에서 자신을 어떻게 내보이려고 했는가. 생각해보면 끊임없이 상대를 특별하게 여기고, 또 유혹하려는 자세를 취해왔던 것이 아닌가. 그렇다면 이 세상은 통째로 '유혹의 학교'라 불려야 하지 않겠는가.

그래서 이 책의 근간은 작가 자신의 경험담이나 주변의 이야기지만, 우리가 눈여겨봐야 할 것은 그 관계담이 얼마나 특별하고 깊은 사유로 다시 재생되는가에 있다. 여기서 유혹을 정의하는 작가의 문장을 하나 인용한다.

존재와 존재의 만남은 '떨림'인데, 우리는 자주 그 떨림을 잊거나 인지조차 못한다. (……) 유혹은 그 떨림을 인지하고 때로는 증폭하고 의미 있게 만들려는, 정성을 다하는 행위이다. 나와 상대, 그리고 우리가 함께 공존하는 현재를 위해서.

우리가 지나왔던 아슬아슬한 관계에 대해서 두 눈을 감고 다시 생각해보아야 할 것이다.

2017 1
4
수요일

믜리도 괴리도 업시

성석제 문학동네 2016년 10월

성석제 소설을 아주 좋아했다. 단편에서는 '천생 이야기꾼이다'라는 찬탄을 절로 뱉었고, 장편에서는 '천생 소설가다'라는 우직한 느낌을 받았다. 개인적으로 오랜 팬이었는데, 작가가 된 후 좋은 기회가 되어 성석제 선생님이 매체에서 내 책을 직접 언급해주시기도 하셨다.

그러던 작년 가을 상수동 어귀에서 성석제 선생님을 우연히 마주친 일이 있었다 용기 내서 인사를 드렸고, '실물이 더 잘생겼다'는 덕담까지 들을 수 있었다. 분명 '천생 이야기꾼이거나 천생 소설가'이기 때문에 그리 후하게 칭해주셨음을 알고 있다. 하여간, 성석제 선생님은 그 일까지 잊지 않고 신작이 나오자마자 한 권을 사인해서 보내주셨다.

책은 당연히 좋다. 2016년에도 성석제는 2016년에 성석제가 쓸 수 있는 이야기를 쓴다. 자신의 삶과 문단을 교묘하게 비꼬는 듯한 「블랙박스」, 어디선가 본 것 같은 사이비 교주가 나오는 「먼지의 시간」, 전형적인 한국사의 비극을 기술한 「매달리다」, 동성애자 친구를 회고하는 「믜리도 괴리도 업시」, 마술적 리얼리즘을 표방한 「몰두」 등 전작들에서 익히 본 듯한 이야기지만, 동어반복이라기보다는 여전히 재미있다는 느낌을 강하게 준다. 「믜리도 괴리도 업시」의 마지막 대사인 "사랑이야? 사람이야?"는 결국 이 책에서 저자가 '미워할 이와 사랑할 이도 없'는 인생사를 겪고, 우리에게 '사랑'과 '사람'의 간극을 저울질하는 질문을 던지고 있음을 시사한다. 이 짧은 의문문은, 이제 소설가로서 완숙기에 접어든 성석제가 독자에게 던지는 화두다.

2017 1
5

목요일

다르마 행려

잭 케루악 김목인 옮김 시공사 2015년 10월

비트Beat 세대를 대표하는 작가 잭 케루악의 『길 위에서』와 어깨를 나란히 하는 대표작. 이 책을 번역한 김목인씨는 인디 뮤지션이기도 한데, 개인적으로 잭 케루악의 작품이 좋아서 원서를 읽다가 혼자서 케루악의 대표작인 『길 위에서』의 번역을 시작했다고 한다. 그가 지난한 번역을 전부 마치고 출판사에 원고를 들고 가자, 이미 이 책을 다른 사람이 번역했고 곧 출간 예정이라는 말을 들었다고 한다. 그래서 그가 번역한 『길 위에서』는 그의 집 컴퓨터에만 남아 있다. 그는 굴하지 않고 다른 대표작인 『다르마 행려』를 번역해서 결국 출간했고, 그게 이 책이다.

비트 세대라 함은 대공황 시절(1920년) 태어나 전쟁을 겪고, 1950년에서 1960년 사이 전쟁이 끝난 세상에 적응하지 못하고 살았던 히피들과 그 세대를 칭한다. 흔히 흑백사진 속 풀어헤친 장발로 도를 닦는 것처럼 온 지구를 떠돌아다니는, 일견 사회 부적응자로 보이는 사람들을 떠올리면 된다. 그들이 당시 사회에서 겉돌았음은 분명하지만, 동양철학과 그들만의 사상을 접목해서 만들어낸 새로운 철학과 그들의 삶은 현재까지 주목받고 있다. 일본까지 직접 다녀올 정도로 동양철학에 심취한 그들이었지만, 히피의 특성상 성적으로 난잡하기는 이루 말할 수 없었으며, 약물도 자유로웠다. 케루악은 이 정도로 정통파는 아니었지만, 곁에 이런 비트 세대의 대표 주자가 많았고, 그가 관찰한 바를 써낸 게 『길 위에서』였다. 그는 이 책을 썼다는 이유로 지금까지 비트 세대의 대표 주자로 불린다.

『다르마 행려』는 『길 위에서』의 성공 후 출판사와 계약한 그다음 책으로, 차일피일 미루다가 마감이 다가오자 결국 2주일 만에 써낸 책이라고 한다. 이 사실만 보더라도 마감은 모든 저자들의 뮤즈라는 것을 알 수 있다. 여담으로 잭 케루악이 『다르마 행려』를 집필할 당시, 2주일간 화장실을 갈 때만 제외하고 타자기 앞에 앉아 의식의 흐름대로 한 번에 써냈다고 한다(퇴고조차 하지 않아 원문에는 가명인 주인공의 실명이 튀어나오기도 한다). 케루악이 이렇게 『다르마 행려』를 펴내자 그처럼 의식의 흐름을 좇는 작문이 유행했는데, 다 별로 좋지 않은 꼴을 보았다고 전해진다. 하여간 지금도 책을 이런 식으로 쓰는 걸 '케루악처럼 쓴다'고 한다.

내용은 그야말로 화자가 비트 세대의 행려를 하나 만나 같이 여행하고 생활하며 지내는 이야기인데, 그 선구자의 비트적 행동이 정말 기가 막힌다. 치밀하게 기획된 소설이 아니므로 기승전결 없는 이야기가 끝까지 죽 펼쳐지기는 하지만, 그런 기술 방식이 당시 시대와 현장감을 드러내는 데 결정적인 보탬으로 작용한다.

우리가 살아보지 못한 시대를 체험할 수 있다는 점에서 이 책은 분명히 좋은 소설이다. 하지만 이런 배경 지식을 이해하지 않고 이 책을 읽는다면, 이 작자들이 대체 무슨 생각으로 이런 글을 썼는지 갸우뚱할 가능성이 농후하다. 비트 세대를 이해하고픈 사람은 한 번쯤 '경험'해볼 만한 책이라 하겠다.

2017 1
6
금요일

루브르와 오르세의 명화 산책

김영숙 마로니에북스 2012년 6월

KBS 〈1:100〉이라는 퀴즈쇼를 준비하기 위해 도서관에 갔다. 미술 분야를 대비하려는데, 너무 전문적인 책보다는 대중적인 지식을 알려주는 책을 찾아야 했다. 이 책의 제목이 눈에 곧 띄었다. 『루브르와 오르세의 명화 산책』. 공중파 퀴즈쇼 문제에 제시되는 그림은 유명 미술관에 걸린 유명 작가의 작품에서 나올 것이었다. 그래서 이 책을 대여해 두 번 읽었다.

책은 두 개의 유명 박물관 동선을 따라서 유명 그림만을 짚어 시대별로 설명하고 있었다. 대중적인 깊이로 박물관을 견학하기 전에 읽는다는 목적에선 정확히 부합하는 책이었고, 퀴즈를 준비하기 위한 내 목적에도 어느 정도 부합하는 책이었다. 물론 미술사를 통합해서 종합적인 접근을 하기에는 어려웠고, 정보 전달을 중점으로 책을 써냈기 때문인지 다듬어지지 않은 문장이 눈에 많이 띄었다. 그리고 당연한 말이지만 이 책에서 문제가 나오지는 않았다.

2017 1
7
토요일

천년의 음악여행

존 스탠리 이창희 외 옮김 예경 2008년 6월

역시 퀴즈쇼를 위해 대여한 책이었다. '천년'의 무게를 담은 만큼 아주 두꺼운 볼륨을 자랑하는 음악 사전이다. 방대한 내용은 체계적이며 효율적으로 분리되어 있다. 음악사에 관한 총론이 지나면 정치, 사회, 미술사와 어우러진 그 시대의 음악을 설명하고, 당시 주요한 음악가의 활동에 대해서 하나하나 설명하는 구성이다(역시 모든 예술은 몇몇의 천재가 만들어내는 것임을 다시금 절감하는 부분이다).

시대를 전반적으로 아우르는 통찰과 저자가 쓴 고급스러운 문장이 그가 지닌 지적 깊이를 느끼게 한다. 또한 이 책에서 언급되는 태반의 낯선 이름들은 위대한 천재들이 자신의 분야에서 한 발자국을 찍기 위해 지금까지 어떤 노력을 해왔고, 또한 그것이 모여 현대의 음악을 어떻게 구성하고 있는지를 알려준다. 덧붙여 우리에게 이미 알려진 음악가들의 비하인드 스토리를 시대 배경과 더불어 엿보는 것도 흥미롭다. 줄거리를 외우느라 독서를 제대로 즐기지 못했지만, 시간을 들여 정독하고 이 책의 내용을 숙지하면 클래식 음악에 있어서는 어디에서도 제법 훌륭한 애호가 소리를 들을 수 있을 고급진 책이다. 아, 역시 여기서도 문제가 나오지는 않았다.

2017 1
8
일요일

셰익스피어 전집

윌리엄 셰익스피어 이상섭 옮김 문학과지성사 2016년 11월

정중원이라는 친구를 만나 늦도록 술을 마셨다. 그는 극사실주의 화가이자, 내가 여지껏 만난 사람 중 가장 셰익스피어를 사랑하는 친구였다. 그는 1500년대 당시 고어로 작성된 셰익스피어의 원문을 대학 시절까지 완독하고, 현재 셰익스피어 극단에서 연기를 맡고 있다. 우리는 각자 좋아하는 문학에 대해서 이야기를 나누었고, 그는 자연스럽게 셰익스피어로 화제를 돌렸다. 나는 글을 읽고 쓰는 사람이지만, 셰익스피어에 대해서는 어린 시절 몇 편의 번역된 극을 읽은 것이 전부였고, 이야기를 나누면 나눌수록 그가 셰익스피어에 제대로 미친 사람임을 분명히 알 수 있었다. 그가 시대를 초월하는 극적임, 몇몇 작품의 잔혹성과 의외성, 실제 셰익스피어가 모든 작품을 적은 것이냐 하는 사실에 대한 논쟁, 고어 해석의 난해함, 한국어로 번역하는 과정에서 생기는 오역에서 극으로 옮길 때의 발성 흐름에 대한 장광설까지 꺼내놓을 때쯤, 나는 별로 아는 것도 없고 대답할 것도 없어 얼마 전 서점에서 만지작거렸던 셰익스피어 전집을 화제로 돌렸다. 정가 12만 원에, 목침으로 베어도 높을 것 같은 두께, 도저히 완독할 수는 없을 것 같지만 소장하고 싶은 욕심에 관해 나는 이야기했다. 그는 대뜸 그것은, 셰익스피어를 원어로 공연하는 사람으로서 대단히 훌륭한 책이라고 못박았다. 그는 셰익스피어의 희곡을 전부 소지하고 있지만, 애초에 셰익스피어의 대본은 현지에서도 원본이 불분명하다고 했다. 읽기 위해 쓰인 버전과, 극으로 공연하기 위해 호흡을 바꾼 버전이 여럿 있고, 어떤 것이 원작인지 분명치 않아 발간처마다 참고삼은 판본이 다양하다고 했다. 허나 여태껏 나온 한국어 번역은 이 출처부터 제대로 명시되어 있지 않고, 극으로 옮겼을 때의 호흡도 고려하지 않

았다고 했다. 하지만 이 전집은 판본이 정확히 명시되어 있음은 물론이고, 끔찍하도록 많은 고어 텍스트가 전부 다듬어져 있어 즉시 대본으로 삼아 극에 올려도 손색이 없다고 했다. 과연 그런 책이었나, 나는 고개를 주억거릴 수밖에 없었다. 실제로 역자인 이상섭 교수는 교직을 은퇴하고, 이 책 한 권의 발간을 평생의 과업으로 삼아 꼬박 10년간을 매달렸다고 했다. 나는 평생의 과업으로도 이것을 읽어낼 수 없을 것 같았지만 서점에서 보았던 얇은 책장과 벽돌 같은 두께를 떠올리고는 생을 바쳐 무엇인가를 이룩하고자 하는 한 사람의 지적이면서도 문학적인 열정에 깊은 감화가 일었다. 물론, 정중원이라는 친구의 열정도 함께였다.

2017 1
9
월요일

중쇄를 찍자

마츠다 나오코 주원일 옮김 애니북스 2015년 8월

첫 책을 내기 전까지 출판은 아주 단순한 일이라고 생각했다. 어차피 책의 내용은 전부 저자가 쓰는 것이니, 원고를 별다른 고민 없이 그대로 종이에 인쇄한 후 적당한 디자인을 입혀 출판하고 서점으로 보내 팔아달라고 하면 되지 않는가. 아주 간단한 일이라 생각했다.

하지만 책을 한 권 세상에 내자, 출판업계는 아주 치열하고 복잡하며, 독자가 한 권의 책을 손에 쥐기까지 매우 험난한 절차가 필요하다는 것을 알게 되었다. 일단 책의 탄생은 기획부터 시작한다. 출판사가 보유한 많은 기획안 중 의미 있고 독자들에게 다가갈 수 있는 기획안이 많은 회의와 지난한 설왕설래와 가끔 누군가의 독단을 거쳐 채택된다. 그 기획안이 완성되고 청탁이 들어가 저자가 원고를 다 썼을지라도, 그것을 그대로 종이에 인쇄해서 출판하지 않는다. 날것의 원고는 맞춤법과 문장 흐름, 그리고 내용을 감수하는 편집이라는 과정을 거친다. 그 과정에서 편집자들은 이 원고가 어떤 대상의 사람들에게 읽혀야 하는지, 세상에 나갔을 때 독자들이 어떻게 받아들일지 저자와 함께 많은 수정을 거쳐가며 고민한다. 편집자의 시선으로 원고의 방향을 저자에게 권유하거나 편집으로 책 자체의 결을 바꾸어버리는 경우도 있다. 이 작업과 동시에 디자이너들은 편집자의 생각을 바탕으로 책의 내외 디자인 시안을 만들고, 편집자와 저자는 그중 가장 적절한 것을 채택한다. 책이 나오면 홍보팀은 편집자의 방향을 토대로 이 책이 더욱 널리 알려질 수 있는 방법을 강구해서 실행한다. 이 과정을 거쳐야 독자들은 인쇄된 책을 받아볼 수 있다. 이렇게 책을 펴내는 데는 비단 저자뿐 아니라, 편집자를 포함한 많은 사람의 노력이 필요하다.

『중쇄를 찍자』는 중쇄를 찍고 싶은 저자의 이야기가 아니다. 중쇄를 찍고 싶은 편집자의 이야기이다. 막 입사해서 열정이 넘치는 초보 편집자의 시선으로 우리가 아무 생각 없이 펼쳐보는 책이나 만화를 만드는 과정 속의 사람들이 얼마나 치열하게 움직이는지 확인할 수 있다. 처음 만화를 기획하고 편집하고 저자와 접촉해서 원고를 받아 홍보하고 결국 중쇄를 달성하는 복잡한 과정에서, 업계의 고뇌와 에피소드가 흥미롭게 나열된다. 이 만화는 출판사 직원들이 특히 열광하기도 했지만, 보통 사람에게도 우리가 접하는 책이 어떤 방식으로 만들어지고 소비되며, 그 사이의 고뇌는 무엇인지 엿보는 재미를 준다. 더불어 만화를 만드는 일을 만화로 만들어낸 작품이라는 점에서 만화가 가진 소재의 무한함을 느끼게 한다.

2017 1

10
화요일

파과

구병모 자음과모음 2013년 8월

지금이야말로 주어진 모든 상실을 살아야 할 때.

제시된 이 문장의 결론을 내기 위해 소설은 길고긴 둔덕을 넘는다. 제목인 파과는 두 가지 뜻이다. 破果, 그리고 破瓜.

첫번째 파과는 떨어진 과실이라는 뜻이다. 자신의 근원인 나무줄기에서 떨어져나와 땅에 떨어져 있는 외톨이 과실, 더이상 자랄 수도 없는 사회의 모난 자리.

두번째 파과는 조금 기묘한 뜻이다. 파괴할 파에 오이 과, 즉 부서진 오이. 이를 옛 중국 고전에서 처녀막을 잃은 여성, 즉 성관계를 처음 치른 여성으로 묘사했다. 그래서 파과는 '여성이 첫 성관계를 하다'라는 뜻도 있다. 또한 특정 나이를 지칭하기도 한다. 오이 과를 파자하면 여덟 팔八이 두 개가 나오는데, 그 두 개를 더하면 16이므로, 여성의 나이 16세를 뜻한다. 남성의 나이로 독해하면 파과는 조금 다르다. 파과지년, 오이가 부서진 나이, 남자는 성관계를 더이상 하지 못하고 혼자 잠들게 되는 나이가 된다. 이 나이는 8이 두개이므로, 이 둘을 곱한 숫자인 64세이다. 듣고 보면 어딘가 기묘하고 절묘하게 맞아떨어지는 숫자다.

작가는 두 가지 뜻에서 한 가지로 해석을 좁혀놓지 않았다. 작가의 맨 마지막 말에는 이렇게 쓰여 있다.

그래서 당신의 결론은 破果입니까, 破瓜입니까.

이런 단어를 제목으로 정한 장편소설은 기본적으로 좋았다. 구병모의 문장은 사실적인 만연체다. 이번 소설에서는 의학에 기반

한 섬뜩한 문장을 구사한다. 비유나 문체도 좋고, 초반에는 의도적으로 영화의 롱테이크 같은 지독한 만연체를 선보인다. 그래서 뻔한 전개라도 문학적인 재미가 있다.

65세 할머니 킬러를 주인공으로 설정한 것도 참신했다. 다만 등장인물의 갈등과 전개와 결말이 너무 순탄해 다 알고 보는 할리우드 영화 같긴 했다. 주인공이 마지막 결전을 벌이기 위해서 찾아간 공사장에서 층마다 고용된 킬러를 배치해놓은 장면은 지나치게 만화적이라 폭소가 터지기도 했다. 이것은 영상화를 염두에 둔 것인가, 아니면 지극한 오마주인가. 전반적으로 문장을 읽는 재미와 시각적인 가독성이 두루 갖춰진 소설이긴 하였다.

2017 1

11
수요일

심연으로부터

오스카 와일드 박명숙 옮김 문학동네 2015년 5월

인류가 지닌 몇몇 명작은 스스로 탄생할 수밖에 없는 시기나 환경을 타고 필연적으로 발생한다. 기본적으로 명작은 천재가 쓴다. 그리고 그 천재에게 좌절과 절망이 더해지면 또한 명작이 탄생한다. 이 정의대로라면 『심연으로부터』는 명작이 될 수밖에 없는 작품이다.

오스카 와일드는 19세기 후반 영문학의 돋보이는 재능이었다. 기실 '돋보이는 재능'보다는 유럽 사교계의 '천재 슈퍼스타'라는 말이 잘 어울릴 것 같은 사람이었다. 현란한 말솜씨와 돋보이는 차림새, 유미주의를 설파하며 자신의 방을 백합이 꽂힌 중국 도자기로 가득 채우는 일종의 '트렌디'함으로 설명되는 행보, 미적이고 천재적인 문장으로 가득찬 작품까지. 한 왕족이 '오스카 와일드를 만나지 못했다면, 내가 그만큼 알려진 존재가 아니라는 것이다'라는 말을 남겼다는 일화가 있을 정도로 그는 당시 사교계를 지배했다.

잘나가던 그는 어느 날 별안간 동성 연인과의 스캔들에 휘말려 2년의 강제노역형을 선고받는다. 1896년 당시 영국의 강제 노역형은 비참한 환경에서 하루종일 중노동을 시켜 평범한 사람이라면 거의 살아 돌아오지 못할 만큼 심각한 벌이었다. 그 지옥에 난데없이 사교계의 문학 천재 오스카 와일드가 떨어진 것이다.

첫해는 글을 쓸 기회도 주어지지 않았고, 그는 온 생활을 노역에 적응하는 데에만 바친다. 빛나는 천재성은 비인간적인 노역에 휘발되고, 그의 머릿속은 자신의 돈을 탕진하다가 결국 자신을 나락으로 떨어뜨린 동성 연인과 그의 아버지에 관한 증오로 가득찬다. 1년이 지난 후 그에게 잠시 짬을 내 편지를 쓸 수 있는 기회가 주어진다. 그는 그 짧은 시간 동안 노역으로 녹초가 된 몸으로, 온갖 증오와 천재성으로 축적되었던 문학적인 사유를 전부 모아 제 연인에게 생의 모든 처절함을 담은 듯한 편지를 쓴다. 이 편지를 모은 작품이 『심연으로부터』다. 그는 노역을 간신히 마치고 나와 딱 3년을 더 살았고, 그 3년간은 어떤 작품도 쓰지 못했으며, 『심연으로부터』는 사후에야 출간된다.

이 책은 인류사의 천재로 꼽히는 오스카 와일드가 벼랑 끝까지 내몰리지 않았다면 도저히 만날 수 없었을 솔직한 문장과 비참한 상황을 충분히 보여준다. 그것은 마치 세상에 존재할 수 없었던 문장들 같아, 현대의 독자들에게 묘한 쾌감과 함께 이 작품의 탄생에 대한 안도를 느끼게 한다. '육체가 소모되면 천재는 이런 감정을 토로하는구나'와, '그가 평온히 살았다면 이 책은 존재하지 않았겠군'이 교차한다고나 할까. 그 와중에 자기가 지닌 문학적 재능을 자신의 처절한 상태를 설명하고 동성 연인을 비난하기 위해 쏟아부은 구구절절한 문장은 대단히 아름답고 멋지다. 그가 퇴고할 시간도 없이 급히 쓴 이 편지들을 꼼꼼히 읽고 있으면, 그가 왜 '유미주의자'이며 '천재'인지, 이 작품이 왜 필연적으로 명작인지, 우리는 깨달으며 경탄할 수밖에 없어진다.

2017 1

12

목요일

쇼코의 미소

최은영 문학동네 2016년 8월

하필 덜컹이는 버스를 타고 낯선 사람을 만나러 가는 길에 이 책을 읽었다. 햇살이 창밖에서 약하게 새어들어오고 있었고, 차는 가다가 서기를 반복했다. 나는 멈추지 않고 책에 빠져들어갔다. "선천적으로 위나 장이 약한 사람이 있듯이 마음이 특별히 약해서 부서지는 사람도 있는 법"이라는 그녀의 말처럼, 소설 속의 문장은 특별히 연약하고 투명해서 곧 부서질 것 같았다. 분명 누군가를 억지로 울리기 위해 쓰인 내용은 아니었다. 어디서나 일어날 수 있는 평범하고도 담담한 이야기였다. 하지만 그 문장이 너무 깔끔하고 투명해 화자의 감정은 소설 바깥으로 넘실거렸다. 읽고 있을 뿐인데 누군가 마음을 간질이는 기분이었다. 그 마음은 점점, 은쟁반에 흩어진 작은 물방울처럼 각자 빛을 내며 투명하게 한 방향으로 굴러가, 결국 쏟아져버렸다. 슬픔이나 눈물처럼.

진정으로 마음을 비추는 글귀가 이 안에 있었다. 버스는 낯선 사람에게로 나를 실어가고 있었지만, 나는 소설에만 가까워지고 있었다. 나는 아직까지 사람을 울리는 글이 좋은 글이라 믿는다. 그리고 그날을 좋은 글을 만나 마음을 온전히 놓아버린 날로 기억한다.

2017 1

13

금요일

술꾼

류이창 김혜준 옮김 창비 2014년10월

나는 이 책을 열어 몇 페이지를 읽고 바로 자세를 고쳐 앉아야 했다. 뛰어난 의식의 흐름과 전개가 단 몇 페이지만에 눈에 들어와, 낯선 작가의 이름에 무심했던 나를 대단히 흥분시켰기 때문이다. 마지막까지 단숨에 읽고 나는 내가 흥분했던 연유를 머릿속으로 정리해보았는데, 일단 이 작품에는 내가 문학적으로 동경하는 요소가 그야말로 총집결해 있다.

류이창은 중국 상하이에서 태어나 1948년 홍콩으로 이주해 활동하는 중국계 작가다. 주요 활동 시기는 1960년대부터이고, 현재 홍콩을 대표하는 작가로 생존해 있다. 『술꾼』은 중국권 문학에서 '의식의 흐름' 기법을 본격적으로 시도한 첫 작품이다.

이 작품에는 광둥어 특유의 언어적 쾌감과 일부러 '술꾼'을 내세워 종잡을 수 없는 의식의 흐름을 엿보게 하는 쾌감이 동시에 존재한다. 더불어 '이주자의 고독', '역사적 격동기'의 시대적 배경, '경제적으로 궁핍하지만 대책도 없고 혼자 고결한 지식인의 고뇌'까지 담겨 있고, 내가 사랑해 마지않는 근대 문학의 어투까지 그대로 살아 있다. 중국계 마술적 리얼리즘의 원류 작가가 나쓰메 소세키와 이상의 장점만을 더해서 작품을 완성하면 이런 느낌일까.

주인공의 입에선 당시 홍콩에 불어닥친 세계 문학의 조류도 엿볼 수 있고, 신나게 웃을 수 있는 중국식 농담이 듬뿍 담겨 있기도 하다. 주인공은 매일 술을 마실까 말까 고민하다가 결국 모든 술꾼처럼 듬뿍 술을 마시고 오락가락한 기억으로 매번 명문을 일갈한다. 그중 주인공으로 나오는 이 고결한 작가 양반이 갑자기 술값을 마련한다고 야설을 날필로 쓰곤 자기합리화를 거쳐 팔아먹는 장면은 여러모로 최고다. 여담으로 혹자는 작가가 술을 마신 게 아니라 거의 약을 하고 쓴 것 같아서 '술꾼'이 아니라 '약꾼'으로 불러야겠다고 농을 쳤는데, 놀랍게도 작가는 술을 아예 못 마신다고 한다. 이 사실을 알고 보면 술꾼의 심리가 절절하게 기술된 이 작품이 더욱 놀랍다. 하여간 근대 르네상스 시절 작가들은 정말 대단하다. 총평하면 내가 필연적으로 사랑할 수밖에 없는 작품.

2017 1

14

토요일

숨결이 바람될 때

폴 칼라니티 이종인 옮김 흐름출판 2016년 8월

의사가 맨 처음으로 대학병원에 입사하면 인턴이 된다. 인턴은 4주씩 13개의 과를 1년간 추첨으로 순환 근무한다. 그 과의 핵심 업무를 맡기는 어렵지만, 옆에서 지켜보고 같이 일하면서 일종의 대리 체험을 하는 것이다. 이렇게 많은 과의 업무를 곁에서 볼 수 있는 인턴 과정을 마치면 자신이 가고 싶은 과를 지원할 수 있다. 그리고 합격하면 수련 과정을 통해 그 과의 전문의가 된다. 나도 이 과정을 거쳐 응급의학과 전문의가 되었다.

처음은 언제나 깊은 인상을 남기듯이, 이 길고 험난한 수련 과정에서 내 뇌리에 유독 남는 것은 인턴 첫번째 근무, 첫번째 달이다. 신경외과였다. 마침 두 명이 있어야 할 인턴이 그달만 단 한 명뿐이었다. 두 명이 24시간이 모자랄 정도로 일해야 간신히 업무가 돌아가는 엄청난 과였지만, 햇병아리 의사 한 명이 그 일을 감당해야 했다. 나는 막 의업을 맡은 사명감으로 미친듯이 일했고, 덕분에 하루 한 시간도 자기 힘들었다.

그렇게 누구보다 더 가깝고 치열하게 신경외과 인턴을 보냈다. 그리고 대단한 현장이라는 기억을 남겼다. 사람이 머리를 다치는 일은 불시에, 치명적으로 일어난다. 다른 몸의 일부와는 다르게 의식이 즉시 흩어지고, 회복돼도 그전의 사람으로 되돌아가지 않는다. 사망 선언도 응급의학과만큼, 아니 오히려 더 많이 할 수도 있다. 굳이 죽음을 선언하지 않아도, 그 사람이 이전과는 달라져버리기에 사실상의 사회적 사망 선언도 많았다.

이런 신경외과의 분위기를 병원의 모두가 알고 인정했다. 병원에서 통용되는 농담 중의 하나는 이런 것이다. '병원에서 가장 바쁜 사람은 신경외과 1년차다. 그다음으로 바쁜 사람은 신경외과 2년

차고, 그다음은 3년차, 그다음은 4년차다. 그리고 그다음이 정형외과 1년차다.'

이 농담에 아무도 토를 달지 못할 만큼 신경외과 의사들은 바빴고, 행동 하나하나가 첨예하게 환자의 일생에 영향을 미쳤다. 그들이 보호자에게 가장 많이 하는 말은, '이 수술을 해도 죽을 가능성이 높습니다. 하지만 안 하면 죽습니다'였다. 그들은 이 말조차 시간이 부족해 소리지르듯이 던져놓고 수술방에 들어가곤 했다.

나는 의업을 시작하는 의사의 입장에서 그들을 동경했다. '죽음'과 '불행'을 가장 가까이에서 보고 책임지는 사람이 그들이었고, 내 선택지에서 가장 마지막까지 고민하다 지워진 것도 신경외과였다. 이유는 단순했다. 너무 심하게 바쁜 탓에 글을 쓸 시간조차 없을 것 같았기 때문이다.

이 책은 미국의 신경외과 의사 폴 칼라니티의 회고록이다. 그는 스탠퍼드 대학에서 영문학과 생물학을 공부했고, 예일 의과대학원에 진학해 의사가 되었다. 졸업 후, 그는 모교인 스탠퍼드 대학 병원으로 돌아와 6년간의 레지던트 생활을 보내고 있었다.

이 치열한 과정의 막바지에, 그는 허리 통증을 느끼고 모교 병원에서 검사를 받는다. 그리고 그 결과를 보고, 자신이 폐암 4기라는 것을 스스로 깨닫는다. 그는 삶의 의지를 불태우며 투병하고 의사로서의 삶을 이어나가기 위해 발버둥치지만 결국 종양이 뇌로 전이되어 서른여덟 살의 나이에 죽는다.

이 과정이 어찌 기구하지 않을 수 있을까. 영문학을 공부했던 그는 이 생의 막바지에 자신의 기구한 삶을 기록으로 남겨야 한다는 일념을 가졌다. 그래서 진료를 받으려고 대기실에서 기다리는 동안에도 글을 썼고, 화학 요법을 받으면서도 썼다. 그 기록이 이 한 권의 책이다.

나는 의료 현장을 기록하는 작가이자 현업 의사로서 이 책을 흥미롭게 집어들었다. 게다가 신경외과는 응급의학과보다도 더 믿을 수 없는 일이 집중적으로 발생하는 과이다. 의업을 기록해야겠다고 생각했던 나는 그 현장을 어떻게 묘사했을까 그 과정이 너무 궁금했다.

그러나 이 책은 초반부에 치열한 현장보다는 저자 폴 칼라니티의 개인적인 삶을 기술하는 데에 집중한다. 그 삶에는 조용한 사막에서 보냈던 유년 시절도 있고, 영문학과 생물학을 공부하던 학부 시절도 있고, 그의 삶에서 관조할 수 있는 환자들의 불행과 치열한 현장도 있다. 그리고 삶이 창창대로라고 생각했을 때 폐암 4기라는 절망적인 결과를 받아들고, 자신이 지금껏 진료했던 환자들의 심경과 자신이 환자가 된 참담한 심경을 교차하여 서술한다. 그곳에는 저자의 비참하면서도 때로는 희망을 놓지 못하는 갈등이 있다.

> 환자는 의사에게 떠밀려 지옥을 경험하지만, 정작 그렇게 조치한 의사는 그 지옥을 거의 알지 못한다.

이 문장을 평범한 의사가 적었더라면 마음의 파장이 조금 적었을까. 독자들은 그가 결국 지옥으로 떠밀리는 것을 알고 있기에, 이 문장은 어떤 사람의 문장보다도 더 심금을 울린다. 자기가 만났던, 열두 살에 140킬로그램의 몸무게로 괴물이 된 사람, 언어나 사고를 잃고 하루종일 욕설만으로 일과를 열고 닫는 사람, 두피를 절개할 때 나는 요란한 드릴 소리와 함께 뼈가 타는 냄새를 풍기고, 뼛가루를 수술대 위에서 흩날리며, 두개골을 열어젖힐 때 우지끈 소리를 내던 자신의 환자들.

이 책의 하이라이트는 중반부, 그가 폐암을 진단받고 이 장면들을 교차하며 삶의 의지를 불태우다가, 자신의 병을 너무 잘 알고 있음에 절망하는 장면에서 시작한다.

> 나는 나 자신의 죽음과 아주 가까이 대면하면서 아무것도 바뀌지 않

은 동시에 모든 것이 바뀌었다는 사실을 깨닫기 시작했다. 암 진단을 받기 전에 나는 내가 언젠가 죽으리라는 걸 알았지만, 구체적으로 언제가 될지는 알지 못했다. 암 진단을 받은 후에도 내가 언젠가 죽으리라는 걸 알았지만 언제가 될지는 몰랐다. 하지만 지금은 그것을 통렬하게 자각한다. 그 문제는 사실 과학의 영역이 아니다. 죽음은 사람을 불안하게 만든다. 그러나 죽음 없는 삶이라는 건 없다.

'죽음 없는 삶이라는 건 없다'라고 그는 썼다. 이 문장에 쓰인 사실을 그는 그전에도 모르지 않았을 것이고, 읽는 사람들도 전부 알고 있다. 하지만 중언부언인 이 문장이 꼭 필요했던 것은, 그의 눈앞에 죽음이 너무 가깝고도 처절하게 다가와버렸기 때문이고, 이 문장을 읽는 사람이 전부 그 사실을 알고 있기 때문이다. 그래서 '죽음은 사람을 불안하게 만든다'에 이어지는 그의 당연한 문장은 우리의 마음을 울린다. 이 책의 마지막까지 그는 이러한 불안감을 기조로, 하지만 희망을 놓지 않고 토론하고 또 사유하며 결국은 죽음을 맞이해간다.

죽음과 가까운 글은 아름답다. 그래서 그의 유작은 아름다울 수밖에 없다. 과거 문학도였던 만큼 문장도 제법 치밀하고, 의사로서도 사려 깊게 환자를 마주한다. 하지만 마지막 환자가 자신이 되었다는 점은 참으로 안타깝다. 이제 그의 글을 더 볼 수 없게 되었지만, 그래도 이 책이 지구 반대편에 있는 나에게 날아와, 그 치열한 지점을 일깨워준 것만으로도 감사하다.

2017 1

15

일요일

오스카 와오의 짧고 놀라운 삶

주노 디아스 권상미 옮김 문학동네 2009년1월

주노 디아스는 1968년 도미니카에서 태어나서 1974년부터 미국에서 자랐다. 어린 시절부터 엄청난 독서광이었고 묵시록적 영화와 책에 깊이 빠져서 성장했다고 한다. 이 사람이 11년 동안 준비한 이 장편소설은 그의 일생에서 탐닉했던 내용이 전부 다 들어가 있다. 한 권의 책은 한 사람이 겪고 살아온 배경과 역사를 전부 비추는 법이다.

소설의 구성은 대놓고 마르케스의 『백 년 동안의 고독』이 모티프다. 소설 속에서 마콘도와 매콘도라는 도시의 이름이 나오는데, 마콘도는 『백 년 동안의 고독』의 배경이 되는 도시고, 매콘도는 마콘도와 닮았지만 맥도날와 매킨토시로 뒤덮인 도시다. 저자는 자신의 소설이 마콘도를 기준으로, 매콘도에서 쓰였음을 언급한다(마르케스는 이 많은 소설가에게 어떻게 전부 영감을 나누어주었는지, 새삼스럽게 대단하다).

그렇다면 자연스럽게 이 소설은 대를 이어간 마술적 리얼리즘에 입각한 스토리가 된다. 배경은 도미니카의 산토도밍고이다. 도미니카의 트루히요 독재 시절이 1대, 독재의 막바지 무렵이 2대, 혼란스러운 도미니카의 정세를 피해 미국으로 도피해 유학 와서 일명 너드가 되는 주인공이 3대이다.

이 3대의 시점으로 소설은 진행하며, 1대와 2대의 스토리가 현재의 시점을 바탕으로 교차한다. 소설 내내 가족들에게 전해 들은 본국의 역사와 그 안에서 부대꼈던 사람들의 이야기, 자신이 너드가 된 이야기, 그리고 독서광인 저자가 읽었던 문학작품의 오마주가 좌충우돌한다. 일단 너무 분야를 많이 아우르는지라 번역자가 엄청 고생했을 것이라고 짐작했는데, 역시 '역자의 말'에서 그 분노를 고스란히 느낄 수 있다.

소설 속 서술자는 엄청난 너드의 포스를 뿜어낸다. 듄, 아키라, 반지의 제왕, 던전 앤 드래곤, 닥터 후, 디씨와 마블을 탐독한 사람이 아니면 쓸 수 없는 상황이나 단어들이 관련 분야의 덕후들을 웃음 짓게 한다(미드 〈빅뱅 이론〉을 본 사람은 이를 떠올리면 된다). 거기에 중남미 특유의 열정과 호쾌한 성적인 농담이 이 소설의 분위기를 지배한다. 그가 모토로 삼았던 『백 년 동안의 고독』과도 비슷한 느낌인데, 같은 남미가 배경이기에 또한 분위기가 잘 어우러진다.

1대와 2대의 서술은 도미니카에서 30년 넘게 독재했던 트루히요의 실제 역사적 사건이 주요 모토다. 나는 독재가 길었다는 사실만 알고 있었는데, 소설 속 독재자의 이야기를 듣다보면 참 심하게 해 먹었다는 생각이 든다. 역시 독재자의 욕심에서 촉발된 행동은 세계 어디나 공통분모가 있다. 이 독재의 일대기는 지극히 마술적 리얼리즘으로 서술되어 소설적 재미를 더한다.

그렇게 3대가 불행의 톱니바퀴에서 전전긍긍하는 모습은 대단히 흥미진진하다. 가족과 관련된 사람은 툭하면 죽도록 맞거나 실제로 죽는다. 그것을 서술자는 푸쿠, 즉 도미니카 말로 모종의 파멸이나 저주를 부르는 말로 대신한다. 그러면서도 소설 속에서 농담은 한시도 멈추지 않는다. 다양한 삶의 단면, 익살스러운 캐릭터를 지닌 탄탄한 구성이다. 어리둥절한 마지막 장면까지도 소설적으로 용인된다.

책 한 권으로 우리는 한 사람의 성장 배경과 일생, 그만이 가진 해학을 전부 엿볼 수 있다. 나는 그렇게 인간의 많은 것을 비추는 책이 좋은 책이라고 믿는다.

2017 1

16

월요일

미스 함무라비

문유석 문학동네 2016년 12월

소설가가 고심해서 엮어놓은 타인의 세계를 엿보는 것은 언제나 흥미롭다. 그리고 이와는 다른 측면에서, 소설가가 아닌 사람이 자신의 본업을 바탕으로 생생히 기록한 소설을 보는 것도 역시 흥미롭다(이것은 소설가가 주인공인 소설과 영화감독이 주인공인 영화를 보는 것이 마치 그들의 직업적 세계를 엿보는 느낌이 드는 것과 결이 비슷하다).

『미스 함무라비』의 포인트는 단연 현직 부장판사가 판사로서 사건을 있는 그대로 기술했을 때 짊어질 수 있는 사회적 책임을 옅게 하고자 소설의 형식을 빌려 쓴 법정 활극이라는 점이다. 소설 속 사건이 하나하나 마무리될 때마다 소설을 쓰고 있는 판사 자신이 직접 화자로 들어와 사건에 대한 견해를 밝히고 현재 법조계를 조망하며 자신의 의견을 개진한다. 그래서 독자들은 더욱 이 책의 내용이 실제 우리나라 법조계에서 일어나는 일임을 피부로 느낄 수 있다.

이 소설은 소설을 업으로 하는 사람이 쓰지 않았기에 등장인물의 캐릭터가 평면적이고 각자의 설정이 모호하거나 불충분하다는 약점을 드러내기도 한다. 하지만 그들이 전부 판사로 등장하고, 그들이 겪는 일이 실제로 일어났음직한 사건들이며, 법조계의 위계질서 아래서 판사들이 밤을 새워 고민하며 사건에 대한 결론을 내는 얼개를 취하는 것이 독자들에게 그 직업적 세계를 엿보는 충분한 재미가 되어주기도 한다. 게다가 사회적으로 응당 논란이 될 만한 성폭력 사건, 가족끼리의 분쟁, 노동 현장에서 벌어진 사건 등등은 독자가 직접 판사가 되어 상상 속에서 판결해볼 여지를 주고, 이런 사건을 매일 접할 판사들이 나름 정의롭고 바른 시선을 바탕으로 고뇌하고 있다는 데 대한 안도를 안기기도 한다. 더군다나 때때로 드러나는 사려 깊은 시선은 뜬금없이 큰 감동을 주기도 한다. 소설이 주는 근원적인 재미가 실제 세계를 엿보는 욕망과 맞닿아 있다는 점을 생각하면 해볼 만한 독서다.

2017 1

17

화요일

중국식 룰렛

은희경 창비 2016년 6월

은희경이 『중국식 룰렛』에서 만들어낸 소설 속 공간인 K씨의 술집은 처음부터 불완전함을 내포한다. 손님들은 자유롭게 술을 선택할 수 없다. 대신 황금색 액체가 반쯤 들어 있는 작은 유리잔 세 개를 한 모금씩 맛보고, 그중 하나를 선택해야 한다. 금액은 일정하나 어떤 잔에 든 술이 12년산 스탠더드급이고 어떤 잔의 것이 21년산 스페셜 에디션인지 알 수가 없다. 그날 이 바에 모인 낯선 네 명의 남자는 이 배경을 바탕으로 서로 이야기를 시작한다. 서로의 배경이 복잡하게 얽혀 있다는 것은 분명하지만, 그들 각자는 진실을 담보로 하지 않은 대화를 나누어 독자들을 혼란에 빠뜨리기 시작한다. 이윽고 그들은 소설 속 위스키 동호회의 이름이자, 동명의 영화 제목인 '중국식 룰렛'에 나오는 진실게임을 시작한다. 한 사람이 상대방에게 질문을 하면, 상대방은 진실한 대답을 하고 위스키를 한 잔 마셔야 한다. 거짓을 말하는 순간 그는 게임에서 탈락이다. 오가는 술잔 사이에서 진실의 일부가 추가로 드러나는 듯하지만, 위스키를 숙성시킬 때 날아가는 '천사'의 몫처럼 남은 최초의 진실은 마지막까지 아무도 알 수 없다. 과연 그들이 먹었던 것은 1500만 원짜리 맥켈란 55년산이고, 네 남자 사이에는 동성 연인이나 치정 관계로 얽힌 사내가 있었던 것일까. 그리고 이 술자리의 결말은 어떻게 되었을까. 은희경이 『중국식 룰렛』에서 끝까지 고수한 불완전성은, 위스키를 오래 숙성시켜 많은 양을 날려보낼수록 우리가 더 완성된 위스키를 먹을 수 있듯이, 책장을 덮는 순간 공허한 완결성과 깊은 여운을 남긴다.

걷는 듯 천천히

고레에다 히로카즈 이영희 옮김 문학동네 2015년 8월

고레에다 히로카즈는 〈그렇게 아버지가 된다〉와 〈진짜로 일어날지도 몰라 기적〉의 감독이다. 나는 이 영화들을 한 편도 못 봤는데, 그 때문에 와세다 문학부 출신으로 다큐멘터리를 만들다가 영화로 전향해 나름대로 이름이 알려진 이 감독의 에세이를 팬심이나 외부 상황을 덧대지 않고 순수한 책으로만 읽을 수 있었다. 요약하자면 하루키의 에세이를 가져다가 대야에 물을 한 솥 받아넣고 그 안에 하루종일 담가서 소금기나 양념을 희석해 싱겁게 만든 결과물 같았다. 전반적으로 밋밋했고, 에세이의 포인트가 잘 잡히지 않았다. 개인적으로 '유명한 영화감독'이 쓴 글이라는 것 외에는 의미를 찾기 어려웠다.

열세 걸음

모옌 임홍빈 옮김 문학동네 2012년 11월

나는 중국어를 제법 진지하게 공부했다. 그 때문에 번역된 중국어를 읽는 건 내게 참으로 신나는 일이다. 나에게 한국어와 영어를 제외하면 제대로 구사할 수 있는 유일한 제3언어가 중국어이므로, 그 번역문을 읽는다면 그 뒤에 있는 행간과 원문에 쓰인 어투를 짐작할 수 있다. 중국어의 표현과 위트는 오래된 언어의 특질만큼이나 오묘한 것들이 많아서, 그 재치가 짐작될 때마다 중국어 원문의 문학적인 재미와 중국 민족이 쌓아온 특유의 현학에 미소 짓게 된다.

그 내용 또한 흥미롭지 아니한 것이 없다. 15억 명이 사는 나라에서 그중 일개 한 동네의 일을 풀어낸다면 그것이 얼마나 외롭겠는가. 『열세 걸음』은 몇십억 명이 사는 중국으로 치면 너무나 작은 마을에서 일어난 일이다. 하나하나 터무니없지만, 그곳이 중국의 시골 마을이라면 고개를 주억거리게 되는 신비로운 일이 계속 벌어진다. 토끼 공장에서 토끼 가죽만을 벗기는 일이나, 죽은 사람을 산 사람보다 더 예쁘게 만드는 장례 미용사, 토끼 공장에서 나오는 고기를 받아다가 맹수를 먹이는 맹수 조련사, 분필을 먹는 물리 교사 등등이 그 주역이다. 『열세 걸음』의 문장은 이렇게 고찰한다.

> 그녀는 나중에야, 회색, 흰색, 검은색, 파란색, 토끼 가죽을 벗기기 시작한 후에야 진리를 깨달았다. 어떤 색깔의 토끼든 껍질을 벗겨내면 모두 똑같다는 사실, 어떤 색깔의 토끼든 최후는 모두 똑같다는 사실이었다. (……) 투샤오잉이 토끼 가죽을 벗겨내기 시작했을 때 깨달은 진리와 장례 미용사가 작업대 앞에서 깨달은 진리는 놀라울 정도로 비슷했다. 장례 미용사가 깨달은 진리는 이랬다. 살아 있을 때 어떤

지위에 있었든 인간은 죽은 다음에는 똑같은 냄새를 풍긴다는 것.

이 특이한 등장인물들은 급기야 죽었다 살아나고 다시 죽어가며 서로 엉킨다. 혼령, 넋, 강시 등 죽음과 관련된 이야깃거리를 오랫동안 즐겼던 중국인들이라 소설의 내용은 묘하게 설득적이고 현실적이다. 그 또한 중국식 마술적 리얼리즘 세계관의 일부이며, 꼭 언급하거나 차용해보고 싶은 매우 특이한 전개 방식을 보인다. '한 걸음'부터 '열세 걸음'으로 진행하는 이 소설의 전개는 대략 이렇다.

'한 걸음'에서 시간순으로 1의 사실을 언급한다.

'두 걸음'에서 시간순으로 1의 사실을 묘하게 틀어서 1'로 언급하고, 뒤에 0.5만큼 더 진행한다.

'세 걸음'에서 시간순으로 1의 사실을 더 틀어서 1'로 언급하고, 뒤에 0.5만큼 더 진행해서 결국 스토리의 전개는 2까지 진행한다.

'네 걸음'에서 시간순으로 '두 걸음'까지 진행된 1.5의 사실을 틀어서 1.5'로 언급하고 이야기를 더 진행해서 2가 되지만, '두 걸음'과 '세 걸음'에서 진행된 2는 2'로 언급될 정도로 바뀌어 있다.

이런 식으로 소설은 걸음 하나하나가 같기도 하고 다르기도 한 스토리를 매번 바꾸고 비꼬면서 재언급한다. 종국에 독자들은 무엇이 사실이고 거짓인지, 무엇이 현실이고 무엇이 꿈인지 혼란스러워진다. '열세 걸음'까지 읽게 되면 위와 같은 방식으로 약 6 정도까지 진행된 하나의 스토리가 완성되는데, 그것이 정말 일렬로 진행해온 일이고 정말 그 죽음들이 일어났는지 아닌지 독자는 명확하게 파악할 수 없다. 다만 그런 일이 있었을 법하다고, 또 일어날 수 있을 것이라 짐작하게 된다. 다만 확실한 것은 열세 걸음으로 가는 길은 고독하고 불행하며, 신비롭고 매혹적이라는 것이다. 이런 전개 방식을 본 적이 없다.

『열세 걸음』이라는 소설 제목의 연유는 여덟 걸음에 갑작스럽게 언급된다. 그 대목에서 나는 정말 전율이 흐를 정도로 깜짝 놀랐다.

『열세 걸음』은 등장인물의 파멸과 불운을 한꺼번에 언급하는 제목이었던 것이다. 뇌리에서 좀처럼 가라앉지 않는 대목이니, 이 소설을 읽게 되면 꼭 '여덟 걸음'에 나오는 주인공의 독백을 주목할 것.

20
금요일

콜레라 시대의 사랑

가브리엘 가르시아 마르케스　송병선 옮김　민음사　2004년 2월

인생에서 가장 좋았던 책이 뭐였냐는 질문을 많이 받는다. 그러면 나는 꼭 5위 안에 『백 년 동안의 고독』을 넣는다. 어떤 한 경지나 차원처럼 느껴졌던 마르케스의 마술적 리얼리즘 속 세계를 처음 접한 순간을 나는 아직도 잊기 어렵다. 그리고 국내외 많은 작가도 나와 비슷하게 『백 년 동안의 고독』을 추천 도서로 넣은 것을 자주 목도했다. 실제 그의 영향을 받은 문학작품을 지금 이 순간에도 써내고 있으리라. 『콜레라 시대의 사랑』은 『백 년 동안의 고독』을 쓴 마르케스의 또다른 대표작이다. 두 작품 사이에 18년이라는 시간차와 노벨상 수상이 있지만, 같은 작가의 작품이니만큼 그 열정적인 대륙과 마술적 리얼리즘의 세계는 여전하다. 결국 줄거리는 콜레라 시대에 두 남녀의 사랑이 50년 만에 이루어진 이야기이지만, 마르케스의 매력은 비단 줄거리뿐만 아니라 그 서술에도 있다. 환상적인 인물 내부의 묘사와 실제로 일어났을 것도 아닐 것도 같은, 사소하지만 환상적인 사건의 기술에서 우리는 마르케스 소설 특유의 쾌감을 느낀다. 이미 노벨상을 수상한 마르케스가 순수한 사랑 이야기로 회귀한 점도 흥미롭다. 한 줄로 요약하면, 역시 마르케스라는 말이 합당한 그의 또다른 대표작.

21
토요일

길 위에서 읽는 시

김남희 문학동네 2016년 11월

나는 여행가가 쓴 글을 잘 보지 않는다. 그것들은 내가 가끔 쓰거나 앞으로 쓰려고 하는 글이기에 자꾸 그 글 안에서 벌어지는 여행에 이입하지 못하고 그 표현 방식이나 서술에만 눈길이 가기 때문이다. 게다가 이 책에선 미묘하게 타성에 젖은 기록이나 문장이 자꾸 눈에 밟힌다. 그러면 나는 글쓴이가 어떤 격랑에 흔들리지 않았을까 생각해보다가 혹여 나도 부지불식간에 찾아올 부침에 시달리게 되지 않을까 두려워지는 것이다.

경마장 가는 길

하일지 민음사 1990년 11월

하이퍼텍스트라는 소설적 기법이 잘 드러나 있는 하일지의 대표작. 소설 전반적으로 집요하게 같은 내용과 대사를 반복하면서 사실을 있는 그대로 그림을 그리듯 묘사한다. 소설 속 주인공은 이렇게 말한다. "나는 이따금 내가 날마다 보고 듣고 느끼고 하는 것들을 하나도 빠짐없이 낱낱이 기록해두면 세상에서 가장 완벽한 하나의 소설이 되리라는 생각이 들어. 그걸 있는 그대로 기록해두면 대단히 신비한 느낌을 자아내게 하는 하나의 거대한 예술작품이 되리라고 생각해. 물론 그런 유형의 소설이 나오면 무식한 독자들은 전혀 이해하지 못하겠지. 어느 시대든지 참된 소설의 독자는 언제나 무식하기 마련이지." 이는 소설 속 한 대사에 불과하지만 이 책에서 흐르는 서술은 주인공의 언행과 동일시되고, 독자들은 한 사람의 시선을 그대로 따라가는 기분을 느낀다. 이것은 마치 홍상수 영화를 연달아서 길게 보고 있는 느낌과도 같은데, 발매 연도를 감안하면 홍상수가 영화적으로 이 소설의 기법을 오마주한 것이리라. 게다가 이 책의 주제의식은 '지식인의 성적 욕망과 내면의 찌질함'이기에 그마저도 홍상수와 비슷하다. 주인공으로 나오는 R의 1980년대 지식인 말투는 언제 봐도 따라 해보고 싶은 느낌이 들고, R은 지극히 현실적으로 어디서든 계속 육개장을 시켜 먹는데, 책을 다 보자 나도 육개장을 한 그릇 먹고 싶은 기분이 들었다. 읽고 나면 자신의 인생을 보고 듣고 느끼는 대로 빠짐없이 낱낱이 기록해서 소설로 만들고픈 욕망이 들게 하는 작품이다.

2017 1

23

월요일

스파링

도선우 문학동네 2016년12월

저자 도선우는 독서 파워블로거 '까칠한 비토씨'와 동일인물이다. 나는 그를 출판사 연말 시상식과 블로그에서 만난 적이 있는데, 훗날 동일인물임을 전해 듣고 상당히 놀랐다. '까칠한 비토씨'는 누군가의 독서 취향을 엿보기 위해서 몇 년간 팔로잉하던 블로그로 상당히 길고 자의적인 서평을 잔뜩 담고 있었고, 마루야마 겐지, 무라카미 하루키, 스티븐 킹, 아이작 아이모프를 극도로 좋아한다는 것 이외의 신원이나 기타 인물의 단초가 될 만한 것이 전혀 없었다. 그런데 제22회 문학동네소설상 수상 소감으로 "저는 이 업계 사람이 아니라서 이 자리가 참 낯섭니다"라고 수줍게 말문을 열던 근육질의 도선우 작가가 바로 '까칠한 비토씨'였다니. 그 사실을 알게 된 후 우리는 짧게 이야기를 나누었고, 나중에 소주 한잔을 나누기로 한 것까지 나는 기억한다. 아 참, 작가 '도선우'가 된 이후 '까칠한 비토씨'의 블로그는 이어지지 않고 있다.

하여간 그 많은 서평을 쓰면서 혼자 습작을 해왔던 도선우 작가는 결국 문학상 수상과 작가 데뷔와 출판을 동시에 이루게 되었는데, 이게 바로 그 작품이다. 이 작품은 아주 불행한 환경에서 태어난 남자아이가 세상의 역경을 딛고 세계 챔피언을 먹는 내용인데, 여기서 더 반전이 없다는 것이 반전에 가깝다. 정말 이 내용이 다다. 그래서인지 이 책에는 "인생에 반전은 없어." "거참 좆같은 얘기네요."라는 대화도 있다. 덧붙여 문학평론가 신형철은 "이 낡고 닳은 소재를 2016년에 읽게 되다니. 그런데 이런 이야기가 이렇게 재미있다니"라고 썼다.

그럼에도 이 작품이 문학상을 수상한 데는 필경 이유가 있을 것이다. 불우한 주인공의 이야기를 풀어나가는 초반부에서 그 이유를 발견할 수 있는데, 좋아하는 작가들의 영향을 받아 오래 습작했을 긴 만연체 문장과 그를 바탕으로 세상에 일갈하는 절묘한 서술이다. 이 낡고 닳은 소재를 풀어나가는 작가의 문장은 신선하고 기발한데다가 작가 특유의 언어로 독자들에게 상당한 쾌감을 준다. 게다가 먼치킨인 주인공도 진부하지만 안정적인 재미를 선사한다.

그 길고 긴 서사가 마무리되는 후반부 몇 페이지에는 그간의 분량을 믿을 수 없을 정도로 급전개가 벌어지는데, 이건 또다른 의미에서 놀라운 점이다. 스포일러가 될 수 있어서 더이상 언급하지 않겠다. 하여간 이 특별한 서사가 펼쳐지는 가운데 위트와 사유를 엿보는 것만 해도 충분히 재미있는 소설.

이 글을 읽는 사람에게 영원한 저주를

마누엘 푸익 송병선 옮김 문학동네 2016년 9월

한동안 독서할 책을 고르는 것이 막막했다. 세상엔 각종 추천 도서와 필독 도서들이 범람하고 있고, 그 틈바구니에서 독서의 의미를 찾는 일은 그리 호락호락하지가 않았다. 직접 읽을 수 있는 책은 결국 한계가 있다는 얘기일 텐데, 같은 시간에 읽을 수 있는 더 좋은 책들을 부지불식간에 흘려보내고 있는 건 아닌지, 혹은 전혀 보탬이 되지 않을 책들을 읽고 있는 것이 아닌지 고민이 되었다. 그 간극에서 허둥대던 나는, 그간 나름 의미를 발견하거나 기쁨을 느꼈던 책들에 대한 일련의 경향을 발견했다. 그것은 내가 이미 진심으로 사랑해서, 그의 문장이라면 이미 어느 것 하나 빼놓지 않고 읽었던 작가들, 그들이 좋아한다고 밝히거나 추천 도서 목록에 올려놓은 책들이었다.

한 작가의 문장을 좋아하게 되면 일단 그 작가가 정식으로 펴낸 책을 다 찾아보게 된다. 그걸 모조리 찾아보면 이제 새책을 기다리든지, 실시간으로 발표되는 작품을 기웃거려야 하고, 하다못해 그의 블로그라도 뒤져야 한다. 그러던 무료한 날에 나는 우연히 인터넷에서 내가 좋아하는 작가의 추천 도서 목록을 보았다. 그 목록에는 표지나 제목만 봐도 다리가 휘청거릴 정도로 부담스러운 책이 무려 50권이나 나열되어 있었다. 마침 막막하던 시절이었으므로 나는 큰맘 먹고 그중에 약 스무 권을 뽑아 인터넷으로 주문했다. 그 책들은 하나같이 뭐랄까, 실망시키는 법이 없었다. 어렵거나 이해가 가지 않는 책도 물론 많았다. 하지만 그 목록에 들어 있는 책을 접했다는 것만으로도 큰 의의가 있었다. 내가 사랑해 마지않던 그의 문장이 형성되는 과정을 엿볼 수 있었기 때문이다. 나는 이미 그의 문장을 샅샅이 보았고, 또 그의 약간 난해했던 초기작부터 사랑스러워지는 후기작까지도 시간 순서대로 전부 알고 있다. 그 책들에서 작가는—워낙에 작가들은 항상 그렇지만—글에서 자기가 좋아하는 대작가들을 꼭 언급한다. 그리고 그가 감명을 받았던 문장들도 언급한다. 그래서 그가 자기 이름을 걸고 세상에 내어놓는 추천 도서를 읽어보면, 꼭 그 책의 문장들에서 그의 문장이 묻어 있음을 알게 된다. 그는 조금씩 이 문장들을 베껴 쓰고 동경해왔을 것이고, 어느 날부터 점차 문장들은 그가 좋아하던 작가의 문장을 닮아갔으리라. 이미 내게 완성된 느낌으로 다가왔던 그 작가의 문장이 처음 태어나기까지의 그 노력과 시간과 과정이 자꾸 엿보여서 나를 웃음 짓게 한 것이리라. 이 다른 재미를 넘어서 분명히 한 작가에게 영향을 준 동서고금 문호들의 작품은 대단할 때가 더 많고, 놀라운 세계관이나 전혀 생각지 못했던 소설적 상상을 내게 보여주곤 한다. 가끔씩 그런 책을 다 읽고 나서, 그 작가가 남긴 서평과 내 생각을 맞대보고 같은 지점을 느끼는 것에도 묘한 쾌감이 들었다. 이런 식으로 인터넷에 나오는 50여 권의 추천 작가 목록을 뒤지게 한 작가가 나에게는 몇 명이 된다.

왜 마누엘 푸익의 『이 글을 읽는 사람에게 영원한 저주를』을 두고 이렇게 긴 말문을 열었느냐면, 이 책이 위의 얘기와 비슷한 맥락을 가지고 있기 때문이다. 나는 김경주 시인을 옛날부터 좋아했는데, 그는 이전부터 시와 더불어 희곡도 쓰고 있었고, 최근 극작가로도 등단했다. 그가 쓴 희곡도 나는 물론 다 찾아보았는데, 그 작품들은 내가 희곡의 독해에 익숙하지 않다는 점을 감안해도, 그의 시만큼이나 난해해서 마치 '이 세상에 없는 계절' 같았다. 그런데 나는 그가 마누엘 푸익의 작품을 좋아한다는 것을 알고 있었고, 『거미여인의 키스』에서 그의 희곡과 비슷한 결을 느낀 적이 있었다. 그런 가운데 이번에 『이 글을 읽는 사람에게 영원한 저주를』이 국내에 초역되어서 집어들게 된 것이었다.

이 작품은 소설의 형식을 띠고 있지만, 당장 그대로 연극으로 상연해도 될 정도다. 왜냐하면 마지막 13페이지를 남길 때까지, 소설은 우직하게 두 명의 남자가 대화하는 형식으로만 진행되기 때문이다. 다른 등장인물의 존재나 배경이나 심리는 두 명의 대화에서만 느낄 수 있고, 극의 전개나 과거의 사건조차 두 명의 입으로만 들을 수 있다. 실은 너무 극단적이기 때문에 두 명이 대화로 현재 일어나는 사건을 풀어 설명할 때에는 조금 억지 같다는 생각까지 들게 했다. "앗 그 흉악범들이 오고 있어요. 앗 그 늙은 개가 맞서 싸웁니다. 앗 목덜미를 물어뜯고 있어요" 같은 대사로 상황을 설명하는 식이다. 하지만 일견 무리해 보이는 이 극적이고 실험적인 구성으로 얻을 수 있는 장점은 이 소설에서 무궁무진하게 발휘되고 있는데, 마누엘 푸익의 대표작 『거미여인의 키스』에서 볼 수 있듯 푸익이 가장 잘할 수 있는 기술記術로도 보인다. 서로를 조롱하거나, 뜬금없게도 보이며, 때로는 한없이 철학적인 둘의 문답에서 작가는 확연히 독자들에게 주는 '저주'나 '축복'을 넘나들고 있다.

그리고 이 길게 늘어진 문답에선 김경주 시인의 근작 『나비잠』이나 『내가 가장 아름다울 때 내 곁엔 사랑하는 이가 없었다』에서 접한 전위성의 기원을 엿볼 수 있었다. 분명히 현 세상에서 실제로 이루어지지 않을 기호 같은 대화로 드러나는 주제의식이라는 공통점으로, 작가의 문장이 어떤 면에서 영향을 받고, 또 그 점을 어떻게 발전시키고 있는지 이 소설이 교묘하게 드러내고 있었다. 그렇게 나는 시종일관 그전에 읽었던 김경주의 문장과 마누엘 푸익의 문장을 비교해가며 새로운 지점을 찾아내려 애썼다. '좋아하는 작가'와 '좋아하는 작가가 좋아하는 작가'의 교차였다.

지금은 좋은 책을 골라야 한다는 강박은 많이 없어졌다. 어떤 책을 읽어도 나름의 의미를 발견하게도 되었다고나 할까. 그래서 어떤 책이든 독서의 시간을 크게 후회하지 않는다. 이 생각이 또 언제 바뀔지는 잘 모르는 일이다.

2017 1

25

수요일

The sex atlas

Erwin J. Haeberle Continuum 1982년1월

부산에 간 김에 보수동 헌책방 거리에 들렀다. 『The sex atlas』라는 제목의 빨간 책이 먼지를 뒤집어쓴 채 책방 한구석 다른 책 밑에 깔려 있었다. 제목의 의미를 첨언하자면, atlas는 지도책이라는 뜻인데, 의학에서는 일반적으로 사진이 많은 책을 뜻한다. 그러니 어찌 이 책에 눈길 주지 않을 수 있었겠는가. 이 책을 조금 살펴보겠다고 하니, 사장님이 먼지를 뒤집어쓰면서 그 위에 쌓인 다른 책 열 권을 치워주셨다. 원래도 이 책을 사려고 했지만, 그 수고를 보고 더욱 군말 없이 이 책을 사서 서울까지 들고 왔다.

1978년, 뉴욕에서 나온 책이다. 전혀 이름을 들어본 바 없는 의학자였다. '너희에게 Sex에 대한 모든 것을 보여주겠노라' 선언하는 듯한 제목답게, 이 의학자는 1978년 당시까지 사람들에게 알려진 Sex에 관한 모든 것을 책에 담고자 노력했다. 전부 다 읽지는 못했지만, 기본적으로 이 책의 가치는 텍스트가 아니었다. 흑백이지만 1978년의 시점에서 촬영된 Sex에 대한 다양한 사진이 매우 흥미로웠다. 나아가 학자답게 동서고금의 춘화나 특이한 성애 사진을 총망라 및 집대성하려고 노력한 흔적이 보였고, 그게 나에게는 매우 감동적이었다. 전반적으로 40년 전 성에 관한 지식이 현재와 별반 다르지 않음이 특징적이었다. 이름을 알 수 없는 한 무뢰배가 이 책에서 필경 중요했을 몇 장을 미리 뜯어간 것을 제외하면, 나에겐 아주 소장 가치 높은 책이다.

불새 여인이 죽기 전에 죽도록 웃겨줄 생각이야

바티스트 보리유 이승재 옮김 아르테 2014년 4월

나는 스물여섯 살에 인턴이었고, 바티스트 보리유는 스물일곱 살에 인턴이었다. 나는 글을 썼고, 그도 글을 썼다. 다른 점은 나는 한국 사람으로 한국에 있는 병원에서 일했으나 그는 프랑스 사람으로 프랑스 병원에서 일했다는 것이고, 결정적으로 당시 내 글은 몇 명만 보았고, 그의 글은 2백만 명이 보았다는 것이다.

의사가 쓴 책이 대부분 따분한 이유를 나는 안다. 그것은 자신이 이미 '의사'이고, 그것을 전제로 한 시점에서 글을 작성하기 때문이다. 그 지점은 보통 사람이 보기에 그리 잘 읽히는 대목이 아닐뿐더러, 순수한 '글의 아름다움'에 대한 고민도 부족한 상태일 거다. 폴 칼라니티의 『숨결이 바람 될 때』가 전 세계적으로 히트할 수 있었던 것은 그가 학부 때 문학을 전공했다는 사실과 무관하지 않을 것이다.

하여간 스물일곱 살 프랑스 인턴이 쓴 이 책, 『불새 여인이 죽기 전에 죽도록 웃겨줄 생각이야』가 빛나는 지점은 명확하다. 기본적으로 한국 응급실에서 일하던 내가 보기에도 프랑스 응급실은 또 다른 방면에서 상상을 초월하는 일이 많이 발생한다. 자유, 평등, 박애라고 했던가. 그렇게 다인종의 사람들이 평등하게 박애적이고 자유분방하면 별일이 다 생기는 법이다. 그리고 블로그에 올린 글을 늘어놓기 위해 소설적 구성으로 가져오는 과정에서 '불새 여인'에게 끊임없이 응급실 이야기를 건네는 '천일야화'식 구성을 택했는데, 이것이 참으로 신의 한 수다. 수없이 스쳐지나가는 프랑스 응급실의 천일야화는 온라인에 특화된 방식으로 톡톡 튀며, 한두 페이지면 한 환자의 사연을 압축된 재미로 읽을 수 있다. 그 각색에서 문학적인 재기나 기지도 충분히 느껴지고, 의사가 한 환자를 각별하게 돌보는 전체 얼개는 이 책에 주제의식을 부과한다.

재미있다. 기본적으로 사고방식이나 성적으로 자유분방한 프랑스식 삶의 단면을, 저자나 저자가 만나는 환자에게서 엿볼 수 있다. 인턴 숙소에서 술을 마시는 것이 금지되자 수프와 요구르트와 오렌지 과육에 주사기로 럼주를 쏴서 먹는 장면까지도 말이다. 무엇보다 부러웠다. 세상 어딘가에서 2백만 명이 날아와 글을 읽어주는 의사라니, 내가 부러워해도 될 것이다.

사랑의 역사

니콜 크라우스 한은경 옮김 민음사 2006년 8월

이 책을 집어들 때마다 가슴이 쿵쾅거린다. 우연이 필연같이 느껴지는 사랑의 세계와, 완벽하고 아름다운 문장이 존재하는 문학적 공간은 너무나 황홀하다. 『사랑의 역사』는 내가 언급하는 소설 중 가장 멋진 소설이고, 내가 언급하는 책 중 가장 멋진 책이다. 이 책은 내가 몇 년간 읽었던 책 중에 가장 완벽한 책이므로 더이상 문장으로 첨언하기 힘들다. 지구상의 모든 사람이 이 책을 읽어야 한다.

엄청나게 시끄럽고 믿을 수 없게 가까운

조너선 사프란 포어 송은주 옮김 민음사 2006년 8월

조너선 사프란 포어는 『사랑의 역사』를 쓴 니콜 크라우스의 남편이다. 안 그래도 뉴욕 문단의 천재 부부라고 불린다. 이 작품도 대단히 수작인데, 아내와 각자 글을 쓰며 문학적으로 교류한 흔적도 보인다. 둘이 사는 집은 왠지 책걸상이나 공기도 전부 아름다운 텍스트로 표현될 것 같다.

2차세계대전을 겪은 할아버지, 9·11테러를 겪은 아버지, 현재 뉴욕에서 사는 아홉 살 아이의 일대기다. 할아버지가 언어를 잃어가며 음성을 사용하지 않고 사랑을 찾아가는 장면도 아름답고, 9·11 테러로 어느 날 죽어간 아버지가 남긴 사랑의 유물도 아름답고, 아홉 살 난 아이가 이 기록을 찾아 나서는 장면들도 대단히 아름답다. 신비로운 순간을 언어로 풀어내는 통찰과 눈이 부시도록 아름다운 장면을 만들어내는 능력이 대단히 뛰어난 작가다.

게다가 이 책에선 특별한 소설적 기법이 자주 사용된다. 갑자기 사진이 나온다든지, 백지 너덧 장이 연이어 나온다든지, 한 페이지에 한 줄만 써 있는 장이 나오는 등이다. 구태의연한 표현이지만 텍스트의 넓은 시각화라고 할 수 있겠는데 신선하고 치기가 엿보이며 감정의 울림을 준다.

작품을 발표할 때마다 따라 읽어야 할, 기대되는 작가 부부다. 그리고 아마 그들이 쓰는 것은 세계 문학의 한 역사가 될 거다.

2017 1
29
일요일

덴마

양영순 네오카툰 2015년1월~

네이버 웹툰 역사상 최고라 불리는 작품. 개인적으로 팬이기도 하기에 단행본이 나오기 전 연재 분량부터 전부 다 보았다. 웹툰 연재의 특성상 숱한 정시 연재 논란이 있지만, 그럼에도 불구하고 독자들에게 엄청난 지지를 받으며 순항중이다.

가상의 공간 제8우주에서 벌어지는 각종 초능력자들의 활약을 그린 소년만화, 라고 한 문장으로 정의하기에는 이 방대한 세계관과 입체적인 캐릭터들을 어찌 다 설명할 수가 없다. 일명 덴경대(만화 속 최강의 경호 집단인 백경대와 덴마의 합성어)라고 자신을 칭하는 팬들은 매번 뭇시엘(덴마 속 종교집단의 기도 구호)을 외치며 이야기를 추측하고, 각종 명장면을 2차, 3차 패러디하고 창작을 벌인다.

덴경대로 활동하며 꼬박 8년간 웹툰을 찾아보며 매번 전율하는 데는 매회 임팩트 있는 구성으로 현재 1000회를 넘겨 연재하고 있지만, 아직도 일명 떡밥(이전 등장한 사물이나 대사가 추후에 어떤 의미인지 밝혀지는 것)이 회수되고 있기 때문이다. 작가 본인은 “가벼운 소년만화를 그리려다가 스케일이 커져버렸다”라고 말하지만, 결국 몇 년 전 복선까지 하나하나 드러나고 사실이 연결되는 것을 보며 독자들은 놀라움을 느낄 수밖에 없다. 매번 팬 카페의 덴경대는 명장면 순위를 매기고 향후 전개를 예측하며 갑론을박하고, 작가는 지치지 않고 매주 새로운 떡밥을 던지면서 세계관을 확장한다. 작가가 어디까지 큰 그림을 그리는지 도저히 예측할 수 없다는 것이 이 작품의 가장 큰 매력일 것이다. 게다가 작가가 설정한 캐릭터는 지독한 개성으로 좌충우돌하다가 가끔 믿을 수 없이 큰 감동을 던져준다.

덴마를 보다가 포기한 독자는 있지만, 끝까지 한 번만 본 독자는 없다는 말이 있다. 나도 가끔 생각날 때면 몇 번을 정주행(처음으로 돌아가서 현재 연재 분량까지 몰아서 보는 것)한다. 혹자는 이 작품이 제대로 영상화된다면 미드 〈왕좌의 게임〉을 뛰어넘을 수 있을 것이라고까지 했다. 한 사람이 자신이 품어왔던 공상이나 세계관을 어디까지 투영하고 표현해서 대작으로 만들어낼 수 있는지 그 무한대를 보여주는 작품이다.

비둘기

파트리크 쥐스킨트 유해자 옮김 열린책들 2014년 7월

"어느 날 갑자기 인생을 송두리째 뒤흔들어놓았던 비둘기 사건이 터졌을 때 조나단 노엘은 이미 나이 오십을 넘겼고, 아무런 일도 일어나지 않았던 지난 20여 년의 세월을 뒤돌아보며 이제는 죽음이 아니고는 그 어떤 심각한 일도 결코 일어날 수가 없으리라는 것을 믿어 의심치 않았다"라는 문장으로 이 책은 시작한다. 조나단 노엘이란 사람에게 죽음과 비견되는 '비둘기 사건'이란 도대체 무엇인가, 하는 궁금증이 들지 않을 수 없었다. 그러나 이 짧은 책의 초반부에서 '비둘기 사건'이란 거의 아무 사건도 아니라는 것을 곧 알 수 있게 된다. 아니, '사건'이라는 말을 붙이기도 애매하고 쪼잔하다. 그건 어느 날 집 앞에 한 비둘기가 서 있던 거다.

이 설정으로 시작한 이상, 조나단 노엘이라는 주인공이 왜 '비둘기 사건'을 죽음과 비유했는지를 독자에게 설득하는 것이 이 소설의 일이 된다. 이제 쥐스킨트는 세상을 송두리째 거부하는 고독한 시선을 세밀한 필치로 탁월하게 묘사하며, 마치 조나단 노엘이라는 남자의 내면으로 들어간 듯 설득력 있게 혼신의 연기를 펼친다. 세상은 참으로 상식적인데, 이 남자 하나만 비상식적인 세계에서 허우적거리는 듯해 독자들은 마치 그 비상식을 이고 상식에 맞서 싸워야 할 것 같은 느낌을 받는다. 단칸방에서 꼬박 20년간 칩거하며 지내던 조나단 노엘과, 『좀머 씨 이야기』처럼 밑도 끝도 없이 '나를 좀 가만히 놔두라'고 외치며 도망 다니는 주인공을 그려내며 모든 문학상을 거부하고 대중에게 신원이나 겉모습을 밝히지 않는 쥐스킨트의 모습이 묘하게 겹치는 순간이다.

결국 '비둘기 사건'은 조나단 노엘의 심경만으로 시작한 일을 눈덩이처럼 굴려 극단적인 결론으로 몰고 간다. 이 별것 아닌 스토리를 거의 대리 체험에 가깝게 밀고 가는 문장들을 읽으면, 타인을 기술하기 위해서 그의 뒤를 줄곧 좇아보는 일에 대해 생각하게 된다. 작품을 위해 모방하는 삶을 사는 것은 거의 불가능에 가까운 일이 아닐까. 세상과 동떨어진 고독한 남자를 이렇게 치밀하고 적확하게 기술하기 위해서 쥐스킨트 본인이 분명 그 자신이 되었을 것이라는 생각이 들지 아니할 수 없는 것이다.

콘트라베이스

파트리크 쥐스킨트 유해자 옮김 열린책들 2008년1월

『향수』로 우리에게 잘 알려진 쥐스킨트의 처녀작이다. 희곡이자 모노드라마로, 100페이지의 짧은 책은 '콘트라베이스'를 다루는 한 남자의 독백으로만 이루어져 있다. 이 남자가 풀어가는 이야기와 애환은 그가 다루는 '콘트라베이스'라는 악기의 특성과 밀접하게 맞닿아 있다.

대부분의 사람들은 음악을 들을 때 베이스 파트를 유심히 듣지 않는다. 때로는 베이스라는 음률의 존재조차 모르는 사람도 있다. 주의 깊은 청자나 베이스의 저음이 내는 음률을 머릿속에 그려가며 음악을 듣는다. 하지만 남들이 잘 듣지 못할 소리를 내기 위해 콘트라베이스 주자는 자기보다 큰 키의 악기를 들고 다녀야 한다. 악기가 커다란 만큼 연주하는 것도 여러모로 힘이 들고, 그 실력을 대중들에게 제대로 인정받기도 쉽지 않으며, 집에서 연습하면 진동 때문에 아랫집에서 내는 성을 받기도 해야 하고, 가끔은 오케스트라에서 안 보이는 곳에 배치되기도 한다. 쥐스킨트는 『콘트라베이스』에서 이 악기 연주자의 고충에 대해서, 그리고 이 콘트라베이스라는 악기의 심성이나 특징과도 꼭 닮은 한 남자의 내면과 일탈에 대해서, 아주 박진감 있게 풀어낸다. 이 남자는 과연 자신이 가진 콘트라베이스로 종국에는 어떤 일을 벌일 것인가. 베이스 주자의 고충을 헤아리다가 여운을 남기는 결말을 맞이하는, 짧지만 제법 보람찬 독서.

February

2017 2
1

수요일

라면을 끓이며

김훈 문학동네 2015년 9월

김훈은 머리말에서 이렇게 명시한다.

> 이 책은 오래전에 절판된 산문집 『너는 어느 쪽이냐고 묻는 말들에 대하여』 『밥벌이의 지겨움』 『바다의 기별』에 실린 글의 일부와 그후에 새로 쓴 글을 합쳐서 엮었다.
> 이 책의 출간으로, 앞에 적은 세 권의 책과 거기에 남은 글들을 모두 버린다.

문장에 있어 타의 추종을 불허하는 이 작가는, 지금 자기가 낸 이 한 권이 자신이 유일하게 세상에 낼 수 있는 산문집이라 못박고 있다. 이미 대작가의 반열에 오른 그도 아직까지 자기 글을 버리고 때로는 부끄러워하며 간신히 세상에 보일 수 있는 글만 모아 작정하고 책을 낸다. 이 에세이가 아름다운 것은 당연지사다. 세상을 대하는 자세도 결연하고, 가끔 우러나는 해학의 세계에 독자들을 흠뻑 빠져들게도 한다. 또한, 이 대작가가 글을 대하는 자세에 있어서도 우리에게 깊이 반성할 바를 제시함이 많다. 세상에 내 이름으로 나오는 책 한 권, 두 권을 늘리려고 발버둥치는 나만 보아도 그렇지 않은가.

별첨: 한편 『라면을 끓이며』에 기술된 '라면을 끓이는 법'은 상당히 논란의 여지가 많은데, 이 특이한 조리법은 개인적으로 시도조차 해보고 싶지 않다. 한번 참고해보시길.

라면 포장지에는 끓는 물에 면과 분말수프를 넣고 나서 4분 30초

정도 더 끓이라고 적혀 있지만, 나는 센 불로 3분 이내에 끓여낸다. (……) 또 물은 550ml(3컵) 정도를 끓이라고 포장지에 적혀 있지만, 나는 700ml(4컵) 정도를 끓인다. 물이 넉넉해야 라면이 편안하게 끓는다. (……) 라면 국물은 반 이상은 남기게 돼 있다. 그러나 그 국물이 면에 스며들어 맛을 결정한다. (……) 이것은 고난도 기술이다. 센 불을 쓰면, 대체로 실패하지 않는다. 식성에 따라서 다르겠지만, 나는 분말수프를 3분의 2만 넣는다. (……) 대파는 검지손가락만한 것 10개 정도를 하얀 밑동만을 잘라서 세로로 길게 쪼개놓았다가 라면이 2분쯤 끓었을 때 넣는다. (……) 파를 넣은 다음에는 긴 나무젓가락으로 라면을 한 번 휘젓고 빨리 뚜껑을 덮어서 1분–1분 30초쯤 더 끓인다. (……) 달걀은 미리 깨서 흰자와 노른자를 섞어놓아야 한다. 불을 끄고, 끓기가 잦아들고 난 뒤에 달걀을 넣어야 한다. (……) 달걀을 넣은 다음에 젓가락으로 저으면 달걀이 반쯤 익은 상태에서 국물 속으로 스민다. 이 동작을 신속히 끝내고 빨리 뚜껑을 닫아서 30초쯤 기다렸다가 먹는다.

2017 2
2

목요일

읽다

김영하 문학동네 2015년 11월

“읽기라는 행위로 나의 새로운 세계를 만들어갈 수 있다”는 주제를 제시하고 그와 관련된 이야기를 풀어가는 책이다. 이 근거를 위해서 김영하는 자신이 감명 깊게 읽은 다양한 저자와 책을 제시한다. 보르헤스, 소포클레스, 셰익스피어, 하루키, 플로베르, 세르반테스, 카프카, 박민규, 카뮈, 나보코프, 도스토옙스키, 골딩, 그리고 자기 자신이 쓴 소설이 책 내에서 쉴 틈 없이 언급되고, 그들의 문장과 자신의 생각을 교차하며 이야기를 풀어간다. 언급된 대부분의 책은 나도 감명 깊게 읽은 것이라서 소설 속 인용문과 주제의식을 재차 확인하는 재미가 있었다. 덧붙이면 내가 감동한 소설적 세계가 그와 다르지 않음에 약간의 안도감을 느끼기도 했다.

책 전반적으로 보면, 강연을 글로 옮긴 다른 책처럼 가독성이 뛰어나고 흥미롭다. 또한 한 시간 남짓이면 읽을 수 있고, 어떤 완성된 논리를 전달받을 수 있으며, 여기 언급된 수많은 고전을 이미 다 읽은 성취감까지 든다. 일반 대중들에게 ‘독서’라는 행위에 흥미를 느끼게 하며 다가갈 수 있게 하는 작업이 아니었을까 생각한다.

2017 2
3

금요일

아무도 아닌

황정은 문학동네 2016년 11월

세 문장만 연달아 읽으면 알아챌 수 있다. 이 글을 쓴 사람은 황정은이고, 머잖아 나는 '황정은 월드'로 빠져들고야 말 것임을. 왠지 이 글을 쓰고 있는 사람은 손바닥 실금마저 직각이지 않을까 의심스러울 정도의 특이한 문체, 도저히 실재하지 않을 것 같지만 실재한다면 꼭 불행할 것 같은 이름의 등장인물, 누가 말한 것인지도 분명하지 않은 대화체, 머리로는 이해하기 힘들지만 마음으로는 약간 공감할 수 있는 주인공의 유독 기묘한 행동, 한결같이 비극적인 사건을 건조하고 불친절한 문체로 기술하는 작화 방식 등등, 황정은은 한국어로 특유의 세계를 구축하는 데 성공한 작가다.

세번째 소설집, 책 띠지엔 흔한 약력 한 줄 없이 '황 정 은' 세 글자로 작가를 소개한다. 그것은 이미 자신의 이름만으로 이 소설집을 소개할 수 있다는 함의다. 전작들보다는 약간 친절하고 부드러워져서 그에 느낄 수 있는 소설적 장단점은 분명 존재하지만, 그녀가 끝없이 자신의 세계를 확장하고 있음을 확인한 것만으로 이 책은 가치가 있다. "그러나 없다./없다./점차로 없고 점차로 사라져가는 것이 있다. 그뿐이다." 같은 문장을 읽으면 내가 제대로 황정은의 세계로 돌아왔구나, 안도감을 느낀다.

황정은의 소설에선 그녀만이 사용하는 특이한 의성어가 등장하는데, 나는 그녀가 만들어낸 이 단어들이 눈에 보일 때마다 사랑스러움을 느낀다. 옆 사람의 이어폰에서 들리는 소리 '자글자글', 누군가 위층에서 말하는 소리 '무라무라무라무라', 시계가 움직일 때마다 내는 소리 '티 크 티 크', 휴대폰 매장에서 들리는 소리 '쿵 칙 쿵 칙 쿵 직 쿵 직 붕 지 붕 지'. 이는 이전 단편집 『파씨의 입문』에서 그녀의 소설적 특성이 되었던 의성어, 양산 접는 소리 '팟 착', 시계 가는 소리 '책책책', 냉장고 돌아가는 소리 '단단단'이나 '잔잔잔' 등을 떠올리게 한다. 이것은 결국 작가가 자신만의 눈으로 세상을 바라보고 이를 언어로 표현해내고 있다는 또다른 증거이리라.

2017 2
4

토요일

살인의 해석

제드 러벤펠드 박현주 옮김 비채 2007년 2월

좋은 재료만을 넣어 정성스럽게 요리했다고 할지라도 그것이 반드시 맛있는 요리가 되리라는 법은 없는데, 비단 요리뿐 아니라 책도 그런 경우가 있다. 대략적인 글의 뼈대라 하면 이렇다. 1900년대 뉴욕 풍경이 실재와 허구를 넘나들면서 묘사되는 가운데 부유층만 거주하는 아파트에서 별안간 가학적이며 피학적인 살인 사건이 연달아 일어나는데, 하필 오스트리아 빈에서 프로이트와 융이 넘어와 학문적 대립을 펼치면서 이 사건에 정신분석학적으로 개입하고, 기억상실증에 걸린 피해 생존자를 정신과 의사인 주인공이 프로이트와 융의 도움을 받아 정신분석하려다 무려 사랑에 빠지는 동안, 다른 어설퍼 보이는 형사가 주인공과 콤비 플레이를 펼치면서 다이내믹하게 사건을 해결한다는 얘기랄까. 종국에는 추리소설답게 숨겨진 진실과 의외의 범인이 밝혀지며 충격적인 반전 역시 빼놓지 않는다.

이 정도면 꽤나 호기심이 동할 만한 책이다. 마치 휘황찬란한 영화의 예고편을 본 느낌이다. 하지만 본편이 펼쳐지면 실망할 때가 있듯이, 이 두꺼운 책에서 재미를 느끼기는 그리 호락호락하지 않다. 소설적 기법의 한계로 1인칭과 3인칭 시점이 혼란스럽게 뒤섞여 있고, 프로이트와 융은 괜히 자신들이 논문이나 강연에서 했던 대사를 인용하며 이야기하는데, 총평하자면 오히려 긴박감을 덜어내는 역할이다. 실존 등장인물을 소설에 차용하고 싶은 마음에 등장하는 캐릭터가 마구잡이로 뒤섞여서 혼란을 줄 때가 많으며, 표현도 그리 좋은 편이 아니고, 독자들이 인지해야 하는 장면이나 사건도 지나치게 많다.

그리하여 이 책의 후기는 낯선 기대감으로 관객을 영화관까지 이끄는 데는 성공하지만, 실제 관람한 후 어설픈 영화의 만듦새에 실망감을 크게 안길 때의 그 소감과 닮았다. 작가가 글을 전문으로 쓰는 사람이 아니라는 한계인지도 모르겠다. 차라리 추리소설이 가진 특유의 반전과 카타르시스에 집중해서 집필했으면 더 나은 작품이 되었을 것 같다.

2017 2
5
일요일

멋진 추락

하진 왕은철 옮김 시공사 2011년 2월

중국 여행을 오래 했었다. 그 시간들이 좋았다. 너무나 많은 사람들이 부대끼며 사는 모습이 특별히 내 마음 어딘가를 그립게 했다. 중국어를 배웠고, 현지에서는 중국어만 사용했다. 그들은 일견 아무렇지도 않게 그 큰 대륙에서 뒤엉켜 살아가고 있었지만, 분명 외로움이 커 보였다. 그 이야기를 직접 그들의 언어로 듣고 싶었다. 그 많은 외로움의 개수를 일일이 직접 듣고 싶었다. 하지만 언어의 한계는 분명했다. 나는 깊은 외로움을 이해하지 못하고 있다고 느꼈다. 그래서 나는 혼자만 외로웠다.

하진의 『멋진 추락』은 외로운 중국인의 이야기다. 15억 중국인 중 일부는 미국으로 건너와 산다. 그들은 이민자나 이방인이다. 하지만 중국의 부모님이나 고향 사람들은 호들갑을 떨며 선진국에 사는 그들이 사회적으로 성공했다고 여긴다. 그래서 실상 그들은 타지에서 고독하고 외롭게 고군분투하지만, 집안의 기대를 짊어지는 일까지 견뎌야 한다. 우리는 이 소설에서 우리가 미처 생각지 못했던 뉴욕 중국인 마을의 다리미질하는 청년, 주지에게 사기를 당한 미국 파견 스님, 중년 보모, 창녀를 픽업하는 허드레 운전사의 외로움을 본다. 영어라곤 한 마디도 못하는 이방인인 그들은 각자 어떠한 사건을 겪고 예외 없이 비극으로 진행되는 삶을 경험한다. 미국 이민자 문학의 대다수가 결국 본국과의 관계와 현지에서의 외로움과 불완전한 소통을 다루고 있는 것과 궤를 같이한다. 하진은 이 외로운 이야기를 가독성 좋은 단문으로, 능숙하고도 감동적으로 이끌어간다. 마치 말하듯이. 지금 이 사람들이 외롭고 고독하다고 내 귀에 속삭이듯이. 당시 미처 완연히 느끼지 못했던, 북적이던 중국인의 외로움을 이제야 나는 좀 이해하는 느낌이다.

2017 2
6
월요일

생각의 탄생

미셸 루트번스타인 로버트 루트번스타인 박종성 옮김 에코의서재 2007년 5월

이 책의 원제는 Spark of Genius, 직역하자면 '천재의 불꽃'쯤 된다. 번역한 제목이 '생각의 탄생'이라니, 오묘하다는 생각으로 읽기 시작했고 다 읽으니 번역된 제목이 더 좋다고 느꼈다.

'종합지綜合知', 저자들이 만든 신조어로는 'synosia'라는 낯선 개념을 세분화하여 설명하는 것이 이 책의 주요 골자다. 언어, 물리, 화학, 수학, 과학, 사회, 경제, 미술, 음악, 그리고 문학 등의 학문들은 전부 칼로 베듯 그 경계를 나눌 수 없으니, 그 각각의 학문적 발상은 필경 종합적으로 이해되어야 한다. 책에서 소개한 표현은 이런 것이다. 가령 누군가가 사과를 먹는다면 혹자는 사과의 맛만을 볼 수 있겠지만, 종합지에서는 사과가 우리 손에 들어오기까지 모든 농학적, 식물학적, 화학적, 물리학적, 경제학적인 과정을 전부 통찰한다.

책은 종합지에 대한 개념을 13가지로 세분화해 천재의 일화들과 범경계적 학문의 실례를 언급하며 독자들에게 이 미묘한 개념을 풀어주고 설득한다. 나열되는 천재의 에피소드는 곧 인류가 예술이나 과학 분야에서 이룩해왔던 결정적인 발상이며, 천재들은 한 분야만이 아니라 다양한 학문적 시선을 넘나들며 그 발상을 두루 떠올려왔다. 그래서 '생각의 탄생'이라는 제목도 좋았다. 다양한 분야에 관심이 많거나 예술적 창조를 하고 싶은 사람들에게 본인이 사고하는 메커니즘을 이해시키고 나아가야 할 방법을 제시하는 책이며, 이 과정을 깔끔한 문장과 구성으로 정리한 흥미롭고 지적인 주장이 담긴 책이기도 하다.

2017 2
7
화요일

높은 성의 사내

필립 K 딕 남명성 옮김 폴라북스 2011년 9월

대체 역사 소설의 효시가 된 고전. 55년 전에 나온 책이지만 과거의 상상력이 지나치게 신선하고 날카로워서 지금 시대에 이렇게 쓰고자 하면 오히려 까다롭겠다는 느낌마저 들었다. 동명의 미국 드라마로도 만들어졌고, 후에 나온 복거일의 『비명을 찾아서』에도 지대한 영향을 미쳤다.

소설은 역사적으로 일어난 사실 하나를 비틀기 시작한다. 미국 32대 대통령인 루스벨트는 변방의 나라이던 미국의 국력을 키우고, 2차대전의 참전을 결정해서 연합군의 승리를 이끈 결정적인 인물이다. 역사에서 그를 암살하려던 시도가 실패로 돌아간 적이 있었다. 하지만 소설에서 이 암살은 성공한다. 그리고 나비효과처럼 무수한 후일담이 이어진다. 이어서 정권을 잡은 사람은 아주 한심한 인물이었고, 미국은 변방의 나라로 머무른다. 결국 미국은 2차 세계대전에 참전하지 못하고, 2차대전의 승자는 독일과 일본이 된다. 프랑스와 영국은 패망했고 미국인은 노예와 비슷한 취급을 받는다. 중국은 여전히 세계의 변방이다. 유대인은 거의 멸족된다. 독일과 일본은 정치적, 문화적 주도권을 두고 다투면서 세계를 지배한다. 마치 현대 서구 국가가 동방의 골동품을 사들이듯이 일본은 승전국으로 수집욕을 발휘해서 미국의 골동품을 사들인다. 전 세계 사람은 일본식 주역을 도입해서 일상에서 길흉회복을 점친다. 독일어와 일어는 세계 공용어가 되고, 영어는 천대받는다. 미국인은 천한 영어 대신에 독일어나 일어를 배워야 사회에서 대접받으며 일할 수 있다.

소설의 전개는 이 기막힌 세계관 속 네 명의 인물이 엉키는 것으로 시작된다. 주인공이 처한 현실에 독자들이 충분히 감탄할 때쯤 우리가 알고 있는 실제 역사를 소설로 써낸 정체불명의 사람이 등장한다. 그가 '높은 성의 사내'다. 네 명의 주인공이 그 책을 접하면서 스토리는 점점 더 복잡해진다. 그들은 우리에게 익숙한 실제 역사가 기록된 이 책을 접하곤 이렇게 말한다. "이탈리아가 배반하고 러시아와 독일이 싸워서 결국 독일이 전쟁에 진다고? 이런 말도 안 되는 허구를 누가……" 결국 네 명의 주인공은 이 책을 쓴 사람에게 접근해가고, 종국에 '높은 성의 사내'의 비밀이 밝혀진다. 결말이 허무하다고 느끼는 사람도 있겠지만, 개인적으로는 큰 여운을 남기는 대단한 소설적 기법 같았다. 이 충격적인 아이디어에서 비롯한 소설이 1962년에 실제로 쓰였음을 확인하는 것만으로 이 책의 의미는 충분하다.

2017 2
8
수요일

소각의 여왕

이유 문학동네 2015년 12월

길지 않은 장편소설이다. 한국 문단에 만연한 처참하고 처절한 하류층의 이야기. 고물상을 차린 부녀와 정육점을 차린 친구들이 주인공이다. 아내를 일찍 여읜 고물상 주인 지창씨와 하나 남은 딸 해미가 가업으로 이어받은 고물상을 운영한다. 그들은 주변 재개발이 닥쳤지만 한 푼도 건지지 못한 채 세입자 신세가 되고, 고물상 주인 지창씨는 비싼 금속을 한 번에 분리해낼 수 있다는 기계를 발명하는 데 몰두한다. 결국 혼자 생계를 책임져야 하는 해미는 죽은 사람들의 방을 정리하는 유품정리사가 되어 트럭을 몰고 다니면서 사람들의 사연 속으로 들어간다는 이야기이다.

문장과 완성도도 나쁘지 않지만 페이소스는 진부하다. 김애란식의 대사와, 황정은식의 배경을 쓰고 있는 것 같다. 불가능해 보이는 작업에 몰두하는 아버지와 마지막 결말은 『무한동력』의 그림자가 너무 짙으며, 유품을 정리하는 과정은 〈선샤인 클리닝〉에 너무 많이 빚을 졌다. 그리고 작가가 포인트로 내세우는, 발견되지 않은 사체가 익어 녹아내리고 구더기가 붙어 돌아다니는 장면은, 개인적으로 너무 익숙한데다가 내가 늘 묘사하는 장면이기에 큰 감흥은 없었다. 그녀가 나열하는 불행의 장면들도 내겐 어디선가 본 듯한 느낌이었다. 갑작스러운 열린 결말을 심사위원들이 마음에 들지 않아 한 것 같아 보이지만, 그래도 나는 결말만큼은 좋았다.

2017 2

9

목요일

한 스푼의 시간

구병모 위즈덤하우스 2016년 9월

“로봇의 감정 발생 서사는 마르고 닳도록 반복되어온 것인데 거기 하나를 더 보태도 될까”라고 작가의 말에 적혀 있다. 안타깝게도 이 소설은 정확히 이 지점에서 크게 벗어나지 못한다. 구병모는 만연체를 쓸 때가 가장 매력적이지만, 일부분 말고는 이 공감 가지 않는 감정 발생 서사를 설명하는 데 작가의 힘을 소모하고 만다. 로봇이 생각하는 바를 독자에게 읊어주는 것은 지루함으로 이어지는 방식이다. 스토리와 인간들의 서사도 진부하고, 주제의식도 마땅치 않다. 개인적으로 다른 작품을 기대해본다.

2017 2

10

금요일

사람의 아들

이문열 민음사 1979년 6월

이 소설은 1979년에 나왔고, 현재까지 대략 200만 권 팔렸다. 저자 인세만 요즘 시세로 20억쯤 되지 않을까 싶다. 이문열은 1948년생이고, 1970년대 초반 이 소설을 쓰기 시작했으며, 1973년에 중편으로 완성했다. 1979년에 초판, 1987년 2판, 1993년 3판, 2004년 4판이 나왔다. 구성은 판이 거듭될 때마다 달라졌고, 새로운 내용이 추가되었으며, 문장도 바뀌었다. 대표작에 대한 작가의 집념이 느껴지는 연대기다. 젊은 시절에 쓴 글도 평생에 걸쳐 계속 다듬고 고쳐야 한다는, 간단하고 괴로운 진리가 느껴지기도 한다.

소설은 살인범을 찾아가는 탐정소설의 얼개이나, 내용의 반 이상이 살인당한 피해자가 쓰는 수기로 갈음되어 있다. 그 수기 역시 한 편의 소설의 형태를 취하며 '아하스 페르쯔'라는 인간의 일대기로 채워져 있다. 그는 성경에서 십자가를 짊어진 예수가 쉬어가는 것을 거부했다는 죄로 평생을 죽지 못하고 복수당할 날을 기다리며 살아가는 인물로 묘사된다. 성경에 나오는 한 단락으로 신과의 담론과 파멸을 전부 이끌어낸 작가의 집념이 소설이 진행되어갈수록 흥미로워지며, 그 내용은 신을 맹목적으로 믿었던 주인공의 파멸과도 일맥상통한다. 역사적 기반도 치열하게 탐구했으며, 그를 바탕으로 자신의 상상까지 교묘하게 합치되어 심오한 내용을 풀어가고 있다. 러시아 소설의 영향을 받은 듯한 작가의 필사적인 문장이 가장 크게 다가왔다. 작가 개인사에 대한 논란은 분분하지만, 누구도 그가 이미 대단한 작품을 숱하게 써냈다는 것을 부인하지는 못할 것이다.

남자, 방으로 들어간다

니콜 크라우스 최준영 옮김 민음사 2008년 12월

지금 살아서 활동하는 작가 중에 좋아하는 작가가 누구냐는 질문을 받으면, 나는 주저 없이 니콜 크라우스를 꼽는다. 이유는 복잡하지 않다. 그녀가 『사랑의 역사』를 썼기 때문이다. 그리고 이 책은 내가 찾아 읽은 그녀의 처녀작이다. 그녀는 20대에 시인으로 등단해 언어의 완벽함을 추구했으며, 이 작품은 산문으로 전향한 그녀가 완벽한 장편 『사랑의 역사』를 쓰기 전 징검다리 역할을 한 작품이다. 그래서 『남자, 방으로 들어간다』는 산문임에도 시적인 발상과 언어의 완벽함을 구상하고 추구하는 신인의 노력이 돋보인다. 갑자기 자신의 기억을 잃어버리는 한 사람의 방황이란 한없이 진부해지기 쉬운 소재지만 그 설정을 둘러싼 현실, 사랑, 사람들의 쓸쓸함, 그리고 관련된 현대 과학적 담론을 내면의 언어로 잘 묘사했다. 『사랑의 역사』만큼 완벽한 작품은 아니지만 니콜 크라우스의 팬이라면 이 작품 역시 마음에 와닿을 것이다.

2017 2

12

일요일

오래된 디자인

박현택 안그라픽스 2016년 12월

'좋은 디자인이란 무엇인가'라는 근원적인 질문을 바탕으로 널리 알려진 '오래된 디자인'들의 미적이고 예술적인 가치와 실용적인 면을 고찰하고 그 안에 담긴 삶의 지혜와 통찰을 돌이켜보는 책이다. 맨 처음 저자는 구석기 시대 주먹도끼와 '태양의 눈물'로 불리는 110캐럿 다이아몬드를 비교하는데, 이 극명하게 대조되는 두 개 사물의 닮은꼴과 실용성을 교차하는 부분부터 감각적이었다. 이어지는 초반부 서안이나 코란 받침대, 경상, 청자상감구름두루미무늬매병, 호자, 백자양각쌍학매화문탁잔, 청자기와, 청자상감포도동자무늬조롱박모양주전자, 백자철화끈무늬병 등 어디선가 한두 번쯤 보고 지나쳤을 고예술품의 해석도 연이어 하나하나 긴장감 있게 읽힌다. 페이지가 늘어날수록 소재가 현대로 오고 해외의 디자인과 여행기가 나열되면서 약간 힘이 빠지는 느낌이 들기도 하지만, 종합적으로 한 디자이너의 예술적 고찰과 해석을 엿보는 재미로는 충분했다.

덧붙여 사학과 학생이 옛날 우리나라 도자기의 디자인을 감각적, 정서적으로 스토리텔링 하는 호연의 『도자기』라는 만화책이 있다. 이 책과 비슷한 결이고, 개인적으로 추천하는 작품이다. 궁금하신 분은 네이버 완결 웹툰에서 찾아보시길.

2017 2

13

월요일

베개를 베다

윤성희 문학동네 2016년 4월

이 소설집을 관통하고 있는 키워드는 가족과 상실, 이 두 가지다. 열 개의 단편 속 화자는 예외 없이 가족에 둘러싸여 인간관계를 기술하고, 또 거의 예외 없이 누군가의 죽음을 담담하게 털어놓는다. 하지만 이 두 가지는 현재 우리 문단에 있는 중견 여성 소설가의 단골 소재로 셀 수 없이 변주되어왔다. 그러니 평범하지 않겠냐고? 그렇다. 실제로 약간 평범한 이야기들로 보일 수 있다.

하지만 후반부에 우연히 만난, "아무리 평범한 것도 근사하네 하고 중얼거려보면 정말 근사하게 느껴지지"라는 문장에서 이 소설집의 핵심을 발견할 수 있다. 등단 17년 차 소설가의 구력이 담긴 단호한 문장과 숨가쁜 필체로 이 열 편의 가족 속 개인의 이야기들을 읽고 있으면 독자들은 왜인지 "평범하지만, 이건 근사하네"라고 중얼거리게 된다. 우리네 소소한 이야기라도 누군가가 기막히게 풀어놓으면 그 순간 빛을 내며 근사하게 보이는 경험을 해본 적이 있지 않은가. 그리고 마치 '베개를 베다'처럼 생각지도 못한 기묘하고 예쁜 어감이 입속을 하루종일 맴도는 경험이 있지 않은가. 이 소설을 읽는 것은 그런 종류의 경험이다. 나는 이 소설 속 문장들이, 퍽 근사하다는 생각에서 벗어나질 못하고 있다.

2017 2

14

화요일

개구리

모옌 심규호·유소영 옮김 민음사 2012년 6월

그 나라의 고유한 정서를 기반으로 세계에 통용되는 모국의 슬픔과 부조리를 다루는 게 노벨문학상 수상에 유리하다는 것이 정설이다. 중국 산둥성 출신인 그는 자신의 경험과 중국 시골의 보편적 감성으로 많은 소설을 써왔다. 그의 소설은 실제 중국인의 삶의 편린과 시대적인 행동을 보여주고 있어서, 이국의 독자들이 그 격변기를 느끼기에 매우 좋다. 독자들을 뛰어난 위트에 웃게 만들거나, 가보지 못할 풍경에 매혹시키기도 한다. 그리고 모옌은 중국식 마술적 리얼리즘도 자유자재로 구사하는데, 중국 대륙의 방대함과 기묘한 분위기가 연출되어 환상적인 장면을 만들어내기도 한다. 아, 노벨상. 그는 이토록 매우 훌륭한 작품을 써내던 작가였는데 2000년 말쯤 노벨상 후보에 오르내리자 왠지 노벨문학상 심사위원들에게 어필하는 작품을 써내고야 마니, 그것이 바로 이 『개구리』이다.

일단 개구리를 뜻하는 한자 蛙(와)의 발음과 아이가 울 때 '와와' 하는 발음이 비슷하다는 착상으로 시작한다. 배경은 부부 한 쌍당 한 명의 아이만 허용했던 중국 정부의 무자비한 산아 제한 시기이다. 이 규제는 평온한 시골 동네까지 적용됐고, 당에 충성을 맹세한다는 이유만으로 평생 얼굴을 마주하던 이웃의 아이를 강제로 중절해야 하는 산부인과 의사를 주인공으로 한다. 아이란 그냥 무조건 낳아야 하는 걸로만 알던 무지한 시골 사람들을 억지로 잡아다 중절시키다보니, 중국다운 사건들이 자꾸 일어난다. 산모가 뗏목을 타고 수영해서 도망가고, 땅굴을 파서 살다가 우물로 나와 도망가고, 서로 붙잡다가 죽고 사는 난리통이다. 이 일화들은 실제로 일어났던 일들인데다, 심지어 현재진행형이어서, 충분히 설득력 있게 개인의 마음을 담아내고 있다. 종국에는 주인공 자신이 낳은 아이들과 자신이 떼어버린 아이들 사이에서 인형을 빚으며 환청에 시달리고, 꿈에서 자꾸 개구리를 낳는 결말로 향해 가는데, 이 만듦새가 어쩌면 모옌이 '노벨문학상을 나에게 다오'라고 외치는 것 같다. 결국 그는 2012년 노벨문학상을 수상한다.

어깨에 힘이 들어간 게 보여서인지 그만의 마술적 리얼리즘이나 위트는 조금 줄어든 느낌이다. 하지만 중국 대륙의 거대한 부조리를 정면으로 다룬 역작임은 인정한다. 덧붙여 소설은 그가 오에 겐자부로와(소설 속에서는 다른 이름이지만) 주고받는 서신 형식으로 진행되는데, 양국의 노벨문학상 수상자끼리의 교류가 훈훈해 보이기도 하였다. 부럽다는 생각도 조금 했다.

플루토

우라사와 나오키·데즈카 오사무 윤영의 옮김 서울문화사 2006년 8월~

종종 우라사와 나오키의 작품들을 되풀이해 읽어본다. 그의 만화는 치밀하게 계산되어 미스터리를 쌓아가는 구성으로 독자들의 흥미를 배가시키고, 매 편 약간의 반전을 주며 의문형으로 종결한다. 그만이 할 수 있는 특유의 작화와 서술은 늘 다음을 기대하게 하는데, 마지막 감정의 폭발에서 독자들은 이루 말할 수 없는 큰 감동을 느끼게 된다. 『플루토』는 그의 대표작 중 하나이며, 데즈카 오사무의 『아톰』을 모티프로 삼아 기계문명과 인간에 대한 고찰을 보여주는 작품이다. 숙명을 어기고 자아와 감정을 찾아가는 기계가 극을 이끌고, 그 기계끼리의 갈등에서 느껴지는 고독, 슬픔, 증오, 사랑, 번민, 존재의 의미 등의 사유가 거꾸로 인간의 감정을 자극하다가, 세계 멸망의 위기에서 서로는 마음을 울리며 화해한다. 나는 몇 번을 봐도 마지막 오른팔이 통째로 날아간 플루토가 슬픔으로 절규하는 장면에서 같이 운다. 그리고 이 세상에는 상상만으로도 작동하는 다른 세계가 존재한다는 것을 분명히 느낀다. 그리고 그중 하나는 분명 『플루토』의 2046년 기계문명과 세상을 멸망시키려는 증오와 슬픔이 뒤엉킨 세상이다.

히스토리에

히토시 이와아키 오경화 옮김 서울문화사 2005년 5월~

『기생수』의 작가 히토시 이와아키의 차기작. 현대를 배경으로 외계 생명체를 다룬 장편 『기생수』가 워낙 강렬하고 완벽했던 탓에, 갑자기 역사극을 시작하는 저자에게 약간의 우려가 있긴 했다. 하지만 이 만화를 보고 있으면 좋은 작가는 소재와 관련 없이 구성과 만화적 통찰만으로 좋은 작품을 그릴 수 있다는 것을 알게 된다.

『히스토리에』는 알렉산더 대왕의 개인 서기관이었던 에우메네스의 유년 시절 이야기다. 초반부의 에우메네스가 자신의 지적인 능력을 활용해서 연설만으로 굳게 닫힌 성벽을 통과하는 장면부터 인상적이다(토씨 하나 틀리지 않고 같은 문장을 반복할 수 있는 능력을 가진 주인공, 몇만 명 앞에서 머릿속에서 만든 문장을 그대로 읊을 수 있는 것이 능력이라는 서술은 나에게 사뭇 충격적이었다. 실제로 나에게 하라면 못할 것이다). 이윽고 에우메네스는 노예의 신분이라는 역경을 딛고 영리한 두뇌를 바탕으로 점차 성장해간다. 그 과정에서 에우메네스의 시선으로 기술되는 자신의 자아, 잔인하게 죽은 어머니, 노예 제도, 고전적인 전쟁의 실제 등이 흥미진진하게 진행된다. 영리한 사람이 완벽한 고찰을 바탕으로 그리는 역사적 사건과 죽고 죽이는 전쟁의 이야기. 역시 좋은 작가가 심혈을 다해 만드는 작품은 범작일 리 없다.

17
금요일

아우스터리츠

W. G. 제발트 안미현 옮김 을유문화사 2009년 3월

제발트 소설의 많은 특징 중 단 하나를 뽑으라면 바로 치명적인 가독성일 거다. 300페이지가 넘는 소설인데 행갈이가 단 한 번도 이뤄지지 않는다. 200페이지 정도까지 행갈이가 한 번도 행해지지 않자 나는 나머지 100페이지에서 행갈이가 한 번이라도 행해질까 조마조마했고, 다행히 끝까지 한 번도 없어 안도했다. 내용도 흥미진진한 것이라고는 하나도 없다. 수다스럽지만 고요하고, 시종일관 의식의 흐름에 전개를 맡기기에 마치 불경을 읽는 것 같다. 이전에 내가 그를 패러디하기 위해 써놓은 단락을 하나 옮겨본다.

2015년 10월 초라고 생각하는데, 내가 이미 그전에 치킨 연구소에서 시작한 치킨계의 맛초킹의 등장의 시발점에 관해서 연구를 계속하기 위해 이태원으로 갈 생각을 하고 있을 무렵, A는 바깥공기를 마시며, 자기가 가장 좋아하는 절인 무와 콜라와 스노 양념의 비율을 섞다가 벼락을 맞아서, B는 그 때때로 찾아오는 공복과 또다시 찾아오는 포만감으로 원룸 침대와 화장실을 넘나들며 설사와 변비를 반복하다가 죽을 지경이 되었고, A의 삼촌과 B의 증조부는 A의 벼락 맞은 사건을 규명하기도 하면서 혹은, 사이다와 치킨을 시켜 먹으면서 B의 화장실을 청소해주었고, 나는 아마 경리단길에 있는 치킨집의 대장균과 포도상구균을 검증해야겠다는 생각을 했던 것 같아요, 라고 아우스터리츠는 말했다. 그는 그로 인해 별하나치킨과 굽네치킨과 네네치킨 등지를 돌아다니면서 행상을 해서 썬 파와, 안 썬 파와, 밭에서 막 수확한 거무튀튀하고 신내가 나는 양파와, 혹은 무친 김이라든지 김빠진 콜라 등을 팔다가 혹은 수거해가기도 했는데, 그 수거 물품은 A의 삼촌이 각자의 치킨집을 이미 거친 것처럼 서랍 위에 고스란히 정렬

되어, 빨간색으로 변한 절인 무나 말도 안 되게 검은 빛을 띤 맛초킹이 회전식 관람차처럼 우리 앞에 진열되어 있는 모습을 볼 수 있게 했었는데, C 자신과 그의 식솔들이 치맥에 취해버린 손님들과 구토하는 행인을 내쫓고 또 그 위에 함께 앉아 있기도 하면서, 갓 썬 대파와 쪽파의 차이에 대해서 이야기하곤 했었다.

무슨 말인지 전혀 모를 테지만, 아마 제발디언(제발트 소설의 애독자)들은 껄껄 웃을 것이다. 그럼에도 눈을 부릅뜨면서 읽다가 결국 책을 펼쳐놓은 채로 잠들어버리는 독자들이 다시 눈을 떠 제발트를 꾸역꾸역 읽는 이유는 이런 기묘한 서술이 환상과 실존을 넘나들면서, 결국 거의 진실에 가까운 일을 털어놓기 때문이다. 중간중간 나오는 흑백사진은 평범해 보이지만 서술과 같이 음미하면 소설의 내용과 섬뜩할 정도로 맞닿아 있다. 그래서 독자들은 진실과 거짓 사이에서 고개를 갸우뚱하다가도 진실을 납득하고 끄덕이는데 바로 그 점이 제발트 소설의 묘미라 하겠다. 나는 아주 쓸모없는 패러디를 써냈지만 이처럼 많은 이들에게 각자 의식의 흐름을 이용한 창작 욕구를 불러일으키는 점이 제발트의 힘이기도 할 것이다.

더불어 아우스터리츠는 아우슈비츠를 연상시키는 섬세한 작명이다. 아우스터리츠라는 사람의 전 유럽을 넘나드는 지적인 이야기와, 자신이 태어난 도시로의 회귀와, 그 이야기를 풀어가는 과정과, 사실과 허구를 넘나드는 전개 방식이 아주 고급 문학임을 느끼게 한다. 이 문학적 전개 방식에 관한 집요한 담론도 끝이 없을 듯하고, 제발트의 소설을 위해서 만들어낸 것 같은 이 제발트의 문체는 자기 스스로 인공언어Kunstsprache라 부르기도 했었다. 그 어떤 독일인도 이런 식으로는 말하거나 쓰지 않는다는 개념이다. 말할 수 없는 것을 말해야 할 때 일상어가 가지는 표현의 한계를 인지하고, 자기 스스로 표현에 대한 방식을 갈구해서 찾아낸 언어라는 뜻이다. 그로 인해서 독자들은 그가 괜한 역사학, 건축학, 천문학, 식물학, 광학 계열의 단어를 반복한다든지, 어떤 보충적이고 임의적인 기억을 소환해 환상적으로 서술하는 것을 볼 수 있다. 이 기묘한 방식은 2차대전 유대인 학살을 적확히 기술하기 위한, 그리고 자신이 유대인이었던 제발트가 이 사건 내부로 당당하게 들어가는 데 중요한 역할을 한다. 문학에선 지루하고 따분할수록 범접할 수 없는 매력으로 빛나는 경우도 있는 법이다.

사랑의 기술

에리히 프롬 황문수 옮김 문예출판사 2006년 10월

대학 시절에 읽었던 책을 다시 꺼내 읽으니 감회가 새롭다. 고전의 정의 중에는 "실제로 그전에 들어서 알고 있던 내용이 이렇게 쓰였고, 이것이 전혀 다른 새로운 세계로구나, 라고 느낄 수 있는 것"이라는 말이 있다. 또한 한 번 읽었던 작품일지라도, 독자가 읽는 시점과 처한 상황에 따라서 글이 새롭게 해석되는 것도 고전이다. 그리하여 이미 사랑이란 것에 닳고 닳았다고 느끼는 지금 읽어도 이 책은 다시 새롭다. "사랑은 모두가 앓으면서, 왜 자만하고 익히지 않는가. 우리는 사랑을 배워야 한다. 그 기술을 익히고, 정진해야 한다." "사실상 그들에겐 강렬한 열중, 곧 서로 반해버리는 감정이 사랑의 열도의 증거라고 생각되지만, 이것은 단지 그들이 서로 만나기 전에 얼마나 외로운 상태였는가를 입증할 뿐이다." "가령 내가 진정 한 사람을 사랑한다면 나는 모든 사람을 사랑하고 세계를 사랑하고 인생을 사랑하게 된다" 등의 『사랑의 기술』 속 문장을 읽고 있으면 세대를 아우르는 고전의 힘을 다시금 느낀다.

저지대

줌파 라히리 서창렬 옮김 마음산책 2014년 4월

인도계 미국인인 그녀는 소설 속 배경으로 인도 웨스트벵갈의 회교도와 힌두교의 분란, 과거와 현재의 인도인의 생활 방식, 방글라데시의 독립과 학살, 그곳에서 미국으로 온 지식인의 외로운 삶 등을 주로 설정한다. 그녀 자신의 경험이 묻어나기에 세계의 독자들은 이것만으로 하나의 대리 체험을 할 수 있다. 그녀의 소설을 읽는 큰 이유 중 하나다.

『저지대』는 콜카타에 살던 한 가족의 전형적인 서사소설이다. 대를 걸친 삶을 조명해서 장편소설을 만드는 방식이다. 제목 『저지대』는 주인공의 집 근처 늪을 의미하는데, 주인공이 죽어가는 곳이자 남은 사람들이 부대껴 살아가는 곳이며, 늪이 개발되어 현대로 이르는 과정까지를 대표하는 지리적 위치이자 하나의 상징이다.

소설 초반부는 고향을 떠나지 못하는 1세대와 똑똑하지만 공산주의 운동에 휘말려서 억울하게 죽음을 맞이하는 그의 아들, 살아남아 미국에서 다른 삶을 찾는 그의 형제, 그와 얽힌 한 여자의 기구한 삶을 조명한다. 후반부에는 미국에서 태어나 히피 운동에 휘말린 3세대들이 윗세대와 겪는 갈등을 풀어낸다. 영국으로부터 독립하며 국내 정세가 혼란스러운 통에 여러 정파와 이념의 분쟁이 생긴 인도. 전 세계에서 공산주의 운동이 일어 서로를 이념만으로 서로 죽이던 시절, 인도라고 그 살육에서 예외가 아니었다는 것을 보여준다. 회교도와 힌두교도가 서로 잡아 죽이는 와중에 공산주의자와 정부 경찰이 서로 사람들을 잡아 죽이는, 몇 번을 극화해도 기구할 스토리다.

그녀는 캐릭터 하나하나의 내면에 집중해서 서사를 풀어간다. 젊은 날에 한 여자를 사랑했지만 불의에 항거할 수밖에 없었던 동생, 부모님과 그 한 여자를 불행하지 않게 하기 위해 자신의 삶을 희생하는 형의 인생, 하지만 결국은 서로 사랑할 수 없어 불행해지는 여자, 그녀를 증오하는 딸의 인생까지 소설 속에서 교차한다.

그렇게 소설은 4세대까지 진행되어 내려온다. 오늘날 우리가 아무렇지도 않게 살아가는 이 세계가 실은, 한없이 복잡다단한 과정을 거쳐왔음을 암시하는 바다. 그리고 소설은, 과거를 거슬러가 초반에 사망한 주인공의 죽음을 직감한 시선에서 마무리된다.

그녀의 장편보다는 단편이 더 좋다. 그녀의 단호한 문체와 문학적 호흡에서 나는 그렇게 느낀다. 그녀의 단편을 읽고 이 장편을 보면, 왠지 중편을 늘인 듯한 느낌을 받을 수밖에 없다. 그럼에도 이 장편의 서사적 가치는 훌륭하다.

2017 2 20

월요일

음식의 언어

댄 주래프스키 김병화 옮김 어크로스 2015년 3월

그는 음식을 연구한 사람이 아닌 언어학 교수다. 그의 아내는 중국계 미국인이기에 자연스럽게 동서양의 음식에 대한 흥미가 많았다. 그래서 언어와 더불어서 발전해온 음식의 역사를 연구했고, 그 내용을 바탕으로 한 강의는 스탠퍼드에서 7만 명 이상이 수강하며 큰 인기를 끌었다. 흥미로운 내용이 많은데, 잊기가 아까워 요약해서 기술해본다.

메뉴에 긴 단어를 쓸수록, 그리고 불어를 쓸수록 음식값이 높다.

앙트레Entree라는 단어는 애피타이저라는 뜻의 프랑스 단어이지만, 14세기에서 16세기 사이 프랑스에서는 앙트레로 진한 소스의 육류 요리가 나왔다. 이 기원으로 미국에서 앙트레는 육류 요리인 메인 디쉬를 뜻하고, 여전히 프랑스에서는 에피타이저를 뜻한다.

생선을 식초에 절인 페루 음식인 세비체는 오래 보관할 수 있는 장점이 있어 선원들이 많이 먹었고, 배를 타고 세계로 뻗어나갔다. 이를 튀긴 것이 일본의 덴푸라, 영국의 피시 앤 칩스, 스페인의 에스카베체가 되었다.

케첩은 중국 푸첸어 방언으로, 푸둥에서 만들었던 생선 소스의 이름이다. 이를 외국인이 표기하기 위해 푸둥어를 들리는 대로 받아 적다보니 Ketchup, Kecap, Catchup, Katch-up 등의 다양한 스펠링이 되었다. 처음 영국에서는 Ketchup, 미국에서는 Catsup이 주로 쓰였다. 이 생선 소스에 19세기 영국에서 토마토를 넣기 시작했는데, 그후 세계적 입맛의 변화로 소스에 생선이 빠져버렸다. 그 후 저장성을 위해서 식초와 설탕을 넣어, 처음 소스와는 전혀 다른 현재 토마토케첩이 되었다. 현대 미국 케첩시장에서 하인즈사社가

Ketchup이란 스펠을 써서 경쟁사들과 구별하고자 했고, 이 회사가 시장을 지배하자 세계적으로 Ketchup이 굳어졌다.

공식적인 석상에서 건배 제의 구호로 사용되는 'Toast!'는 17세기에 와인과 에일을 마실 때 토스트 한 쪽을 담가 먹던 데서 유래한다(당시 토스트는 술의 분량과 맛을 더하는 용도였다). 이 이상한 관습이 없어진 다음에, 술자리의 건배사에선 건강이나 행복을 기원하는 여인을 Toast라고 칭했다. 현재는 건배사로만 남았다.

아메리카가 원산지인 칠면조Turkey가 유럽으로 들어올 때, 당시 해상 강대국이었던 포르투갈은 자기들의 남미 식민지를 달래기 위해 물품의 원산지를 비밀로 하고 거래했다. 그래서 칠면조는 아프리카 원산지인 기니파울(Guineafowl, 일명 터키 수탉)과 비슷하게 생긴 탓에, 사람들은 칠면조를 터키가 원산지인 줄 알고 Turkey라고 불렀다. 그래서 아메리카에서 온 칠면조는 유럽의 한 나라 이름이 되어 아메리카 사람들의 식탁에 오른다. 역사의 아이러니다.

앵글로색슨(영국)을 노르만(프랑스)이 지배했던 시대에서, 고기를 먹는 사람은 노르만인이었고 키우는 사람은 앵글로색슨인이었다. 그래서 고기를 뜻하는 단어는 불어에서 유래된 Pork, Beef, Veal을 쓰고, 동물을 뜻하는 단어는 앵글로색슨 단어인 Pig, Cow, Calf, Ox 등을 쓴다.

밀가루를 뜻하는 Flour는 발음이 같은 Flower의 어원에서 왔다. 불어에서 식물의 만개를 뜻하는 Fleur라는 단어가 있는데, 밀의 만개한 가루라는 뜻으로 밀가루를 이렇게 부른 데서 유래했다.

Salad, Sauce, Slaw, Salami, Salume, Salsa는 전부 라틴어 Salt에서 유례했다. 이는 이 음식들이 전부 소금 절임이었다는 것을 뜻한다.

폭죽을 만들던 중국인에게서 질산칼륨(아랍어로 중국산 눈)을 수입한 아랍인은 폭죽과 비슷한 원리로 아이스크림을 만들어 샤르바트Sharbat로 불렀다. 이것이 현재의 셔벗이다.

맨 마지막 디저트로 달콤한 음식을 먹는 것은 11세기의 바그다드식 식단에서 왔다. 그후 전 세계적으로 설탕값이 폭락하면서 온 세상 음식이 달아져 디저트를 특별히 먹지 않던 시절이 있었으나, 곧 사람들이 단 식사에 질리면서 디저트가 부활했다.

중국식 퀴진에는 디저트가 없다. 그들은 조리되지 않은 채소를 원칙상 식탁에 올리지 않는다. 그래서 중국식 주방에는 베이킹과 오븐의 비중이 아주 적다. 하지만 서양화된 중국 음식에는 마지막에 단 음식이 필요했고, 미국에 있던 중국 사람들은 일본의 한 사찰에서 먹던 포춘쿠키를 들여와 디저트로 내기 시작했다. 그래서 포춘쿠키는 일본 음식에 가깝다.

다시 말하지만 그는 음식을 연구한 사람이 아니다. 그는 문학과 언어를 하던 사람이었다. 다만 그는 이전 문헌들을 검색해, 언급 시점이나 빈도로 이 사실을 전부 정리했다. 이것이 바로 문헌정보학이다. 언어와 데이터베이스로만 이 많은 것을 알아내고 흥미롭게 정리할 수 있다는 사실을 보면, 앞으로 이 학문의 발전에 기대를 하게 한다.

화요일

너무 시끄러운 고독

보후밀 흐라발 이창실 옮김 문학동네 2016년 7월

평생 책을 너무 많이 읽은 노작가들은 말년의 작품에서 첨예한 문헌과 문장에만 외골수로 파묻혀 있는 고독한 주인공을 자주 등장시킨다. 그것이 작가 자신과 소설 속 주인공을 동일시하는 행위임을 독자들은 알아챌 수밖에 없다. '체코 소설의 슬픈 왕' 보후밀 흐라발의 말년의 작품 『너무 시끄러운 고독』의 주인공은 보기만 해도 현기증이 날 정도의 서적과 문장 안에 갇혀 살며 죽어갈 날을 센다. 그 면밀한 표현을 위해 작가는 주인공의 직업을 쓰레기장에서 문서를 파쇄하는 노인으로 설정했고, 그의 쓸쓸한 삶과 문헌에 대한 집착은 거꾸로 문학과 지知가 사람을 집어삼키는 느낌을 연상시킨다. 주인공은 몇 톤의 책이 위태롭게 쌓인 서랍장 아래에서 책에 깔려 죽을 날만 세며 매일 잠이 든다. 지적인 외로움은 모든 문장 구석구석에서 느껴지고, 그 문헌 속에서 화자가 발췌한 문장들 역시 환상적이다. 우리는 이 소설이 전개될수록 '너무 시끄러운 고독'에 둘러싸인 주인공이 어떤 종말을 맞을지 짐작할 수 있게 되는데, 결국 주인공은 한 치의 망설임도 없이 그 결론으로 뚜벅뚜벅 걸어간다.

> 책의 단면이 내 늑골을 뚫고 들어온다. 입에서 비명이 새어나온다. 궁극의 진리를 발견하기 위해 가혹한 고문을 겪는 것일까? 압축기의 중압에 내 몸이 아이들의 주머니칼처럼 둘로 접힌다……

대단히 환상적이다. 마치 시끄러운 고독이 독자의 고막을 찢어낼 것 같은 작품.

생의 이면

이승우 문이당 2013년1월

이승우의 자전적 소설이다. 또한 본인이 보르헤스를 작품에서 언급하고 있는 것처럼 다분히 보르헤스적 구성의 소설이기도 하다. 하나하나 분석하자면,

(1)이 소설의 화자는 제3자다. 제3자 역시 문필가로 주인공인 소설가 박부길의 일생을 재구성하고 있다.

(2)주인공 박부길은 평생 소설을 써온 사람으로, 굴곡진 역사를 가지고 있다. 아버지를 운명의 장난으로 여의고, 큰아버지랑 같이 살아왔으며, 서울로 상경해서 갖은 궁상을 다 떨고, 교회 누나와 사랑에 빠져서 목회자의 길로 들어선다. 그후에 자기 삶을 재구성해서 다양한 소설로 펴낸다.

(3)그래서 이 소설은 제3의 화자가 박부길의 소설과 본인의 인터뷰로 그의 삶을 재구성한다. 그 과정에서 실제 세상에 존재하지 않는 박부길이 써낸 다양한 소설이 언급되고, 인용된다. 마치 박부길이 직접 서술하는 것처럼 몰입되는 전개다. 다양한 인용은 실존하지 않는 것을 사람들에게 굳건히 믿게 만들며 소설적 재미를 선사하는 장치다.

(4)하지만 독자들은 박부길이라는 사람의 생이 실제 소설을 쓰고 있는 이승우의 삶과 아주 닮았다는 것을 느낀다. 둘 다 큰아버지 밑에서 자랐고, 혼자 상경해서 컸고, 신학에 뜻이 있었다.

(5)고로 독자들은 제3의 화자와 주인공 박부길과 그걸 쓰고 있는 소설가 이승우를 결국 다 같은 이로 믿게 된다. 그 사람들끼리 서로 이리저리 가상의 소설을 만들어내고 인용해가면서 픽션과 논픽션의 경계를 만들어낸다.

(6)실은 드문 구성은 아니다. 다만 작가가 소설 안에서 인용한 보르헤스의 문구가 마음을 울려 이 접점을 분석해본다. '우리가 우리의 불행을 스스로 선택했다는 생각만큼 교묘한 위안은 없다.'

또한 이 소설에서 두드러지는 것은 소설가가 직접 겪은 삶의 질감과 굴곡, 그리고 그 묘사다. 요약하자면 '1990년대 문학소년의 사랑' 정도의 문구로 대표할 수 있겠다. 대체로 그 시기를 살아온 문학소년의 묘사는 당시 유행하던 글과 비슷한 구성을 취하는데, 깊은 글로 재미를 느끼던 시대라서 그런지 읽는 맛이 통탄할 정도로 뛰어나다. 몰입할 수 있게 하는 가독성과 치밀한 심리 묘사가 바로 독자들에게 같은 내용일지라도 그 글을 믿고 볼 수 있게 하는 원동력이 될 것인데, 이승우의 소설은 그 분야에 단연코 뛰어나다.

자신의 생애를 묘사하는 것만큼 자세하고, 내밀한 심리 묘사를 해낼 수 있는 것은 또 없을 것이다. 읽다가 놀라기도, 크게 웃음이 나기도, 아니면 어둠 속에 조밀하게 갇혀 있는 듯 답답해지기도 한다. 물론 소설 속 주인공의 삶이 너무 실제 생에 가깝다보니 소설적으로 여운을 주는 결말 없이 황급히 끝나버리는 느낌은 있다. 본인이 밝혔듯이 초반부를 너무 공들여 쓴 나머지 후반부의 정밀한 묘사가 부족해졌다고 하는데, 아닌 게 아니라 그런 느낌이 조금 든다. 후반부 소설 속 박부길이 목회자로 입회하지만, 소설가 본인은 목회자로 입회하지 않아서인지, 그뒤는 간략한 설명으로 마무리한다. 그 점까지도 픽션과 논픽션, 그리고 화자와 필자를 오가는 보르헤스적 재미가 있다고 할 수 있겠다. 어쨌든 문학이라는 것은 역시 그 텍스트만으로 소통할 수 있는 멋진 존재이리라.

2017 2

23

목요일

미각의 비밀

존 매퀘이드 이충호 옮김 문학동네 2017년 2월

나는 요리를 제법 잘하는 편이다. 책상머리에서 하는 일에 재능이 없었다면 당연히 요리사가 되었을 것이라고 생각한다. 반면 우리집에 놀러온 사람들은 내가 먹을 수 있는 요리를 만들어 내온다는 것에 대해 놀라는데, 그렇게 안 생겨서가 가장 큰 원인 같다. 여하간 『생각의 탄생』에서도 잠깐 나왔던 내용인데, 가정 요리는 꽤나 통찰력과 상상력을 요하는 분야다. 식당처럼 일정한 재료가 항상 구비되어 레시피대로 만드는 것이 아닌, 가진 식재료를 조합해서 그때그때 다른 요리를 만들어야 하기 때문이다. 그러려면 냉장고의 재고를 파악하고, 베이스와 메인 재료에 대한 합을 생각하며, 어울릴 것 같은 양념을 떠올려 실제 양을 가늠하며 조리하는 과정을 거쳐야 한다. 완성되는 과정에서 직관적으로 향미를 머릿속에서 그릴 수 있는 사람이 본능적으로 훌륭한 요리를 한다.

왜 도저히 안 어울릴 것 같은 양념이나 재료를 엄한 요리에 넣고야 마는 사람이나 기묘하게 매번 조화가 안 맞는 요리를 만드는 사람이 있지 않은가. 그런 점을 보건대 요리에 대한 개개인의 재능 차이는 분명 존재한다. 입안에서 벌어질 일에 대해 상상으로 결과물을 추론하는 과정이 본능적으로 뛰어나고, 감각적으로 남들보다 더 예민한 사람이 분명히 있다. 나도 요리를 하며 비슷한 경험을 한다. 꺼내놓은 식재료와 양념의 양과 조리법을 놓고 가늠하면 그 맛이 정량화되어 머릿속에 그려지는 느낌이고, 조리하고 있으면 도화지로 그림을 채워가는 기분이 든다. 이 과정을 거쳐 가끔 예상보다 더 훌륭한 요리가 완성돼 뿌듯해하는 경우도 있다.

이러한 사유를 바탕으로 미각은 복합적이면서 단순하지 않은 감각이라 느껴왔다. 왜 사람들의 미각은 같으면서도 다를까. 한편으로는 인간의 미각이라는 것부터 조금 신기하지 않은가. 형용할 수 없이 오묘하거나 때로는 토라지기도 하는, 누구나 부지불식간에 느끼게 되는 이 '미각'은 어떻게 작동하는 것일까. 또 과연 어떤 존재가 맨 처음으로 '맛'을 느꼈으며, 그것은 왜 필요했을까. 이것이 과연 인류의 생존과 관련이 있었을까. 왜 쓴맛은 다양한데 단맛은 다양하지 않을까. 매운 음식은 통증에 불과한데 사람들은 왜 먹지 못해 안달일까. 미각이란 존재를 곰곰이 짚어보면 이런 꼬리에 꼬리를 무는 질문이 발생하고야 만다. 이 책은 이 질문에 답하기 위해 다각도로 독자들을 파고들며 미각에 대한 종합적인 지知를완성해간다. 인류의 '첫번째 식사'와 인류의 조상부터 고고학, 화학, 물리학, 세계지리와 현재 식품영양학의 연구들을 집대성한 흥미로운 일반론까지. 복잡한 미각만큼이나 이 책은 제법 복잡하고 풍부한 가설과 지적인 유희로 가득차 있다. 때문에 이 책을 다 읽고 나면 요리를 더 잘하게 될 것 같지는 않지만, 왠지 밥상머리에서 스테이크 한 조각을 집어들고 지적이고 흥미로운 농을 더 던질 수는 있을 것 같다. 누구나 요리보단 당장 농을 잘 던지는 사람이 되고 싶을 테니까.

PS. 여담으로 의사인 나에게는 '맛을 더 풍부하게 잘 느끼기 위해 사람의 코와 입이 벽 하나를 두고 붙어 있다'라는 가설이 가장 흥미로웠다. 이 하나의 이유로 백억 명이 넘는 사람 얼굴이 죄다 똑같이 생겨야 했다니.

체실 비치에서

이언 매큐언 우달임 옮김 문학동네 2008년 3월

짧은 소설이다. 줄거리는 더욱 간단하다. 이성교제 경험이 없던 에드워드와 플로렌스는 신혼 첫날 식사를 하고 밤을 보내려고 한다. 하지만 둘 사이에 오해가 생기고, 서로의 운명은 틀어진다.

이 줄거리가 전부다. 200페이지가 되레 길다는 느낌도 든다. 하지만 소설의 저자는 이언 매큐언이다. 줄거리가 아무리 단순해도 서술자의 엄청난 활약이 펼쳐지면 그 소설은 복잡다단해지며 빛나는 것이 된다.

'그는 그렇게 생각했다. 하지만 그녀는 그렇게 생각하지 않았다. 고로 그와 그녀는 오해가 생겼다.' 대부분의 3인칭 서술자는 이런 식의 삼단 논법을 구사한다. 많은 서술은 이 패턴의 변주가 된다. 하지만 이언 매큐언은 각자의 심리를 집요하게 파고들어 다소 무리가 있는 설정에도 대단한 타당성을 부여한다. '그는 그렇게 생각했다'와 '하지만 그녀는 그렇게 생각하지 않았다'를 늘이고 늘여 10여 페이지를 연달아 이어간다. 마치 슬로모션을 보고 있는 느낌인데, 그 짧은 찰나 인간의 심리를 현실감과 위트를 덧대 설명해서 우리의 마음을 울리고, 때로는 무릎을 탁 치게 만든다.

남녀 간의 오해는 아무것도 아닌 것에서, 서로 교차하는 생각의 미약한 괴리에서, 마치 우연과도 같이 발생한다. 사람은 생각을 온전히 교환할 수 없고, 서로의 같은 마음을 온전히 확인할 수 없다. 더불어 그들이 처한 사회적, 윤리적 배경도 작용한다. 그 부분을 집요하게 파고드는 이언 매큐언의 문장은 이 세상에 존재하는 모든 소통에 대해 다시금 생각하게 한다. 또한 그는 감정을 서술하는 사람의 성별이 여성이건 남성이건, 전부 마치 자신의 성性인 것처럼 디테일하게 묘사한다. 마치 이 분야에 특화된 작가라는 생각이 들

정도로.

그래서 이 소설을 다 읽고 나면 우리가 실패한 사랑에 관해 떠올릴 수밖에 없게 된다. 우리는 각자의 행동에 타당성을 부과하여 행동하고 최선을 다해 사랑하지만, 결과적으로는 수많은 복기와 반성과 후회가 필요한 실패를 겪고야 만다. 그로 인해 우리의 생은 얼마나 달라졌을까. 어쩌면 우린 이미 너무 먼 길을 지나온 것이 아닐까.

봐라, 달이 뒤를 쫓는다

마루야마 겐지 김춘미 옮김 하늘연못 2001년 4월

어딘지 모르게 간질거리는 일본어 번역투에 대한 편견이 있다. 하지만 몇몇 일본 작가의 문장은 그 언어가 가진 고유한 형질과 내 고루한 편견을 뛰어넘는다. 일단 마루야마 겐지의 이 두꺼운 소설이 끝까지 오토바이의 시선과 짧은 시편으로만 연이어 전개되는 것이 놀랍다. 이 오토바이는 자신이 50세가 넘었다고 자랑하는데, 그 인생의 구력을 자랑하듯이 어마어마한 한자어와 고대 중국의 시를 뿜어낸다. 내용이 길기에 오토바이의 시선이 중복되고 동어 반복될 수 있지만, 역시 저자의 구력으로 이를 가뿐히 피해 간다 싶다. 소설의 줄거리는 그다지 복잡하지 않지만, 그의 내공 깊은 소설적 구력과 강력한 문체가 이 긴 소설을 끝까지 힘있게 지탱한다.

그러나 지나치게 비장한 어투와 늙어 죽어가는 어조, 사건을 지나치게 길게 읊조리는 서술, 도시적인 삶의 맹목적인 비판, 쉬지 않고 강조되는 남성성이 피로하게 느껴질 수도 있다. 또한 모든 사건을 자기 주관으로 나열하기에 일견 '꼰대스러움'이 불편하게 느껴질 때도 있다. 다양한 소설적 기법이나 순수하게 아름다운 문장에 감탄하는 독자라면 이 소설에서 희열을 느낄 수 있겠지만, 한편으로는 불친절한 서술의 불편함과 자의식 과잉도 느껴져 호불호가 있겠다 싶다.

커튼

밀란 쿤데라 박성창 옮김 민음사 2012년 10월

본인이 위대한 소설가이고, 평생 책만 읽은 독서가이기도 한 밀란 쿤데라는 이제 문학계의 살아 있는 전설이다. 올해 우리 나이로 88세인데, 그가 죽으면 아마 전 세계 출판업자들이 벼르고 있다가 전집을 펴낼 것이다. 쿤데라가 쓴 문장은 버릴 것이 없는데다가, 특유의 지적이고 미묘한 특색이 하나하나 살아 있다. 그중 『커튼』은 쿤데라의 소설읽기 방법과 철학에 관한 책이다. 이 책에서 그는 무슨 소설을 좋아하고, 어떤 방식으로 그것들을 독해해왔으며, 그가 생각하는 제대로 된 소설은 어떠해야 하는지를 그의 기가 막힌 문장으로 독자들에게 알려준다. 다행히 그의 독서 취향이 나와 많이 다르지 않아서 나는 흥미롭게 이 책을 읽을 수 있었다. 하지만이 책에서 제대로 재미를 느끼려면 쿤데라의 소설 세 권 이상과 주요 유럽 문단의 작품들 정도는 알아야 할 것 같다. 『커튼』에서의 쿤데라는 특유의 함축적인 문장으로 유럽 소설사를 깊고 너르게 관통하고 있기에, 그 일대기에 익숙하지 않은 독자들은 혼동스러울 수 있다. 쿤데라를 처음 읽는 사람이라면 그가 남긴 명작이 워낙 많으니 다른 초기작부터 시작할 것.

개와 늑대의 시간

김경욱 문학과지성사 2016년 4월

1982년 4월 26일 경남 의령에 살던 우범곤 순경은 동거녀와 다툰 후 홧김에 무기고를 털어 동네 주민을 찾아다니며 3시간 동안 카빈총을 난사했다. 55명이 사망했고, 32명은 중경상을 입었다. 그는 마지막에 수류탄으로 한 집의 일가족을 전부 살해함과 동시에 자살한다. 『개와 늑대의 시간』은 이 역사적인 사실을 바탕으로 쓴 소설이다.

나는 이 소설이 사실에 기반했음을 모르고 끝까지 읽었다. 책 말미 신문 기사에 실린 실제 사망자 명단을 보고 나는 혹시 몰라 인터넷을 뒤졌고, 그제야 이 소설에 담긴 역사적 사실을 확인할 수 있었다. 미국 버지니아나 노르웨이가 아니라, 경남 의령에 있던 순경 한 명이 내가 태어나기도 전에 민간인 55명을 총으로 쏘아 죽인 것이다. 덧붙여 이 사건은 당시 2주간 신문 지상을 덮었고, 어느 순간 언론에서 전혀 찾아볼 수 없게 되었다는 것도 알게 되었다. 또, 당시 내무부 장관이 이 사건으로 사퇴하고 후임으로 정계에 입문한 사람이 불행히도 노태우였다는 것까지도.

실화를 바탕으로 했기 때문인지 몰라도 내용은 다소 산만하다. 서문은 카빈총을 만든 외국인에 대한 짧은 이야기이고, 1번부터 12번까지는 각기 살해당했거나 그 근처에 있었던 사람의 시점으로 이야기가 전개된다. 처음에는 갑자기 화자로 나온 주인공이 총을 맞는 구성에 조금 어리둥절했다. 그러고 조금 있으려니 그다음 화자도 또 총을 맞는다. 나는 이 이야기가 어디로 가는 것일까 의심스러웠다. 본격적으로 살인마가 나오자 기본적으로 시점이 너무 많은데다가 서술이 매우 장황하다는 생각이 들었고, 사건의 전개가 늘어지고 있다는 판단을 하게 됐다. 각자의 사정事政을 이해해서 전달하려는 시도였지만, 독자에겐 지나치게 많은 화자로 인해 몰입의 어려움만 느껴졌다. 종국에는 소설적인 화해나 갈등의 해소 없이 마지막 화자가 폭발하는 것으로 소설이 딱 끝나버린다. 그리고 이어지는 신문 기사를 보고 나는 이 모든 갸우뚱함이 실화를 각색했기 때문이었음을 깨달았다. 일어난 사건과 사실은 정해져 있고, 작가는 여기에 캐릭터를 불어넣으면 되는 일이었다. 여기서 수많은 희생자의 시선을 전부 끌어내려니 이야기가 장황해졌고, 설득력을 주어야 하니 산만해졌다. 또 정해진 사건의 분량을 장편으로 풀자니 사건의 전개는 느릴 수밖에 없었다. 게다가 실제 일어난 일임이므로 마지막 갈등의 해소 없이 그 자리에서 소설은 마무리될 수밖에 없었다.

실제 사건을 기반으로 한 소설을 써내는 것은 생각보다 만만치 않은 일이다. 때론 허구보다 더 과장된 현실에 노출되었다 싶은 우리들의 삶을 반추해보자면 말이다.

하얀 이빨

제이디 스미스　김은정 옮김　민음사　2001년 4월

제이디 스미스는 1975년생 여성이다. 자메이카 이민자 출신의 어머니와 영국인 아버지 사이에서 태어났고, 캠브리지 대학 영문과 시절 단편소설 몇 편을 발표하고 명성을 얻어 몰려든 출판사와 장편을 계약했다. 3년 뒤인 스물다섯 살에 『하얀 이빨』을 발표하고 영국 문단의 최고 이슈로 올라섰다.

그리하여 이 작품은 천재적인 작가의 신데렐라 스토리를 완성시키는 스물다섯 살의 장편으로는 거의 완벽하다 할 만하다. 모든 작가의 데뷔작처럼, 그녀는 그녀 자신이 가장 잘할 수 있는 소재를 택해 놀라운 성실성과 집요한 서술로 장편을 창조했다. 소설은 20개의 챕터, 900페이지가 넘는 분량을 지니고 있으며, 3대에 걸친 주인공은 10여 명이 넘는다. 전지적 3인칭은 단순한 서술에서 그치지 않고, 핸드헬드 카메라처럼 시점이 쉴 틈 없이 교차한다. 평론에는 이런 말도 있다. "제이디 스미스는 주인공을 너무 속속들이 잘 알고 있다." 이 문장이 바로 납득될 만큼 다양한 캐릭터는 하나하나 깊이 있는 감정을 드러낸다.

'하얀 이빨'은 영국 이민 사회의 아이러니를 의미한다. 이빨은 잇몸 사이를 틀어막고 깊이 박혀 있지만 결국 보이지 않는 뿌리가 존재한다. 또한 하얀 이빨은 유색 인종에서 가장 두드러지는, 백인 사회에서 그들을 구별시켜주는 표지인자다. 근원과 차별을 드러내는 절묘한 제목이다.

방글라데시 출신 영국인 이민자(사마드)와 방글라데시에서 데려온 아내(알사나), 백인 남성(아치)과 여호와의 증인 집안 출신 자메이카인 여성(클라라)이 핵심 인물이다. 사마드와 아치는 2차대전에 참전해서 동고동락한 사이이며, 참전 용사라는 설정은 영국 사회의 고리타분한 한 축을 의미한다(좀 모자라는 그들은 전쟁 당시 변방을 떠돌다가 종전을 모르고 한참을 숨어 있다가 발견된다). 사마드는 전쟁 때 입은 부상으로 한 팔을 쓸 수가 없고, 클라라는 윗니가 한 개도 없다. 참전 용사라는 허울좋은 탈을 쓰고 한 손으로 고작 카레를 나르는 일을 하는 사마드는 자신이 낳은 남자 쌍둥이의 정체성이 무너지는 것을 두려워하다가 쌍둥이 중 한 명을 고향인 방글라데시로 보낸다. 하지만 방글라데시에서 키운 아들은 영국식으로 교육받은 엘리트가 되어 나타나고, 영국에서 키운 아들은 오히려 이슬람 순혈주의 연맹에 들어가 대립각을 세운다. 그 와중에 둘은 자메이카인 혼혈로 사회에서 겉도는 아치의 딸과 애정관계로 얽히게 되고, 이 이민 2세대들은 영국 사회에서 자신의 근원을 잃고 삐뚤어진 채 흩어져간다.

날카로운 위트와 묘사, 시니컬한 영문체, 소설적 장면 구성의 미묘함 등 처녀작임을 감안하면 정말 탁월한 작품이다. 과학문명의 추종자와 이슬람 근본주의자, 여호와의 증인, 동물보호 단체까지 모든 등장인물이 한꺼번에 등장하는 마지막 신도 정말이지 대단하다. 종국에는 어떤 일이 벌어질지 아무도 알 수 없는 환상적 리얼리즘의 결말로 끝을 맺는데, 실로 세상살이란 그 결말을 알 수 없음이 또한 사실이므로, 무슨 일이 일어날지 그 어떤 상상을 한들 실은 합당하리라.

March

수요일

칠면조와 달리는 육체노동자

천명관 창비 2014년 8월

군더더기 없는 작품집이다. 책 전반적으로 우리네 외롭고 힘겨운 인생을 위로하고 이해하기 위한 서사와 문장들로 가득하다. 하지만 다 읽고 나자 천명관 문학의 정수는 역시 장편이 아닌가 하는 생각이 뇌리를 떠나지 않는다. 아마도 그의 장편에서 받았던 강렬한 인상 때문이리라.

2017 3
2

목요일

채식의 배신

리어 키스 김희정 옮김 부키 2013년 2월

저탄수화물 고지방 식이에 관련된 방송에 나갈 일이 있어서 이 책을 찾아 읽었다. 평소 같으면 읽지 않았을 책이라는 뜻이다. 이 책의 내용을 요약하자면 이렇다. 리어 키스 본인은 20년간 유제품까지 안 먹는 비건 채식주의자였다. 그리고 그 기간 동안 환경주의자, 여성해방주의자, 인종차별철폐자로도 활동하며 본인이 직접 농장을 가꾸고 풀만 뽑아 먹었다. 그 과정이 내내 굶주리고 힘들었다. 결국 척추가 내려앉았고, 회복 불가능하다는 말을 들었다.

참을 만큼 참은 저자는 드디어 고기를 먹었다. 그러자 아픈 몸이 싹 나았다. 저자가 생각해보니 인류는 원래 고기를 먹는 존재고, 우리가 먹는 고기도 결국 고기를 먹고 크는 생물이었던 거다. 나아가 인류가 농경을 위해 밭을 파괴하고 화학비료를 쓰고 소가 자연 상태에서는 먹지 않을 옥수수를 먹이는 농업 행태가 잘못되었다는 생각이 들었다. 이를 바탕으로 저자는 이렇게 주장한다.

채식주의자들아 채식을 그만두고 고기를 먹어라. 콩을 비롯한 작물은 워낙에는 그리 건강한 식품이 아닌데 지구인은 전부 속고 있다. 인류는 자연을 파괴해서는 안 되고 경작도 지구를 해치는 일이라 해서는 안 된다. 식량을 생산하는 다국적 대기업은 악마들이라 존재해서는 안 된다. 지구에는 인구가 너무 많다. 지방을 안 먹으면 키도 안 크고 머리도 잘 안 돌아간다. 소는 내장까지 남김없이 다 먹어야 한다. 하여간 다시 말하지만 고기를 많이 먹어야 한다. 그런데 나는 인종차별도 반대하고 양성평등을 주장한다.

고기를 먹자는 것까지는 좋다. 하지만 기타 세부 주장들을 뒷받침하기 위해 전반적으로 저자가 꼽는, 본인의 경험담이 섞인 과학적 논거들은 혼란스러워 충격적이기까지 하다. 이를 조목조목 비판하자면 꽤나 정성스러운 지적 노력이 필요할 것인데, 나는 다행히 그럴 필요를 느끼지는 못한다. 다만 이 책은 통째로 옳은 말 같은 일방적인 주장으로 이루어져 있는데, 그것을 자신도 확신하지 못하니 스스로 납득하려고 노력한다는 점이나 독자에게 어떻게든 기어이 납득시키려는 몸부림이 관전 포인트다. 본인 스스로가 환경주의자였다는데, 같은 신념을 가진 이들끼리도 분파를 가지고 서로 치열하게 다툰다는 사실을 다시금 알았다. 어쨌거나 이렇게 극단적인 생각을 가지고 살아가는 지구의 누군가도 있구나, 라고 생각하면 충분할 책.

금요일

유료 서비스

체스터 브라운 이원경 옮김 미메시스 2015년 9월

'유료 서비스'란 저자가 '매춘'을 새롭게 부르는 말이다. 소심한 데다 한 번도 매춘을 경험해보지 못했던 중년 남자가 나름대로의 합리성을 가지고 매춘녀에게 유료 서비스를 받고 사랑에 빠지면서 그들을 이해해가고, 또 주변에서 벌어지는 오해를 설득하는 과정을 가감 없이 담았다. 너무나 솔직한 이 만화가가 본업인 만화로 그려낸 자기 고백 페이지는 술술 넘어간다.

이 만화의 의미를 구성하려는 양 축은 개인이 성판매여성과 돈을 주고 성교한 경험을 솔직하게 서술하는 것과, 매춘이 이 사회에서 필수불가결하므로 여성이나 혹은 남성이 사회의 양지로 나와서 성을 팔 권리를 줘야 한다는 작가의 논리를 이해해보는 두 가지다. 엿보는 흥미 위주로만 진행하지 않기에, 이 책은 '그냥 야한 만화'에서 멈추지 않고, 그의 말은 '단순한 주장'에서 그치지 않는다. 한 번은 읽고 생각해볼 책이다. 다만 마지막 작가의 말을 보면 '이건 실은 이것 때문에 그렸고 저건 저것 때문에 그린 거야'라고 자기 책을 설명하는데 그야말로 사족의 느낌! 없는 편이 나았을 뻔했다.

토요일

개인적인 체험

오에 겐자부로 서은혜 옮김 을유문화사 2009년 7월

오에 겐자부로의 소설은 『성적 인간』과 『익사』를 읽었는데 솔직히 두 편 다 큰 감흥을 불러일으키진 못했다. 최근작인 『익사』는 중언부언이고 지루하다는 평까지 붙일 수 있을 정도. 그러던 중 누군가가 그의 초기작이야말로 마스터피스라고 했고, 그중 『개인적인 체험』이 가장 명작이라고 했다. 역시 모든 작가는 초기작을 넘어서기 어려운 것일까. 『개인적인 체험』은 초반 몇 페이지만 봐도 치밀한 마스터피스의 기운이 느껴진다.

"버드Bird는 들사슴이라도 되는 양 당당하고 우아하게 진열장에 자리잡고 있는 멋진 아프리카 지도를 내려다보며 조그맣게 억제된 한숨을 내쉬었다." 이 장편의 첫 문장에서 알 수 있는 것은 주인공의 이름은 새를 뜻하며, 그는 날개를 달고 아프리카라는 대륙을 날아다닐 일을 꿈꾸지만 두 발은 현실에 붙어 있기에 그 간극에서 고뇌하는 인물을 연기하리라는 것이다. 그리고 예상과 다르지 않은 논조로 소설은 전개된다.

하지만 독자들이 전개를 예측할 수 있음에도 버드의 행동과 그 서술이 놀라운 명작을 만드는 데는 그가 겪는 사건과 그가 세상을 바라보는 방식이 지극히 암울하고 기괴한 시선으로 일관되고, 그것이 기가 막힌 묘사로 표현된다는 점에 있다. 큰돈을 들여 아프리카 지도를 사 온 그는 곧 현실에서 아내의 출산을 맞게 되는데, 그가 낳은 아들은 누가 봐도 끔찍한 괴물 같은 기형아다. 그는 알코올중독자로 아내와 처가에 모든 생계를 빌붙고 있는 처지이며 간신히 학원 선생님으로 생계를 버티고 있는데, 처가는 아내 모르게 기형아인 아들을 죽음으로 내몰 것을 권유한다. 기괴하게 생긴 자기 자식을 본 그는 이것이 생명이 과연 맞는지, 자식의 죽음으로 자신이 정서적인 면죄부를 얻을 것인지, 또한 자신의 선택으로 아들이 죽거나 혹은 죽지 않으면 어떨 것인지 고뇌한다. 그는 결국 의사에게 죽여달라고 간청하고는 죽음을 기다리며 술을 퍼마시고, 여자친구와 밤낮으로 정사를 벌이고, 빨간 스포츠카를 타고 다니며 절망적으로 '죽은 자와 남은 자의 평행우주'를 논한다. 그 대목은 이렇다.

> 있잖아 버드, 죽음과 삶의 갈림길에 설 때마다 인간은 그가 죽어버려서 그와는 관계가 없어진 우주와 그가 여전히 살아나가면서 관계를 이어가는 우주라는 두 개의 우주를 앞에 두게 되는 거야. 그리고 옷을 벗어버리듯이 그는 자신이 죽은 자로서밖에 존재하지 않는 우주를 뒤에 버려두고 그가 계속 살아가는 쪽 우주로 찾아오는 거지. 그래서 한 사람의 인간을 둘러싸고 마치 나무줄기에서 가지와 잎이 갈라지듯이 갖가지 우주가 튀어나오게 되는 거고. 내 남편이 자살했을 때도 그와 같은 우주의 세포 분열이 있었던 거야. 여기 있는 나는 남편이 죽어버린 쪽 우주에 남았지만, 남편이 자살하지 않고 살아가는 건너편 우주엔 또하나의 내가 그와 함께 살고 있는 거지. 한 인간이 요절하면서 뒤에 남겨두는 우주와 그가 죽음을 면해 살아가고 있는 우주라는 형태로 우리를 둘러싼 세계는 끊임없이 증식해가는 거야. 내가 다원적인 우주라고 부르는 것은 그런 의미지. 너도 아기의 죽음을 너무 슬퍼하지 않았으면 해. 아기를 축으로 삼아 갈라진 또하나의 우주에선 살아남은 아기를 둘러싼 세계가 전개되고 있는 거니까.

세기말적이기도 하고, 생과 사의 경계가 쉽게 결정되지 않아 존재의 근원에 대한 질문을 던지기도 하는, 죄책감과 내면세계에 대한 기술이 아닐까 한다. 악다구니 같은 생을 서술하는 문장은 내면의 고독과 죄악을 너무 '개인적'으로 솔직하게 풀어놓아 무서울 정도인데, 일견 아름답게 읽히기도 한다. 건조하고 하드보일드한 문체는 그가 닥친 기괴한 상황을 설명하기에 적확하다. 결국 사태는 파국으로 향해 가고, 죽음을 부탁하기 위해 돌팔이 의사를 찾아가던 그 안개 낀 마을에서 혹이 튀어나온 아이는 죽어가면서 울다가 잠잠해지고, 사방이 침잠해 길을 찾지 못하는, 어디를 봐도 똑같은 건물 속에서 세기말적이고 자기 파괴적인 공상을 간직한 애인과의 방황을 그린 마지막 장면은 정말이지 백미. 그는 이 작품에 자신의 '개인적인 체험'이 곁들여졌다고 했는데 이 소설이 진짜 '개인적인 체험'이었다면 독자들은 세상을 바라보는 우울하고도 젊은 대작가의 시선에 경탄을 금할 길 없으리라.

2017 3
5
일요일

그믐, 또는 당신이 세계를 기억하는 방식

장강명 문학동네 2015년 8월

장강명은 특이한 이력의 작가다. 연세대학교 공과대학을 졸업해 건설회사를 다니다가 동아일보에서 11년간 기자로 일했다. 서른일곱에 등단해서 직장을 그만두고 소설가의 삶을 살기 시작했다. 그는 한 인터뷰를 통해 회사에 다니지 않는 대신 집에서 그만큼 일하기 위해 하루 여덟 시간 타이머를 맞춰놓고 글을 쓴다고 했다(이 소설에서 그처럼 타이머를 맞춰놓고 글을 쓰는 작가가 나온다. 작가만이 쓸 수 있는 작가에 대한 묘사다). 그후 다수의 소설을 발표했고, 화제가 되며 다수의 상을 받았는데, 계산해보니 직장생활을 했을 때 벌 수 있는 돈보다 약간 적었다고 한다. 작가의 삶에 이해가 가는 부분이다.

『그믐, 또는 당신이 세계를 기억하는 방식』은 재미있는 소설이지만, 출판계의 트렌드를 그대로 따르는 소설이기도 하다. 소설은 150페이지 남짓밖에 되지 않으며, 대략 한두 시간에 전부 읽을 수 있다. 대신 전개는 긴박하고, 등장인물은 자극적이고 함축적인 대사로 전개를 이끌며, 작가가 언급하고자 하는 군상이 때때로 등장해서 소설적인 양념이 된다. 가격조차 가장 부담 없이 구매할 수 있어 잘 팔린다는 만 원이다.

요즘은 간결하고 SNS에 특화된 글을 주로 컴퓨터로 읽게 된다. 그러다가 옛날 책을 집으면 전개가 느리고 속도감이 떨어지는 느낌을 받는다. 그러니 이 SNS를 옮겨온 듯한 소설의 구성적 특징이야말로 시대에 특화된 것이 아닐까 하는 생각을 하게 한다. 그렇다고 문학성이 떨어진다는 얘기가 아니다. 줄거리야 조금 평이할 수 있지만, 하루키식의 초현실과 우리나라의 절망적인 시대 상황 및 현실인식에 관한 대사들이 눈을 뗄 수 없게 잘 엮여 펼쳐진다. 속도감 있는 문체도 아주 좋고, 가끔 섞여 있는 위트도 감각 있으며, 우리나라 사람이 모국어 소설을 읽었을 때의 강점인 현실감이 아주 뚜렷하다. 한 소설가의 대표작을 엿보기에 좋은 독서다.

2017 3
6
월요일

한국이 싫어서

장강명 민음사 2015년 5월

한때 이 책이 국립중앙도서관 대여 순위 종합 1위에 오른 것을 보고 사람들이 왜 이 책을 빌리려 하나 이해해보고 싶은 적이 있었다. 일단 그의 소설 대부분에 이런 공통점이 있다. 기본적으로 독서할 때 부담이 전혀 없다는 점이다. 대체로 짧은 길이이고, 이 책도 장편소설이라고는 하지만 중편보다 조금 긴 정도다. 문장도 직관적이고 좋다. 모든 소설이 손에 들면 펴지고, 펴면 읽힌다.

『5년 만의 신혼여행』에서 저자는 이 책이 자신의 아내 이야기를 각색한 거라고 털어놓았다. 역시 소설가의 주변 사람들은 소설의 주인공이 될 각오를 해야 한다. 제목처럼 한국이 싫은 사람은 제법 많을 것이고 그런 면에서 한 번쯤 읽어보고 싶은 생각을 하게 한다. 주인공은 한국이 싫어서 호주로 이민을 간다. 나는 학생 때 글을 쓰겠다고 호주에서 한 달간 방을 빌려 생활했었는데, 당시 주워듣고 경험한 이야기가 적나라하게 소설에서 전개된다. 역시 사람들이 흥미를 가질 만한 내용이므로 호기심을 자아낼 수 있다. 게다가 전반적으로 소설 속 사건은 빠르게 진행되고, 묘사도 친절하며 결론도 분명하다. 왜 대중이 장강명의 작품을 선택하는지 알 것 같다.

2017 3
7
화요일

뜨거운 피

김언수 문학동네 2016년 8월

처음 접한 김언수의 책. 솔직히 말하면 김연수 소설가의 팬인데, 이름이 너무 비슷해서 지금껏 안 읽어봤었다. 별 이유는 아니겠지만, 하여간 그랬다. 나는 많은 책을 동시에 뒤적거리던 중 이 책을 집었는데, 600페이지나 되는 길이를 한나절 만에 다 읽어버리고 말았다. 결론부터 말하면 엄청나게 재미있다.

우리가 영화에서 많이 본 부산 조폭들의 이야기다. 영화화를 염두에 두고 쓴 작품이라서 그런지 소설 전반적으로 영상화가 잘되어 있다. 중간중간의 사실적이면서도 적극적이고 별 무리 없는 묘사가 스토리를 잘 뒷받침한다. 입으로는 의리를 외치면서도 각자 배신에 배신을 거듭하고, 이래저래 터무니없이 많은 빚을 지다가 서로 복부에 칼을 꽂고, 시체는 갈아서 부산 앞바다 물고기에게 먹이고, 종국에는 등장인물의 8할이 죽어나자빠진다. 이 조폭들의 대사는 부산식 위트로 점철되어 있는데, 지나치게 사실적이라서 필경 작가가 그들과 생활해보지 않았을까 하는 생각까지 들었다.

어설픈 조폭 영화보다는 이 소설이 백만 배쯤 재미있다. 그것은 이 작품이 실제 영화로 나와도 그럴 것 같다. 재미없고 지루한 소설이 많다보니 독자들에게 극도의 재미와 흥미, 긴박감을 선사하는 이 소설에 나는 아주 높은 점수를 주게 된다.

2017 3
8
수요일

유년기의 끝

아서 C. 클라크 정영목 옮김 시공사 2002년 9월

아이작 아시모프, 로버트 앤슨 하인라인과 함께 SF계의 빅3로 불리는 아서 C. 클라크의 대표작이다. 아서 C. 클라크는 영화 〈2001: 스페이스 오디세이〉의 대본을 쓴 사람이기도 하다. 책을 읽고 생각해보면 그의 세계관이 〈2001: 스페이스 오디세이〉에서도 드러나는 듯.

일단 명작의 조건은 다 갖춘 작품이다. 이 작품에서의 그는 1953년 당시의 과학, 역사, 종교, 철학, 인류 진화론까지 집대성하는 지적인 면모를 보여주며 당시로서는 생각하기 힘든 미래를 상상력으로 구현하고, 독자들의 흥미를 끌어당기는 문법까지 구현한다. 평화로운 세계에 우주선 한 대가 어느 날 홀연히 나타나고 그 안에 있는 외계인과 지구인이 교신한 이후부터 이런저런 사건이 벌어지는 플롯은 1953년에 나온 이 책 이후로 많은 사람에 의해 다양한 변주가 만개했다. 그 와중에서 냉전 체제와 인간의 핵전쟁, 인종차별과 예술인에 대한 비판과 페이소스를 첨가하고, 이를 각각 오마주하거나 패러디하는 모습을 보는 재미도 있다. 결말까지 에반게리온 영화판에 차용될 만큼 파격적이다. 이 책이 아득한 1953년도에 집필되었음을 감안하면 역시 다시 한번 감탄할 수밖에.

2017 3
9
목요일

일곱 개의 고양이 눈

최제훈 자음과모음 2011년1월

독자들은 책을 집어들 때 가장 먼저 제목을 보게 된다. 『일곱 개의 고양이 눈』. 그런데 고양이가 세 마리면 눈은 여섯 개일 것이고, 네 마리면 여덟 개일 것이다. 고양이 눈은 왜 일곱 개인가? 그런 생각으로 맨 첫 장을 펼쳤을 때 나오는 글귀는 이렇다.

집에 돌아와 문을 열었을 때
어둠 속에서 일곱 개의 고양이 눈을 보았네
내가 키우는 새끼 고양이는 세 마리뿐인데
하얀 고양이, 까만 고양이, 얼룩 고양이
나는 차마 불을 켜지 못했네

이 책의 모든 의문과 마찬가지로, 작가는 남은 한 개의 고양이 눈이 도대체 뭔지 끝까지 설명하지 않는다. 위 글귀에서 보이듯이 소설 속의 행위자들은 '차마 불을 켜지 못'하는 것처럼 아무것도 밝혀내려고 하지 않기 때문이다. 여하튼 어둠 속에서 빛나는 미지의 눈 한 개에 대한 의문을 밝히기 위해 독자들은 긴 여정을 떠난다. 첫번째 중편의 제목은 『여섯번째 꿈』, 우리는 곧 첫번째 문장을 만난다.

자, 이야기를 계속해봐. 잠이 들지 않도록.

독자들은 이미 몸을 실어버린 긴 여정에서 이 첫 문장이 그토록 큰 힌트가 될 것이라고는 상상하지 못할 것이다. 무심코 이 문장을 넘기면 일본 영화나 만화에서 본 듯한 장면을 그대로 답습하는 듯한, 기묘하게 진부한 내용이 이어진다. 연쇄 살인마를 연구하는 인터넷 모임에서 어떤 부유한 사람이 자신의 산장으로 회원들을 초대한다. 산장에 사람들이 전부 모였지만 의문의 초대자는 나타나지 않는다. 어쩔 수 없이 여섯 명의 사람들은 서로가 누군지도 모른 채 산장의 술을 마시며 하룻밤을 보낸다. 아침에 눈을 떠보니, 한 사람이 살해당해 있다. 주변을 둘러보니 눈이 많이 와서 산장은 고립되었고, 외부와의 연락은 두절되었으며, 먹을 것이라고는 술밖에 없다. 그리고 이어지는 서로를 알 수 없던 사람들의 반목과 다툼, 그리고 또 연속된 살인. 초대자는 나타나지 않고 사건은 미궁 속으로 빠진다. 살인범은 초대자인가? 그가 맞다면 그는 이 안에 있는가? 아니면 외부에서 우리를 감시하고 있는가? 그것도 아니라면 그냥 살인범은 우리 중 하나인가?

여기까지는 의도적으로 진부하다. 하지만 '고양이의 눈'은 여섯 개였고, 이 사람들의 숫자도 여섯 명이다. 일곱번째의 '고양이 눈'에 이르면 '불을 켜지 못한다'는 의도를 비추어본다면, 이 일곱번째의 살인범이 순순히 밝혀질 리는 만무하다. 우리는 첫번째 중편 「여섯번째 꿈」의 말미에서 살인범이 결국 '꿈'이었다는 허무한 결론을 본다. 모두가 잠깐씩 잠들었을 때 '꿈'속에서 이루어지는 살인이 실제로 일어나 서로를 죽이고 있다. 이 밑도 끝도 없는 결말을 마주하면, 독자들은 소설의 나머지 부분이 절대로 무난하지 않겠구나 짐작할 수 있다. 심지어 맨 마지막은 이 내러티브가 처음부터 다시 반복되는 것으로 마무리된다. 우리는 그 원인과 근본을 알 수 없는 미궁 속으로 벌써 들어간 것이다.

이 소설은 이어지는 「복수의 공식」 「π」 「일곱 개의 고양이 눈」까지 네 개의 중편이 모여서 한 개의 장편소설을 구성하는 형태다. 이제 두번째 「복수의 공식」부터 작가는 숨겨왔던 이빨을 마음껏 드러내고, 독자들을 본격적으로 페이소스의 미궁 속에서 헤매게 만든다. 첫 꼭지에서는 한 킬러가 업무를 완수하기 전에 하는 넋두리라는 생각이 들었다면, 이어지는 꼭지에서는 첫번째 꼭지가 과연 진짜인지 믿을 수가 없어지고, 또 이어지는 꼭지에서는 이제 작가가 작정하고 이 책 한 권을 보르헤스적 순환의 고리 안에서 기술할 작정이라는 생각이 든다. 자꾸 변주되는 '일순간 경기하는 형제나 자매' '샛강 모텔 314호' '소녀와 악마' '이야기를 좋아하는 킬러' '마취과 의사' '내용을 고치는 번역자'에다가 더불어 실제로 '나비효과'를 언급하는 주인공들. 등장인물은 또 죽고 또 살아나서 다른 이야기를 기술하고, 급기야는 첫번째 중편인 「여섯번째 꿈」의 설정이 튀어나오다가, 다섯번째 꼭지에서는 첫번째 꼭지의 첫 장면으로 돌아간다. 이어서 도달한 세번째 중편은 제목이 아예 「π」이다. 여기까지 읽었다면 독자들은 뭐가 꿈이고 뭐가 진짜로 일어난 일인지 분간하는 것을 포기할 것이다.

세번째 중편은 이야기를 만드는 남자의 이야기이다. 그가 적는 글은 현재 일어나는 일과 기묘하게 일치하며, 동시에 그가 번역하는 책의 제목은 「여섯번째 꿈」이다. 하지만 우리가 아는 「여섯번째 꿈」은 이 남자의 손에서 처음과 달라져 있다. 여기에서 한 등장인물은 이렇게 말한다. "자네가 겪은 일이 이곳의 조각들을 가져다 만든 퍼즐이라고 생각하지? 그럼 이런 생각은 안 해봤나? 여기 이 병원도, 어딘가에 다른 현실에서 조각들을 가져다 만든 퍼즐일지 모른다는 생각. 그렇다면 진짜 자네는 어디에 있는 걸까?" 이 말대로 주인공은 탄광에서 살아남아 정신병에 걸렸다는 설정에서 액자를 차고 나와 또다른 액자를 부수며 다른 이야기와 또다른 이야기를 만들어내고, 이쯤 되면 독자들은 자신이 어디에 있는지조차 의심스러워진다. 네번째 중편에서는 이제 『일곱 개의 고양이 눈』이라는 책까지 나오고, 지금까지의 이야기가 온통 뒤섞여 이종난무의 향연을 벌인다. 이 책의 마지막 장면이 맨 첫 장면으로 돌아가는 것은 너무도 당연해져서 독자들은 당황하지도 않는다.

이 이야기를 전부 빠져나오면, 먼저 이런 생각이 든다. 참 재미있다. 이 재미있는 것은 무엇인가. 이것은 소설의 형태를 차용하고 있지만, 재미라는 한 목표를 위해 전통적 방식의 구성을 송두리째 박살내고 있다는 말도 된다. 이야기를 위해 소설 속 인물들은 학살되거나, 이야기를 하다 탈진해 죽어가고, 또 새로 등장한 사람들이 이야기를 받아 이어간다. 이를 끝도 없이 이어가기 위한 처절한 장치들. 그 의도와 구성 때문인지 이 책 속에서 벌어지는 전개나 사건은 독자들에게 쉴 틈을 주지 않는다.

거짓은 흥미롭다. 반복되는 거짓의 변주를 목격하는 것보다 우리를 더 흥미진진하게 만드는 것은 없다. 저자는 마지막 커피 한 모금까지 거짓으로 포장하고, 숨겨진 고양이 눈을 설명하는 대신에 한쪽 눈을 잃고 애꾸가 되는 사람을 자꾸 출연시킨다. 확언할 수 있는 것은 이 책을 덮고 방에 불을 끄면 왠지 이야기의 근원을 탐구하는 눈 하나가 우리를 지켜보고 있는 느낌이 들 거라는 사실이다. 우리는 차마 불을 다시 켜지 못할 것이다. 왜냐하면 이는 내 안에서 다른 이야기가 샘솟는 상태이기도 한 까닭이다. 이렇게 남의 이야기를 내 이야기로 일깨우는 것이 좋은 소설 아니겠는가.

상냥한 폭력의 시대

정이현 문학과지성사 2016년 10월

서로가 서로에게 타인임은 벗어날 수 없겠지만 그래도 서로에게 상냥하려고 표면적으로는 노력하는 시대. 따지고 보자면 그것은 폭력일지도 모른다. 무엇인가 되고 싶지만, 그것이 되지 못한 사람들이 한데 묶여 발버둥치는 각자의 이야기들. 정이현의 문법은 우리를 간질이는 듯한 흥미로운 지점에서 이야기를 풀어나간다. 이 세계의 타인을 이해해보고자 노력하게 되는 소설집.

왜 대학에 가는가

앤드루 델반코 이재희 옮김 문학동네 2016년 8월

고등학교 시절엔 그저 성적을 잘 받아 좋은 대학에 가는 것이 목표였다. 그것이 그 시기에 주어진 본분이라고 무비판적으로 이해했다. 그 막연한 몰이해 때문인지 고등학교 시절 대학이라는 곳을 떠올리면, 조금 더 어려운 공부를 가르치고 다양한 사람들이 모인 고등학교를 상상했다.

이윽고 나는 제법 높은 경쟁률을 뚫고 쉽게 들어가기 어렵다는 대학에 입학했다. 그곳은 내가 고등학교 때 상상했던 것과 전혀 다르지 않았다. 아니, 아예 일치했던 것 같다. 우리에게 수강 신청을 하는 고민 따위는 없었고, 어떤 사람이 교수인지도 이해하지 못했으며, 지상 과제는 빡빡한 학사 일정에서 최대한 유급 없이 많이 놀고 졸업하는 것이었다. 그나마 자유롭게 수업을 선택할 수 있는 (6년의 학창 시절 동안 자유롭게 선택할 수 있는 교양 과목은 약 3~4개 정도였다) 교양 과목에선 학점 따기 수월한 과목만 골라 수강 신청을 하며 허송세월했다. 곧 대학이 어떤 곳인가에 관한 고민은 끝났다. 나는 대학에서 시키는 대로만 따라가 간신히 졸업했고, 직업인이 되었다.

하지만 그 모든 과정을 다 지나온 지금, '대학 시절'이라는 과거를 떠올리면 꽤나 복잡한 생각이 든다. 대학은 발전해온 역사부터 아주 다양했으며, 교육법과 교수법에 대한 많은 논의가 있었고, 조교 시스템, 강사 시스템, 교수 시스템에 대한 비판이 있었으며, 어떤 지식을 가르칠 것이냐는 물음과, 입학과 졸업하는 과정이 어떤 방식으로 사회통합적인 폭넓은 분배의 역할을 할 것이냐는 논란이 있었다. 내가 지나온 대학 시스템은 완벽하다고 할 수는 없지만 많은 석학의 논의와 토의로 이루어진 것이었고, 사회의 시대상에 따라 발전하고 있었다. 오히려 지나간 다음에 뒤를 돌아보자 어떤 것 하나 허투루 된 것이 없었다. 이를 당시에 깨달았다면 얼마나 깊이 있게 생활할 수 있었을까. 허나 모든 후회는 지나고 나서야 쏟아져 내린다.

이 '석학' 중 한 명인 앤드루 델반코의 책은 어렵지 않고, '대학'이라는 쟁점에 대해 많은 논란의 여지와 생각할 거리를 제시한다. 현재진행형인 문제이므로 책은 명백한 결론이나 단호한 주장을 건네지 않지만 지적인 문체와 현장에서의 경험, 바탕이 되는 연구와 사회 전반에 대한 자신만의 철학을 볼 수 있다. 대학에 다니고 있거나 대학 가까이에 있는 사람들에겐 분명 자기 소속의 태생이나 현재 쟁점을 되돌아볼 수 있는 시간을 선사할 것이다.

2017 3

12

일요일

너의 세계를 스칠 때

정바비 알에이치코리아 2014년 6월

정바비, 본명 정대욱의 첫 에세이집이다. 그는 언니네 이발관의 초기 멤버였고, 바비빌, 줄리아 하트, 가을방학으로 음악적 커리어를 이어가고 있다. 그는 음악 활동에서 가사에 공을 들이는 것으로 유명했는데 인디밴드 가을방학의 주옥같은 가사가 다 그의 작품이다.

그의 책을 몇 장만 읽어봐도 글쓰기를 많이 해본 사람임을 알 수 있다. 문장마다 뿜어져나오는 재치도 있다. 기본적으로 생각을 글로 정리하는 훈련을 많이 한 사람이다. 하지만 연애가 주제인 초반의 글에서는 '나는 여자가 아주 많아' '나는 바람둥이이며 엔조이가 좋아' '나는 내 마음대로 연애를 했는데, 그건 참 쿨한 것들이었어' 정도의 소재에 약간의 불편함을 느꼈다. 연애담이 빠지자 본격적인 글이 보이는데, 국문학과 출신 전업 뮤지션이 술과 글과 이야기와 일본 문화와 영화 등에 심취하는 내용이 나쁘지 않다. 주워듣고 보고 느낀 것이 많고, 글쓰기 훈련을 하다보니 제법 괜찮은 글이 탄생한 셈인데, 거꾸로 재미있는 글은 이런 사람에게서 탄생하는 것이구나 하는 것을 알려줬다고나 할까.

더불어 이 책을 읽으며 언니네 이발관 2집 마지막 트랙 〈너의 비밀의 화원〉이 그의 작품임을 알았다. 이 노래는 피아노 솔로곡인데, 나는 평생 이 노래를 천 번쯤 들었고 삼백 번쯤 연주했다. 개인적으로 사춘기의 감성이 온전하게 남아 있는 가슴 저리는 곡이다. 그런데 이번에 이 노래가 그가 스무 살 이전에 작곡한 노래임을 알았다. 새삼스레 나의 스무 살 이전을 되돌아보게 되었다.

2017 3

13

월요일

숲의 대화

정지아 은행나무 2013년 2월

문장이 단단하고, 소설적 얼개가 치밀한 작품집이다. 다만 내가 현대적인 작품에 길든 탓인지 전반적으로 책의 감성이 조금 옛날에 맞춰져 있다는 느낌이다. 표제작 「숲의 대화」와 이어진 「봄날 오후, 과부 셋」은 작가가 매우 공들인 작품임이 보이지만, 주인공과 서술자가 지극한 노인으로 설정되어 있고, 그들이 나누는 일제 시대, 치매, 노년의 나날들, 옛 결혼생활 한탄 등의 소재는 이입이 조금 어려웠다. 더불어 약간은 낡은 표현과 단어의 사용, 의식의 흐름을 차용한 기법, 시골 사람들의 불행 한탄, 사투리가 난무하는 서술이 조금 당혹스럽기도 했다.

그래서 유치하지만, 중반 이후 익살스러운 서술자가 들려주는 다채로운 세상 이야기가 개인적으로는 더 재미있었다. 땅을 파서 봉황을 캐려는 사람의 이야기인 「인생 한 줌」, 전원주택을 지어보려다가 좌절하는 작가의 이야기인 「즐거운 나의 집」, 강남 사모님의 능청스러운 서술인 「나의 아름다운 날들」, 고시원이나 길거리에 사는 남자들의 세계인 「절정」 등이 편하게 읽혔고, 작가의 오래된 소설적 구력이나 삶의 구력까지 느끼게 했다. 다시 말하지만, 내가 조금 유치한 시선을 지녔음을 스스로 인정한다.

2017 3
14
화요일

필경사 바틀비

허먼 멜빌 한기욱 옮김 창비 2010년1월

산업사회가 태동하던 1853년에 태어난 재미있는 작품이다. 지금은 없는 '필경사'라는 낯선 직업과 바틀비라는 특이한 이름과 그보다도 더 특이한 바틀비의 성격이 이 작품의 알파요 오메가다. 바틀비는 변호사 사무실에 고용되어 단순히 서류를 베껴 적는 일을 하지만 소설 내내 일을 시키면 밑도 끝도 없이 "안 하고 싶습니다"라는 말을 던지고 실제로도 안 한다. 아주 짧은 소설이기에 읽는 시간이 많이 들지 않지만, 도대체 이 소설 안의 '바틀비'는 왜 이러는지 내내 궁금해하다가, 그냥 더욱 궁금해하면서 책을 덮을 수밖에 없었다. 작가가 마지막에 제시한 기이한 행동의 연유조차 납득하기 힘든 것이었고, 마지막 페이지는 의구심을 품은 채 성큼 다가오지만, "안 하고 싶습니다"라는 말에 여운이 남아 영영 그를 궁금하게 만든다. 이해되지 않는 주인공을 서술하는 방식과 여운을 주는 표현에 있어 명작 반열에 드는 소설이며, 나아가 산업사회의 태동에서 많은 사람이 자신과 인간의 자아에 대해 늘 고민했음을 알게 한다.

2017 3

15

수요일

밤이 선생이다

황현산 난다 2016년 5월

당연히 좋은 책임을 알고 집어들게 되는 책이 있다. 문단뿐 아니라 사회의 큰어른으로 불리는 황현산의 산문집이야말로 그런 것이다. 이 책을 읽다보면, 신안군 섬에서 자라 학창 시절 불문을 탐독하던 그의 유년 시절과 곧이어 평생을 순수한 불문학과 문학평론에 몸 바친 그의 세계관과 아름다운 문체를 읽을 수가 있으며 '옳은 세상이란 무엇인가' 평생 자문했던 그의 사상을 엿볼 수가 있다. 더불어 딸과 대화를 나누며 삶을 격려하는 순간의 기록에도 그의 삶에 대한 철학이 서려 있다. 나에겐 '평생 수학하고 자신의 소신을 지켜온 사람의 글은 어떤 글이어야 하는가'라는 질문에 답하는 책이었다.

좋은 에세이란 자신의 생각을 남들이 고개를 주억거릴 수 있을 만큼 솔직하고도 설득력 있게 내놓은 것이다. 이 좋은 산문집에선 그의 심연과도 같은 생각을 거리감 없이 엿보고 감동을 느낄 수 있었다. 그를 귀감으로, 역시 나도 평생을 배우고 읽고 써야 한다는 생각이다.

은하수를 여행하는 히치하이커를 위한 안내서

더글러스 애덤스 권진아·김선형 옮김 책세상 2005년 12월

이 방대한 소설은 1980년부터 한 권씩 세상에 나와 1984년에 총 다섯 권으로 완결됐다. 나는 2005년에 시리즈 시작 25주년을 기념해서 발매된 1235페이지짜리 합본을 사두었는데, 너무 두껍기에 지레 겁먹고 책장에 오래 묵혀두었다가 읽기 시작했다. 어디 카페에서 펼치기라도 하면 마치 사전을 읽고 있는 것처럼 보이는 대단한 두께였다. 근래 이보다 더 두꺼운 책을 읽었던 적은 응급의학 교과서밖에 없는 것 같다.

하지만 이 책의 흡입력은 1235페이지짜리 벽돌 같은 책을 발매한 편집자의 자신감을 엿보게도 했다. 환상적이라는 어휘를 넘어선 표현이 있다면 갖다 쓰고 싶을 정도다. 작가는 자기가 마음껏 뛰어놀 수 있는 가상의 공간을 만들고 그곳에서 수학, 과학, 사회, 경제, 정치, 천문학, 국제사회, 섹스, 환경오염, 컴퓨터, 인공지능 등 인류가 가용할 수 있는 거의 모든 소재로 유머를 벌인다. 어떠한 문학적인 고뇌나 대서사시에 대한 찬미도 이 책을 표현하는 데에 필요가 없다. 우리는 이 머리가 둘 달린 우주인과 평범한 소시민이 좌충우돌 엮어가는 유머를 즐기기만 하면 된다. 이 두꺼운 책 어느 페이지를 펼쳐도 녹록하지 않게 25년 전의 한 인간이 창조해낸 매혹적이고 치기 어린 패러디의 서사가 담겨 있다. 게다가 25년 전의 과학이나 컴퓨터, 우주에 관한 지식을 생각한다면 이 소설은 일견 천재가 벌인 사건에 가깝다. 그리고 고도로 문학적인 유머 코드도 작가는 대단히 능숙하게 사용하는데 책 속의 책, 모든 것이 시작점으로 돌아가는 결말, 놀라울 정도로 정밀하고 시각화된 묘사가 그의 역량을 선보이며 독자들에게 해학적 쾌감을 불러일으킨다. 2001년 그가 헬스클럽에서 급사하며 속편에 대한 논란이 종결되었

는데, 그 사실이 아쉽다.

덧붙여 여기 나오는 몇 장면들은 문학사에 두고두고 회자될 수 있을 정도로 대단한데, 이 책에 관해서 이야기를 하라면 벌써부터 입이 근질근질해지고, 잔을 놓고 밤새 이야기할 수도 있을 것 같은 흥분이 인다. 특히 인공지능이 늘 회의에 차서 지독한 권태를 느끼는 부분이 유난히 인상적이다. 예를 들어 엘리베이터에 사람의 마음을 읽는 능력을 부여해서 사람이 다가가기도 전에 먼저 내려와 원하는 층에 데려다주는 인공지능을 부과했더니 마음을 읽다못해 남는 시간에 자신의 처지와 운명에 대한 공상을 하며 철학을 창조하곤 자의로 일을 하지 않는 권태적 결론을 내서 결과적으로 엘리베이터가 마비가 됐다는 식의 유머다.

유명한 책이지만, 방대한 길이 때문인지 이 책을 끝까지 읽었다는 사람을 좀처럼 만나보기는 힘들다. 하지만 현재까지 전 세계에 수많은 마니아가 이 소설을 기리며 소설 속 장면을 재현하는 행사를 벌이고 있다. 25년 전의 천재가 어떤 발상을 했는지 알려주는 놀라운 작품이고, 인류가 남긴 고전으로 불리며 오랜 시간이 지난 후에도 회자되고 읽히기에도 충분하다 싶다.

아홉 켤레의 구두로 남은 사내

윤흥길 문학과지성사 2001년 2월

내가 아직 태어나지도 않았던 1977년, 이 시기를 떠올리자면 나는 꼭 우리 문학의 르네상스 시절 소설가들이 갖은 재치와 입담을 발휘해 기록해놓은 소설 속 분위기가 연상이 된다.

내가 상상해보는 이 시기는 이렇다. 서로를 김형, 이형이라고 칭한다. 소주는 꼭 홉 단위로 마신다. 높은 한문과 문어체를 교묘하게 구사해서 던진다. 통금 시간이 되면 단속하는 순찰관을 피해야 한다. 문필가들은 나쓰메 소세키식의 익살을 지면으로 떠들고, 그것은 대중에게 화제가 된다. 왠지 이 시기에 길을 지나는 사람들은 부스스한 머릿결과 과장된 투박한 색의 옷을 입고 사나운 눈매를 그린 여성이거나, 억지로 기른 장발과 잠자리 안경을 낀 얼굴에 빛바랜 황토색 정장을 입고 네모지고 검은 서류 가방을 든 남정네들일 것 같다. 그들은 엄동설한 속에서 꼭 외곽으로 가는 버스 정류장에 천 명쯤 몰려 각자 코트 자락을 여미며 청자 담배를 빼물고 발을 동동 구른다. 지금은 흑백 화면으로 반추해야 할 만큼 촌스러우나, 당시 살던 사람들은 세련된 유행으로 익살을 떤다. 이 추억 안으로 들어간 듯한 먹먹한 장면을 되새기는 것만으로 이 시대의 소설 읽기는 상당히 재미있다.

『아홉 켤레의 구두로 남은 사내』는 이 한국 문단 르네상스 시기의 명작 반열에 들어가는 소설집이다. 수록된 소설들의 문학적 완결성이나 소설적인 재미도 대단하지만, 무엇보다 한 페이지도 쉬지 않는 등장인물들의 익살에 나는 미칠 정도로 즐거웠다. 소설은 당시 사람이 즐길 수 있는 최고의 오락 중 하나였고, 그 시대에서 가장 극진한 사람들이 소설을 써내고 있었다. 결국 그 시대 사람들의 익살과 해학의 첨병은 활자로 이루어진 소설, 즉 문학이 맡고 있었던 것이다. 1970년대식 문어체의 사투리, 한자어, 어마어마한 과장법, 시대를 비꼬는 유머는 정말이지 사람을 돌아버리게 할 정도로 웃긴다. 내 글에다가 몇 개 따라서 써보고 싶을 정도다.

심지어 나는 이런 농담을 아직까지도 좋아하고 즐긴다. 만약 내가 1970년대에 청년기를 보냈더라면 제법 농을 잘 치는 사람이었으리라 괜히 짐작도 해보는 것이다.

2017 3

18

토요일

그 후

나쓰메 소세키 윤상인 옮김 민음사 2003년 9월

"백 년이 지난 지금 우리의 이야기" 이 책의 뒷표지에는 이렇게 쓰여 있었다. 읽는 내내 나는 이 문장이 피부로 와닿았다. 주인공은 고독하고, 고독은 사람을 존재하게 한다. 1907년에도 고독한 사람이 자신의 고독의 일대기를 남겨놓았다는 것이 현재 고독한 나에게 위안이 된다. 고독이란 그런 것이다.

다이스케는 당시로서는 대학까지 나온 엘리트이며, 글을 제법 배운 사람이다. 부친과 형이 돈이 많아서 아무것도 하지 않아도 먹고살 수 있다. 그러면 1907년의 식자는 무조건 열심히 글을 쓰든지 생활 전선에서 열심히 일을 했을까. 사람, 그중에서도 식자가 참 귀할 시절이니 대개 그럴 법도 하다. 하지만 다이스케는 그렇게 하지 않는다. 가끔씩 보는 친구들과 현학적인 말장난이나 벌이면서 시간을 빈둥거린다. 공들여 면도하기도 하고, 꽃향기나 맡으러 다니거나 괜히 거리를 쏘다니다가 온다. 지금도 이런 사람은 많을 것이지만, 그때도 이런 사람은 엄연히 있었다.

그렇게 생활하던 다이스케가 처음으로 자신의 생을 주체적으로 결정해야 하는 기로에 선 계기는 사랑이다. 그것도 친구의 아내에게 연정을 품었기 때문이다. 이 책은 다이스케의 사랑 '그 후'에 관한 연상이다. '그 후' 어떻게 될는지는 아무도 모른다. 그 자신도 모른다. 하지만 생각 없이 살던 다이스케는 사랑에 빠지자 현실적으로 '그 후'를 생각해야만 했다. 이 존재의 번민이 이 소설의 주축이다. 결국 다이스케는 진지하게 사랑을 택하지만, '그 후'는 아무도 모른다. 독자들도, 그리고 다이스케 자신도 모른다. 그는 빙글빙글 도는 전차 안에서 '그 후'에 관해서 생각해보지만, 현실이나 자신의 머릿속은 빙글빙글 도는 혼돈 속일 뿐이다. 그대로 소설은 끝난다.

이 혼돈의 쟁점과 다이스케의 현실을 바탕으로 한 심리가 기가 막히도록 잘 묘사된 명작이다. 내가 영향받고 싶은 작품이란 이런 것이다.

시노다 과장의 삼시세끼

시노다 나오키 박정임 옮김 앨리스 2017년 2월

일본인들의 장인적 꼼꼼함은 첨언이 필요 없을 정도로 널리 알려져 있다. 이 특질은 비단 예술인이나 직업적인 '장인'이 아닌 일견 평범한 일본인에게도 내재되어 있는데, 지금 이 책만 봐도 다시금 알 수 있다. 지은이인 시노다 나오키는 1962년생이고, 여행회사에서 영업과장으로 근무하는 샐러리맨이다. 그 외에는 특별한 것도 내세울 것도 없는 평범한 사람이다. 하지만 그에게 내재된 장인정신은 특별한 곳에서 발휘되고 있었으니 바로 1990년 8월부터 2013년 3월까지 근 23년간 자기가 먹은 삼시세끼를 전부 기록하거나 그림으로 남긴 것이다.

사람은 누구나 밥을 먹는다. 그리고 보통 사람들은 그 식사가 뱃속으로 사라지면 기억에서도 지워버린다. 하지만 20년도 넘게 그것들을 전부 잊지 않게 기록해놓았다면, 그것은 어떠한 역사나 일대기가 되고야 말 것이다. 시노다 나오키는 그 긴 시간 동안 먹은 모든 식사와 함께 자신의 일상을 간략하게나마 전부 기록했고, 그 미묘한 맛과 풍미에 대해서 묘사했으며, 자기가 인상 깊게 느꼈던 주요 식사들을 일러스트로 남겼다. 게다가 이 기록은 한 사람이 일생을 바쳐 고심한 만큼 시간이 지날수록 접근 방식과 묘사에 있어서 자가발전한다. 누군가는 이 책의 기록에서 한 개인이 먹은 밥이 시기순으로 나열되는 지루함을 느낄 수도 있겠지만, 나에겐 평범한 일본인이 과연 무엇을 먹고 사는지 엿보는 호기심을 충족시켜주면서, 한 사람의 치밀한 장인정신과 기록하고 되돌아보는 삶에 대한 경이를 느끼게도 했다.

2017 3
20
월요일

역사란 무엇인가

E. H. 카 김택현 옮김 까치 2015년 3월

이 책의 평가에 대해서는 반론의 여지가 없다. 1960년에 E. H. 카가 강의한 내용이 담긴 이 책은 당시를 고려해도, 그리고 지금 다시 읽더라도 역사에 대한 새로운 패러다임을 제시하고 있음이 분명하다. 누군가가 이 책에 실린 역사적 관점에 대해 반론하고 싶다면 진보된 현대 역사학의 잣대를 들이밀어야 할 것인데, 그도 이 책 자체가 역사학에 대한 하나의 주요한 역사적 기록이라는 것을 인정할 것이므로, 이 책이 지닌 큰 의미를 부인하지는 못할 것이다.

"역사는 현재와 과거의 끊임없는 대화이다." 이 책에서 가장 유명한 구절이자 이 책의 핵심 내용이다. 이는 현재의 역사학에서 진리처럼 받아들이고 있는 문장이지만, 1960년대에는 하나의 새로운 질서로 낯설게 받아들여졌다. 그로부터 이미 많은 시간이 흐른 현대에 읽기에 이 논지는 약간 진부하게 느껴질 수 있지만, 진득하게 읽다보면 E. H. 카의 역사에 대한 깊은 이해로 쓰인 문장의 설득 방식과 지적인 논거에 감탄사가 절로 나온다. 『역사란 무엇인가』는 지적인 현대인으로 살아가기 위한 필독서가 아닐까 싶다.

덧붙여 이 책을 다시 읽으며, 왜 이 책이 옛날 금서로 지정되었는지 그 연유를 어렴풋이 느낄 수 있었다(영화 〈변호인〉에서 사상법 위반에 걸린 피고인의 가방을 털자 나오는 책이 이 책이다). 모르긴 몰라도 참 어처구니없는 시대였음은 분명하다.

2017 3

21

화요일

나는 야한 여자가 좋다

마광수 북리뷰 2010년3월

마광수는 내가 태어난 해인 1983년 윤동주 연구로 문학박사를 받았다. 그리고 당시로서는 아주 젊은 나이에 파격적으로 연세대학교 정교수로 발령받았다. 시인이자 소설가, 지식인을 넘어선 문학의 천재라고 불렸다. 『나는 야한 여자가 좋다』는 그의 첫 에세이집으로 그를 베스트셀러 작가에 들게 했다. 자극적이고 대중 친화적인 문학 세계로 인기를 얻었지만, 행보가 파격적이라 진보적인 인사를 제외한 문단이나 정부에선 당시 그를 탐탁지 않아 했다. 승승장구하던 마광수는 1992년 『즐거운 사라』를 발표했다. 소문에 의하면 청와대 비서실장이 이 내용을 보고 도저히 안 되겠으니 잡아들이라고 말했다고 한다. 그래서 그는 도주와 증거 인멸의 위험이 없음에도 야한 소설을 발표했다는 이유로 구속수사를 받는다. 여론도 자기 아이들이 이런 소설을 보고 자라면 어떻게 하겠냐며 떠들었다. 결국 유죄가 확정되고 집행유예를 선고받으며, 그는 연세대학교에서도 임시 해직당한다. 1992년의 우리들 문화계의 진풍경이었다. 참 우스꽝스러운 해였다.

마광수가 훌륭한 문학가인지는 논의가 분분하지만, 그가 시대의 희생자이자 선구자인 것만은 확실하다. 그는 정말 오래전 일임에도 여전히 유치장을 반추하고 두려움에 떠는데, 그의 말을 직접 인용하면 이렇다. "참, 글 하나 썼다고 사방이 막힌 방에 막 사람을 가둬놓는데 그냥 아무 생각도 할 수가 없고……" 그가 자주 표현한 대로 갈비씨 같은 몸을 오들오들 떨었음이 분명하다. 글 읽고 글쓰던 서생이 죄인 취급받고 기자들이 몰려드니 얼마나 힘들었을까. 지금 그것보다 몇 배 더 야한 소설이 세상에 나와도 사람들은 별로 신경쓰지 않는 것을 보면, 시대를 거슬러 좀 일찍 태어난 것이 그의 억울함의 다랄까.

어쨌든, 당시 파격적이었다던 서른여덟의 마광수 교수가 1989년에 써낸 베스트셀러 『나는 야한 여자가 좋다』는 2017년에 다시 읽기 참으로 암담하다. 지적이기는 하지만 그렇다고 눈에 번쩍 뜨일 정도로 사유가 드러나는 것도 아니고, 그냥 공부 잘하고 문자 잘 쓰고 글쓰는 것을 업으로 하는 사람의 문장 정도로만 읽힌다. 손톱 페티시에 관련된 내용은 정말 꿈에 나올 정도로 많이 반복되는데다가 지금 기준에서는 전혀 야한 부분도 없다. 그리고 몇몇 부분에서는 책상머리에서 줄글이나 읽은 사람의 고리타분한 비루함까지 느껴져 사람을 경악하게 한다. “정념이 빠져나가니 남자들은 자위를 참아야 한다”라는 대목까지 나올 정도다. 게다가 윤동주나 이상이나 서정주나 한용운을 SM이나 프로이트를 끌어들여서 마조히즘으로 묘사를 해대며 성적으로 분석하는데, 지나치게 자의적으로 잘라 붙여서 앞뒤가 안 맞는 음모론 같다. 1989년도에 사회적 논란을 일으킨 에세이가 도대체 어떤 것인지 알고 싶다면 한 번은 찾아 읽어볼 법 하겠다.

책도둑

마커스 주삭 정영목 옮김 문학동네 2008년 2월

호주인 아버지와 독일인 어머니 사이에서 태어난 호주인 마커스 주삭의 대표작. 흔히 접하기 힘든 '호주문학'으로 소개되지만, 그렇게 부르기에는 일견 국제적이다. 마지막에 주인공이 시드니에 가서 죽는 것 빼놓고는 호주와의 연관성은 찾아보기 힘들다. 하긴, 호주와 관련된 많은 것이 이와 비슷하다. 이 책은 그냥 숱한 2차대전 문학 중 하나로 부르는 것이 맞는 듯하다.

마커스 주삭은 800페이지가 넘는 긴 소설에서 시의 문법을 자주 차용한다. 시선은 죽음의 신과 13세 소녀를 넘나들고, 가볍고 행갈이를 자주 하는 특유의 문법을 사용한다. 한 문장 한 문장으로 내용을 툭 하고 던지는 듯한 서술이다. 이미 많은 소설가가 채용했으며, 몰입이 깊지 않으면 자칫 산만해질 수 있는 문법이기도 하다. 실제 나는 약간의 산만함을 느꼈다.

고아가 된 10세 여자아이의 성장기로 소설은 진행한다. 이런 소설의 화자를 맡은 주인공이 대개 그렇듯, 그녀는 꽤나 당돌하면서 기특한 시선을 가지고 있다. 이 시선은 소설 속 죽음의 신과 가끔씩 충돌하면서 부대낀다. 고아가 된 그녀는 독일인 양부모를 만난다. 독일인답게 아주 무뚝뚝하지만, 실은 마음씨가 아주 따뜻한 양부모다(작가의 어머니가 독일인이라는 사실을 상기해본다). 당돌한 또래 남자친구가 나오지만, 알고 보니 마음씨가 따뜻하다. 집 문턱에 매번 침을 뱉는 무례한 이웃은, 알고 보니 내면의 고민이 깊은 인간적인 사람이다. 무뚝뚝하고 완고한 양아버지는 알고 보니 지난 전쟁을 겪으면서 은인이었던 유대인과 맺은 약속을 지키기 위해 집 지하실에 유대인 청년을 숨기고, 온 가족은 그를 돌본다. 이렇게 모든 사람이 다 착한 와중에 이 가족과 마을이 나치 치하에서 마음을 졸이며 극적으로 한 유대인 청년을 지키는 이야기가 이 소설이며, 마을에 벌어지는 비극과 전쟁을 죽음의 신과 인간의 시선으로 기술해나간 것이 이 소설이다.

이 책을 둘러싼 대내외적인 극찬에도 불구하고, 결론적으로 말하자면 나는 그리 흡족하게 읽어내지 못했다. 인물들에게 부여한 입체적인 면이 오히려 진부하게 느껴졌으며, 줄거리에선 한 번 본 영화를 또 보고 있다는 기분을 받았다. 시적인 문장을 사용한 전개를 펼치지만, 역번역으로 짐작해보아도 아주 화려하거나 마음에 와닿는 문장을 찾기 힘들었다. 내가 너무 2차대전 문학이나 잔혹한 문장에 길든 탓이기도 한 것 같다. 크게 특장점 없는 소설 한 편이라 기록해둔다.

2017 3

23

목요일

잔혹한 이야기

오귀스트 드 비예르 드 릴라당 고혜선 옮김 물레 2009년 11월

가끔 19세기 프랑스 문학에서 언급되는 작가다. 그의 대표작은 현대 SF소설의 근간인 『미래의 이브』(1886)다. 이 작품에서 우리가 쓰는 안드로이드 폰의 '안드로이드'라는 단어가 인류 최초로 사용되었다. 미래를 공상하던 그답게 이 소설집은 그의 상상, 상징주의, 이상주의, 풍자, 잔혹극, 지적인 유희와 환상을 전부 그려낸다. 아름답고 기발한 묘사를 사용한 30여 개의 단편을 연이어 읽다보면 상상력이 대단해 다음 편은 어떤 내용일지 도저히 예측이 안 된다. 이런 글을 썼던 19세기 사람은 어떤 인생을 살았을까 궁금했는데 역시 불운하게 생활고에 시달리다가 식도암에 걸려 쓸쓸히 죽었단다. 너무 앞서간 천재는 역시 시대를 막론하고 당시에는 인정받지 못하는 모양이다. 내용이 너무 인상 깊어 각색한 글 하나를 소개한다. 맨 첫번째 작품인 「비엥필라트르 집안 아가씨들」이다.

옛날 프랑스에 아름다운 자매가 있었습니다. 비록 부유한 집안에서 태어나지는 못하였지만, 정직하고 바른 부모 밑에서 반듯하게 자라 그 용모가 단정하고 기품이 있었습니다. 부모의 직업은 마차가 문을 통과할 때마다 정문 자물쇠와 연결되어 있는 긴 쇠사슬 밧줄에 매달려 문을 열어주는 무척 힘든 일이었습니다. 드문드문 떨어지는 몇 닢의 사례금을 챙기기 위해 부모는 요행 없이 밤낮으로 일했습니다. 단정하고 착한 두 딸은 힘든 부모를 도와야 한다는 것을 일찌감치 깨닫고 아주 어린 나이에 기쁨의 자매, 창녀가 되었습니다. 소박하지만 먹고는 살 수 있을 살림을 유지하기 위해 그녀들은 밤새 땀흘린 대가를 부모에게 바쳤습니다. 이는 좋은 가정교육을 받았고, 확고한 조기교육이 결실을 거둔 덕택이었습니다.

그녀들은 그 힘든 일을 의연하게 끝마치곤 했습니다. 고객들은 그녀들과 맺은 관계를 부드럽고 상냥하다고 기억했고, 관계를 맺지 않은 사람들도 그들의 따뜻한 미소에는 친근한 몸짓으로 답하곤 했습니다. 그녀들은 아무에게도 신세를 지거나 빚을 지지 않았고, 누구에게나 당당했습니다. 생활도 모범적이어서, 앞날을 위해 항상 여윳돈을 저축했으며, 품행 바르게 일요일에는 쉬었습니다. 그녀들은 맡은 바 소임을 다하는, 그 방면의 '전문가'로 최선을 다하며 살았던 것입니다.

그런데 어느 날부턴가 동생의 행실이 나빠지기 시작했습니다. 지금까지 모범적인 삶을 살던 그녀는 유혹에 빠졌습니다. 바로, 사랑을 시작한 겁니다.

생전 처음으로 저지른 실수였습니다. 상대는 젊고 순진한, 예술가의 열정적인 영혼을 지녔으나 빈털터리인 대학생이었습니다. 그는 이상적인 감미로운 언어로 그녀를 악의 구렁텅이로 몰아넣었습니다. 그것은 그녀의 사회적으로 주어진 책무를 생각할 때 자격이 없는 일이었지요. 사랑에 빠진 순간 의무는 까맣게 잊혔습니다. 첫사랑에 빠진 여자의 머릿속에서, 다른 것은 머릿속에서 내쫓기고 마는 법이니까요. 그녀는 순전히, 쾌락을 위해, 화대도 없이 그 잘난 대학생과의 사랑에 탐닉하고 있었습니다.

고상한 언니는 그 부양의 무거운 짐을 혼자 짊어져야 했습니다. 그녀는 넘치는 일을 의연하게 해내면서도, 일을 마치면 동생의 타락을 저주하기 시작했지요. 게다가 사람들은 동생의 타락 때문에 그녀에게도 손가락질하기 시작했습니다. 그 쓰라림은 어느 날 가족 식사에서 극에 달했습니다. 동생이 오지 않은 그 저녁식사에서 남은 세 가족은 노동으로 고된 손을 서로 맞잡고 눈물을 쏟아냈지요.

참다못한 늙은 문지기 아버지는 청년의 집에 찾아가서 딸을 돌려달라고 간청합니다. 하지만 사랑에 빠진 청년은 아버지를 매정하게 내쫓습니다. 제발 그녀와 결혼시켜달라는 말과 함께요. 그래서 남은 세 가족은 동네 사람들과 지인들을 붙잡고 애원하거나 읍소합니다. 그녀는 타락할 대로 타락해버렸다고, 가족애愛도 그녀에게는 아무 소용이 없고, 이제는 미쳐버린 여자아이라고요. 동네 사람들은 전부 그 위로할 길 없는 고통을 듣고 남은 가족들을 다독거리고, 무언의 심심한 위로를 보내며 불행에 깊이 공감합니다.

하지만 가족을 완전히 떠날 수는 없는 법. 동생은 비참한 가족들의 소식을 듣고, 사랑에 빠져버린 데에 심한 죄책감과 수치심을 느낍니다. 그러나 정념은 여간 강력히 그녀의 마음을 사로잡은 것이 아니라서, 그녀는 가족들에게도 돌아갈 수 없었습니다.

이 진퇴양난은 결국 그녀의 몸에 치명적인 영향을 끼쳤습니다. 이튿날 그녀는 온몸에 열이 올라 병석에 누워버렸습니다. 말 그대로 부끄러운 정신이 그녀의 육체를 죽이고 있었습니다. 시름시름 앓던 그녀는 죽음이 가까이 왔음을 느끼고 하늘의 중개자이신 사제를 부릅니다. 사제는 예의 근엄한 직업 정신으로 평화와 자비의 말씀을 전하고 고해성사를 듣습니다.

"저에게 애인이 있어요! 저는 사랑에 빠져버렸다고요! 쾌락을 위해서! 돈 한 푼 벌지 못하면서!"

동생은 하늘의 사도를 보고 자기 인생의 고백을 털어놓습니다. 열병에 걸려 중얼거리는 그 언어들, 하지만 온갖 일을 다 겪은 사제도 그 내용을 이해하기는 어려웠습니다. 처음에 사제는 헛소리라고 생각했지만 '회개'나 '후회' 같은 단어를 듣고, 참회하는 사람의 선한 의지와 진지한 고뇌만 있으면 그것으로 충분하다고 생각했습니다. 그래서 사제가 그녀의 죄를 사하려고 손을 들어올린 그 순간,

문이 벌컥 열렸습니다.

그 대학생이었습니다.

손에는 집에서 세간을 팔아서 마련해준 그의 등록금이 있었습니다. 그는 그 금화를 그녀에게 급히 던졌습니다. 튕겨나간 금화는 햇살을 받고 방안을 번쩍번쩍 빛나게 했습니다. 그녀는 그 밝은 빛에 눈이 부시고 마음이 진정되었습니다. 끝없는 창공으로 나래를 활짝 펼치기

전 잠시 마음을 가다듬듯이 두 눈을 감았습니다. 곧 숨이 넘어갈 것 같던 그녀의 허하고 퀭한 얼굴에 한줄기 구원을 받은 듯 희망이 번졌습니다.
"아아, 주님, 저는, 저는 구원받았어요."
그러곤 그녀는 최후의 숨을 내쉬었습니다.

머큐리

아멜리 노통브 이상해 옮김 열린책들 2014년 10월

노통브 소설은 언제나 믿고 본다. 지금까지 나를 스쳐간 10여 권에서 한 번도 실망한 적이 없다. 게다가 그녀가 발표한 소설은 이미 30권이 넘는다. 심지어 발표한 것보다도 많은 원고 뭉치가 서재 서랍에 쌓여 있다나. 그중 매년 한 편씩을 골라 출판사에 던져준다고 한다. 그야말로 악마의 재능이다.

그녀의 소설은 늘 길지 않고, 언제나 특수한 상황과 환경을 설정한다. 프랑스 소설답게 '세상에서 가장 아름다운 여자'도 자주 나온다. 이 소설도 '세상에서 가장 아름다운 여자'가 폭격으로 얼굴이 망가지고 고아가 된 상태로 한 노인에 의해 섬에 감금당한다는 내용이다. 둘의 나이 차이는 50이 넘고 여자의 얼굴은 망가져버렸는데도 노인은 그녀에게 욕망을 느끼고 성관계까지 한다. 이윽고 그녀가 23세가 되는 생일에 노인은 77세가 된다. 노인은 일명 '도합 100세 파티'를 제안한다. 그날을 며칠 앞두고 여자가 가벼운 감기에 걸리자, 육지에서 여자를 위해 한 간호사가 섬으로 건너온다. 그리고 그 간호사는 곧 알게 된다. '세상에서 가장 아름다운 여자'의 얼굴이 망가지지 않았다는 것을. '세상에서 가장 아름다운 여자'의 모습 그대로라는 것을.

노인은 여자에게 망가진 얼굴을 보여주지 않기 위해서라는 핑계로 얼굴을 비출 수 있는 물건을 집에서 전부 치워버린다. 거울은 물론이고, 목욕물도 기름을 풀어 혼탁한 상태로 받아주며, 욕실에 물이 모일 수 있는 장소마저 없애놓는다. 가구도 전부 칠을 해놓고, 창문은 마주할 수 없는 높은 곳에 둔다. 『머큐리』는 아주 재미있는 네이밍인데, 이 간호사가 엄중한 감시를 뚫고 그녀에게 자기 얼굴을 보여주기 위해 사용한 도구이다. 그녀는 체온계의 수은을 대야에 모아서 아름다운 여인의 진짜 모습을 보여주려 한다. 결국 실패하지만, 그 노력으로 말미암아 노인의 음모와 그녀를 둘러싼 비밀이 파헤쳐지게 된다.

노통브는 소설의 결말 같은 것에 크게 괘념치 않는 듯하다. 뻗어가는 이야기와 그 과정에 대한 고민만이 있을 뿐. 심지어 이 소설에 나온 결말은 두 가지 버전으로 쓰여 있다. 정규 버전과 노통브가 작가적 결말을 낸 버전으로. 정규 버전이 합당하긴 하지만, 작가 버전도 생각해볼 만하다. 장편소설 중에서는 아주 짧은 급인데다가 특수한 상황과 환경, 빠른 전개, 그리고 넘치는 재능으로 쓰인 미학적 불문은 너무 조화로워 쉽사리 눈을 뗄 수 없게 한다. 아직 내가 읽지 않은 20권도 아마 한달음에 읽을 수 있으리라. 하지만 언제나 믿고 볼 수 있는 작품들이므로, 한 권 한 권 아껴 본다.

25
토요일

안녕 주정뱅이

권여선 창비 2017년 2월

> 막차를 타고 읍내에 내린 영경은 편의점에 들어가 맥주 두 캔과 소주 한 병을 샀다. 편의점 스탠드에 서서 맥주 한 캔을 따서 한 모금 마신 후 캔의 좁은 입구에 소주를 따랐다. 또 한 모금 마시고 소주를 따랐다. 그런 식으로 맥주 두 캔과 소주 한 병을 비우는 데 30분도 걸리지 않았다.

이런 방식으로 술 마시는 사람을 어디선가 본 것 같은데, 나는 아직 이렇게 마시긴 힘들 것 같다. 이 책에는 이렇게 어디선가 본 것 같은 주정뱅이들이 잔뜩 나와 인생 활극을 펼친다. 「삼인행」의 엔딩, 「이모」의 먹먹함, 「카메라」의 잘 짜인 플롯, 기타 작품에서도 보이는 생의 비극을 견디는 사람들. 세상모르고 만취한 사람들이 펼쳐내는 일대기가 소설집 전체를 차지한다.

어디 갔어, 버나뎃

마리아 셈플 이진 옮김 문학동네 2016년 7월

여성 작가의 미국식 킬링타임 소설+이미 잘 팔린 베스트셀러의 특징+미국 책 특유의 두껍지만 잘 읽히는 가독성+할리우드 영화를 보고 있는 듯한 튀는 위트+내용과 어울리는 적절한 문체와 문장+휴머니즘과 가족애로 귀결되는 해피엔딩=그야말로 적절하다. 반대로 말하면, 딱 그만큼의 책이다.

예감은 틀리지 않는다

줄리언 반스 최세희 옮김 다산책방 2012년 3월

2011년 맨부커상 수상작. 2016년 한강이 수상해서 국내에도 유명한 상이지만, 한강은 인터내셔널 부분이고 줄리언 반스는 본상이다. 작품을 떠나 작가의 커리어에 비하면 절대로 넘치는 상은 아니다. 기본적으로 이 소설은 치밀한 얼개와 독자들에게 쾌감을 주는 장치들로 가득하고, 서술 시점이 화자와 청자를 넘나들며 독자들에게 호기심을 불러일으키기 충분하다. 그리고 '믿을 수 없는 화자'가 아주 적절하게 사용된다. 독자들은 언제나 자기중심적이자 기만적인 한 화자의 기술이 타자의 시선에서 낱낱이 부서지는 장면을 좋아한다.

이 책 앞 문구에는 "소설을 다 읽고 나면 당신은 바로 뒤로 돌아가서 한번 더 소설의 내용을 확인할 것"라고 적혀 있다. 나는 그에 만반에 대비를 하고 읽었다. 하지만 '충격적인 반전'이라기보다는 '뜬금없는 반전'이라서 역시나 앞부분을 뒤적여야 했던 것이 조금은 억울했다. 소설에서는 이 반전에 대한 서술을 일부러 부족하게 한 듯한데, 개인적으로 독자들의 상상에 맡기는 마무리는 그리 나쁜 것 같지 않다. 마지막으로 'The sense of an ending'을 '예감은 틀리지 않는다'로 번역한 분에게 박수를 보낸다. 신의 한 수다.

2017 3

28

화요일

생이 끝나갈 때 준비해야 할 것들

데이비드 케슬러 유은실 옮김 21세기북스 2017년 3월

우리는 살아가면서 무조건 한 명 이상의 죽음을 마주해야 한다. 허나 나처럼 죽음을 전문적으로 접하는 사람이 아닌 이상 그에 대한 막연한 느낌만 있을 것이다. 그러나 분명 우리가 죽음을 마주할 때 실질적으로 알아야 할 것이 있지 않을까? 이 책은 죽음의 실제에 대해 세세하면서도 보편적으로 설명한다. 한마디로 정의하자면, 이 책은 죽음에 관한 실용서라고 부를 수 있다.

사람은 왜 아플까

신근영 낮은산 2017년 3월

우리가 컴퓨터에게 어떤 질문을 던질 때 컴퓨터는 아주 정확하고 빠른 시간 안에 그 답을 인간 앞에 내놓는다. 인간은 확실히 계산 능력에서는 컴퓨터를 이길 수 없다. 하지만 컴퓨터는 결코 스스로에게, 또 우리에게 무엇인가 묻지 않는다. 질문을 만들어낼 수 있는 능력, 이것은 컴퓨터와 인간의 본질적인 차이라고 말할 수 있다. 게다가 컴퓨터는 고통을 느끼지 않는 반면, 인간은 고통을 느낀다. '그렇다면 사람은 왜 아플까'라는, 이 책의 제목이기도 한 질문은 처음부터 기계와 구별되는 인간 존재의 특성과, 질문을 만들어낼 수 있는 특유의 능력이 결합한 근원적인 물음인 셈이다.

이 책은 그 질문과 아픔의 선후관계에 있어 '아픔'이 우리를 질문으로 내몰았노라 이야기하는 책이다. 아픔을 느끼기 전까지 당연했던 모든 것이 아픔을 겪음으로써 당연하지 않게 된다. 이 당연하지 않음이 질문을 만들어낸다. 대체 아픔이란 것이 어디서 왔고, 지금 그것을 자각할 수 있는 내 신체란 무엇이며, 아픔 속에서의 내 삶은 어떤 것이 되어야 하느냐 하는 질문들. 책을 읽는 내내 우리는 끈질기게 '사람은 왜 아플까'라는 질문과 씨름할 것이다.

그러나 불은 끄지 말 것

김종관 달 2014년 8월

'남성적'인 시선과 '여성적'인 시선의 구분은 현대 문학에서 별로 의미가 없다. 하지만 연애를 그린 콩트에서 화자가 명확하게 한쪽의 시선을 지녔을 때 독자는 그 성별을 구분하며 읽을 수밖에 없다. 나는 개인적으로 '여성적'인 시선이나 이병률처럼 '남성이지만 여성적'으로 느껴지는 연애담을 좋아한다. 이 책은 때때로 '여성적'인 시선을 담고 있지만, 대체로 '남성적' 시선이 주가 된 콩트집이다. 주어진 발상이나 상황은 종종 흥미로운 시선을 담고 있기에 잘 읽힌다. 하지만 불현듯 그 시선이 단순히 '남성적'이기에 마음이 불편해지는 경우가 가끔 있었다. 그래서 이 책이 보통 사람들에게 어떻게 독해될 것인지 궁금하기도 했다. 또 나 스스로 화자가 되어 비슷한 주제나 사건에 접근했더라면 조금 다른 방식이 되었을 것이라는 생각이 쉽사리 머릿속에서 떠나지 않았다.

일곱 번째 봄

K보리 두란노서원 2017년 3월

이 책의 저자인 K보리를 전혀 몰랐다. 이 책은 어느 날 택배로 날아와 내 책상 위에 놓여 있었다. K보리의 자필 편지와 함께였다. 내용인즉슨 우연히 라디오에서 내 책이 낭독되는 것을 들었고, 감명을 받아 자기가 쓴 책을 선물한다는 것이었다. 저자로서 감동적인 내용이었다. 하지만 편지의 글씨체가 기묘하게 조악했고, 거침없이 빨간 펜으로 교정이 되어 있는 것이 뭔가 좋지 않은 느낌을 주었다. 흔하게 저자에게 선물을 보내는 사람인가도 생각했다. 하지만 책을 펼쳐들자마자 나는 그 편지와 내가 받은 선물에 대해 곱절 이상의 감동을 느꼈다.

저자인 K보리는 스티븐 존슨 신드롬 환자다. 드문 병이라서 일반인은 잘 모르겠지만, 이 병은 대학병원 피부과에서 최악의 질병으로 꼽힌다. 궁금하신 분들은 인터넷에서 사진을 잠깐 뒤지면 알 수 있다. 다형성 홍반이 형성되면서 전신이 마치 화상을 입은 것처럼 변한다. 이 과정에서 환자의 피부는 거의 사라지고 진물이 흐르며, 당사자에게는 가만히 누워 있지도 못하는 고통을, 보는 사람에게는 놀라움과 끔찍함을 안겨준다. 점막 부분도 침범되어 환자의 눈과 입, 항문에 염증이 생겨 제 기능을 할 수 없게 만들고, 수술을 반복하게 만든다. 이 과정에서 사망 확률도 높다.

더 기구한 것은, 이 병이 언제 어떤 방식으로 우리에게 다가올지 아무도 모른다는 점이다. 병인은 대부분 약물로 인한 부작용인데, 그 약물은 보통의 감기약 같은 것이라 대부분의 사람들에겐 한없이 안전한 것이다. 그래서 절대로 예측할 수 없다. 하지만 그 약을 복용한 사람 중 100만분의 1이라는 확률로 목숨을 위협하는 질병이 찾아온다. 자신의 면역 체계로부터 비롯된 전신의 염증이 급성으로 번지고, 그 결과 자신의 육체와 자아가 망가지고, 심한 경우 목숨을 잃게 되는 것이다.

저자인 K보리는 서른한 살의 평범한 직장인이었다. 예쁜 옷을 입고 손에 매니큐어를 바르고 친구들과 카페에서 수다를 떨고 옷장을 뒤져 일주일 치 입을 옷을 미리 정해놓는 디자이너였다. 그녀는 무심코 라식수술을 받기 위해서 항생제를 먹는다. 여기서 그녀는 어떤 불행한 생각도 떠올리지 못했을 것이다. 하지만 그녀는 며칠 뒤 감기 기운과 입에 돋는 혓바늘을 느낀다. 병원에서 몸살이라는 이야기를 듣고 입원하지만, 혓바늘은 이제 전신으로 퍼져 그녀를 집어삼킨다. 서울의 큰 병원으로 찾아가서야 그녀는 스티븐 존슨 신드롬을 진단받고 투병을 시작한다. 이 책은 이 기구한 운명의 그녀가 회복되고 일곱번째 봄을 맞아 간신히 펴낸 그녀의 투병기이다.

이 책을 중립적으로 본다면 평이한 문장으로 이루어지고 동어 반복이 다소 발견되는 평범한 한 개인의 투병기라고도 할 수 있겠다. 하지만 나는 읽는 내내 병원에서 본 같은 질환의 환자를 떠올리며, 그 과정이 얼마나 험난했을지 짐작할 수 있었다. 또한 부작용으로 인해 시력을 잃고 열아홉 차례나 수술을 받으면서 그때마다 죽을 것 같은 고통, 혹은 진짜로 죽을 수 있지 않을까 생각하던 한 평범한 개인을 떠올렸다. 그녀는 자신의 이야기를 풀어냄으로써 삶을 극복했고, 희망을 느끼자 더욱 필사적으로 글을 적어냈다. 더불어 환자의 입장에서 가감 없이 묘사된 의사의 모습을 보고 병원에서의 나 자신을 반성하기도 했다.

그녀는 자신의 이야기를 남의 이야기로 만들기 위해 투병 과정에도 악착같이 블로그를 운영했고, 이를 바탕으로 세상으로 다시 발걸음을 내딛는 한 권의 책을 내기에 이르렀다. 온전치 않은 시력과 몸 상태를 이겨내가며 내가 쓴 글의 한 단락이 감동적이었다는 이유만으로 자필로 문장을 쓰고 꼼꼼하게 교정까지 본 편지와 그 결과물을 내게 전달한 것이다. 이 책은 기록하고자 하는 한 인간의 욕망이 사람의 의지를 얼마나 단단하게 다지게 하는지 그에 대한 감동을 온전하고도 지극히 전달해냈다. 개인적으로 K보리의 인생과, 그녀가 더 써내려갈 문장에 대한 무한한 격려와 응원을 보낸다.

April

토요일

젊은 예술가의 초상

제임스 조이스 이상옥 옮김 민음사 2013년 12월

고전을 읽다보면 이 책처럼 묘하게 한 사람의 유년기부터 전개되는 엇비슷한 작품을 발견하곤 한다. 그래서 나는 이 책을 읽는 내내 누군가가 그것을 한 결로 분류해두었을 것이라는 생각을 했고, 책 마지막의 작품 해설을 펼치자마자 맨 첫 단어로 제시된 낱말 하나를 볼 수 있었다. 빌둥스로만Bildungsroman. 이 독일어는 흔히 '교양소설'로 번역되며, 영어에는 상응하는 낱말이 없다. Bildung이라는 말은 '형성하다'라는 bilden을 명사화한 것으로, 개인의 자가형성을 의미한다. 그리하여 빌둥스로만이란 장르는 주인공이 성장기를 통해 겪는 정신적 편력과 장래의 직업을 찾아내어 정착하는 과정을 줄거리로 삼는 소설인데, 지극히 독일적인 개념이며 괴테의 『빌헬름 마이스터의 수업시대』를 비롯한 독일 민족의 문학 유산에서 찾아볼 수 있다. 토마스 만의 『마의 산』, 헤르만 헤세의 『데미안』, 서머싯 몸의 『인간의 굴레』 등이 이에 들어간다. 이 작품들의 주인공은 작가 본인과 묘하게 동일시되고, 일견 평범한 사건들 속 비범한 사고를 지닌 화자가 등장해서 범인이 유년기에 할 수 없는 철학적인 사유를 펼친다.

그래서 이 분류의 작품을 읽는다면 한 예술가가 자신의 어린 시절을 반추하면서 마주했던 하나하나의 사긴과 사물과 서직과 단어에 극도로 세밀한 의미를 부여한 채 사유하고 성장하는 과정을 지켜볼 수 있다. 이는 웃자란 아이의 심오한 정신세계를 보는 것과도 같겠지만, 한 예술가가 단 하나밖에 없는 자신의 유년을 기어이 활자로 적어낸 문학작품들에서 우리는 이 대문호들의 기억을 반추하는 능력과 세심함에 경이를 느끼게 된다. 더불어 아일랜드 소설가인 제임스 조이스가 독문에 영향을 받아 『젊은 예술가의 초상』을 썼다는 것도 하나의 주목할 점이라 하겠다.

2017 4
2
일요일

비명을 찾아서

복거일 문학과지성사 1987년 3월

안중근 의사는 1909년 하얼빈에서 이토 히로부미를 총으로 쏴 죽였다. 그런데 왜 하필 이토 히로부미였을까. 천황이나 군 통치자도 있었는데 왜 정치가 한 명이었을까. 그는 당시 국제 정세를 읽는데 가장 능한 한국인이었다. 그러므로 그는 이토 히로부미를 없애는 것이 국익에 가장 도움이 된다고 판단했다.

그 근거는 이토 히로부미의 행적에 있다. 당시 일본 내정에서 천황은 유명무실했고, 군과 정치가가 실권을 놓고 다투고 있었다. 그 와중에 그는 정치계의 수장이었다. 일본에 팽배했던 군국주의 세력은 한국과 일본을 합방하고, 수탈 후 전쟁 기지로 사용할 것을 주장했다. 이른바 강경파였던 것이다. 이토 히로부미는 정치가였고, 반대로 온건파에 속했다. 조선의 일본 종속화와 황국 신민화를 꿈꿨고, 문화 말살 정책을 펼쳐 조선을 일본의 영토로 합병하려 했다. 실제 그는 정치적으로 고종황제를 몰아내고, 친일 내각을 만들어 조선을 일본의 종속국으로 만드는 절차를 밟아가고 있었다.

그래서 1909년 안중근 의사는 이토 히로부미를 제거한다. 수장을 잃은 온건파는 힘을 잃었고, 일본은 군 세력이 득세했으며, 결국 한중일 합방을 뿌리부터 같은 나라로 만들어야 한다던 그의 주장은 사라졌다. 이후 강경파는 일방적 수탈 노선을 택했고, 전쟁을 일으키고 만다. 그리고 1945년 패망한다. 안중근 의사는 물리적인 수탈보다 조선의 문화를 말살하려던 그의 가치관이 국익에 큰 해를 끼친다고 생각했던 것이다. 그리고 그 적중으로, 동아시아의 정세는 완벽히 틀어져버린다.

『비명을 찾아서』는 이 역사에서 하나의 가정을 제시한다. '안중근 의사가 하얼빈에서 발사한 총탄에 이토 히로부미가 죽지 않았다.' 이후 역사는 앞서 언급한, 그리고 우리가 알고 있는 역사와 반대로 흐른다. 이토 히로부미는 17년을 더 산다. 온건파는 계속 득세하고, 전쟁은 일어나지 않는다. 그러니 일본은 패망하지 않는다. 조선은 결국 이토 히로부미의 뜻대로 일본의 속국이 된다. 조선 고유의 역사와 언어는 지워진다. 그후 오랜 시간이 지나자 한반도에 사는 사람들은 조선이라는 나라가 있었다는 사실조차 기억하지 못한다.

소설은 경성, 쇼와 62년, 즉 하얼빈 사건 이후 40년이 지난 한반도를 그린다. 모든 사람은 전부 창씨개명된 일본식 이름과 일본어를 쓰고, 현재 한국의 모든 지명은 일본식으로 불린다. 일본인은 요직을 차지하고, 구 조선인은 당연히 대접받지 못한다. 소설적으로 완전히 다른 세계관을 창조하려는 노력과 새로운 작명 및 고증 작업을 거친 것이 눈에 띈다. 독자들은 우리가 배운 역사가 완전히 뒤바뀐 점에 흥미를 느낄지도 모르겠다.

하지만 30년 전의 소설이기에 현재 기준으로 문체의 비루함이 눈에 먼저 띈다. 가장 중요한 것은 저자의 말에서도 언급하고 있듯 필립 K. 딕의 『높은 성의 사내』를 전반적으로 심각하게 모방하고 있다는 점이다. 소설 중에 실제 역사를 다루는 책이 나오고, 그걸 읽은 사람들이 의아해하는 장면은, 대놓고 표절에 가까워 곤혹스럽다. 게다가 『높은 성의 사내』보다 『비명을 찾아서』는 세 배쯤 긴데, 결말마저도 『높은 성의 사내』의 초연한 결말이 훨씬 낫게 느껴진다. 심지어 조선이라는 나라의 존재를 전혀 모르고 살던 주인공이 갑자기 마흔 살에 도서관에 널린 자신의 뿌리를 찾아서 조선어를 배운다는 설정, 한국적인 것을 지나치게 찬탄하는 대사나, 개연성 부족한 스토리 전개도 갸우뚱하게 읽히긴 마찬가지다. 30년 전에 나온 소설이라서인지도 모르겠다.

하지만 이 소설은 처음이라 가치가 있다. 우리의 피부로 와닿을 수 있는 가상 역사에 대한 소설을, 한국어를 모국어로 쓰는 누군가가 공들여 1987년에 우리말로 발표했다는 사실! 이것만으로도 『비명을 찾아서』는 한국인에게 의미가 충분한 작품이다.

4월 3일 사건

위화 조성웅 옮김 문학동네 2010년 9월

위화가 이 소설을 발표한 것은 2010년이지만, 실제로는 1986년에 쓴 작품이다. 초기 중편 4편을 모은 것이다. 초기작인 만큼 거칠지만, 위화 문학의 원류를 엿볼 수 있다.

「4월 3일 사건」은 선봉파의 선구 격인 작품이다. 한 남자가 주변 사람들이 4월 3일에 자신을 납치해서 무슨 일을 벌이려고 한다는 음모를 엿듣는다. 하지만 그 남자의 서술과 행동은 석연치 않은데, 독자는 분명히 아무 일도 일어나지 않을 것이며 그 남자가 망상에 빠져 있음을 깨닫는다. 그럼에도 그는 끝까지 탈출해야 한다는 망상을 버리지 못해, 결국 기차에 가득 실린 석탄 더미에 들어가 자신이 살던 마을과 집을 탈출해버린다.

「여름 태풍」은 중국이라 가능한 소설이라 할 수 있다. 지진 예보가 떨어지고, 사람들이 지진 피해가 두려워 집밖에 나와 천막을 치고 살기 시작한다. 여름이라 태풍이 오고 비가 쏟아지는데, 사람들은 밖에서 먹고 자며 꿋꿋하게 버틴다. 그런데 이 지진 예보가 맞기는 하는 건가, 아니면 틀린 건가, 이 실랑이를 벌이는 중국인들이 비를 맞으며 꾸역꾸역 살아가는 묘사가 너무 현실적으로 불결해 혀를 끌끌 찰 수밖에 없다.

「어느 지주의 죽음」은 한 지주와 아들 부자 죽음의 일대기이다. 지주의 아들은 우연히 중국을 점령한 일본군의 길안내를 강요당하게 된다. 손바닥을 꿰뚫린 채로 일본군 부대의 길안내를 하던 그는, 자신의 생명을 바쳐 길을 모르는 일본군을 유인해 사지로 몰아넣고 결국 저 자신의 죽음을 맞이한다. 일본군의 잔혹한 행동과, 지주가 변소에서 똥을 싸지르는 명장면 등은 생각해볼 여지가 많다.

그 외 전반적으로 위화의 중국식 위트는 정말 대단하다. 평범한 한국인이라면 혀를 내두를 정도.

2017 4
4
화요일

토니와 수잔

오스틴 라이트 박산호 옮김 오픈하우스 2016년 12월

주인공 두 명의 이름을 단순 나열한 것이 소설의 제목이다. 이런 소설들은 대게 '토니'와 '수잔' 사이의 관계를 기술한다. 소설 속 수잔은 평범한 가정주부고, 토니는 그의 전남편이다. 둘은 옛적에 결혼생활을 청산하고, 새로운 사람을 만나 각자의 인생을 꾸리고 있다. 그러던 수잔에게 토니가 쓴 소설이 배달된다.

그후 소설은 수잔이 현재와 과거를 회상하면서 토니가 쓴 소설을 읽는, 액자식 구성으로 진행된다. 화자는 끝까지 수잔 혼자이고, 토니는 소설 속 소설을 쓴 사람으로만 출연한다. 액자 안 토니의 소설은 긴박하다. 한 남자가 아내와 딸을 데리고 휴가를 보내러 간다. 어두운 도로를 질주하던 중 그들은 강도를 만나게 되고, 결국 남자는 강간살해로 아내와 딸을 잃는다. 토니는 크게 상처받고 절망하지만 단순한 분노만이 아닌, 현재 자신의 처지에 갈등하며 복수에 나서는 내용이 가감 없이 기술된다. 이 액자 속 소설만으로도 다른 한 편의 소설을 따로 보는 느낌이 든다. 반면 실제 현실은 잔잔하게 진행되는데, 전남편인 토니의 기묘한 소설을 읽으며 수잔은 소설 속 주인공과 토니와의 기묘한 접점을 떠올린다. 이윽고 그녀는 그와 겪었던 과거와 지금 처한 현재와 다가올 미래에 대한 설명하기 힘든 갖가지 상념을 느낀다. 과연 과거의 남자가 쓴 소설 한 편으로 둘의 관계는 어디까지 변할 수 있을까. 관계를 이야기하는 액자 속 소설을 바탕으로 현재의 관계가 변모하는 환상적인 소설.

2017 4
5
수요일

죽음의 한 연구

박상륭 문학과지성사 1997년 7월

내 문체가 『죽음의 한 연구』의 박상륭과 비슷한 것 같다고 말한 지인이 몇 명 있었다. 그때는 아직 이 책을 보지 않았기에 단순히 제목에 '죽음'이 들어간다는 이유인 줄로만 알았다. 그러고선 이 책을 읽었는데 나는 깜짝 놀라고야 말았다. 문체가 비슷해서가 아니었다. 내가 아직까지 이 천재적인 작품을 모르고 살았음이 안타까웠기 때문이다. 물론 지인들이 내게 무한한 칭찬을 보냈던 것임을 뒤이어 깨달았다.

『죽음의 한 연구』의 내용은 내가 섣불리 접근하기 어려울 만큼 방대하고 치밀하며 대단하다. 줄거리는 한 파계승이 몇 개의 살인을 저지르고 정욕 속에서 방황하다가 결국 죽음을 맞이하는 내용으로 요약할 수 있다. 이 과정에서 박상륭은 등장인물의 입을 빌려 탄생과 성장, 사랑과 이별, 슬픔과 고통 같은 삶의 모든 국면뿐만 아니라 기독교와 불교 교리에서 따온 온갖 종교적 메타포를 펼쳐낸다. 문장은 손과 머리로 쓴 것이 아닌, 몸이 먼저 밀고 나간 것처럼 어느 하나 허투루 쓰인 곳이 보이지 않고, 독자들은 그가 몸을 던져 쓴, 유난히 쉼표가 많은 만연체에 길들다가 결국은 경탄하며 빨려들어간다(내가 습관적으로 문장에 쉼표를 많이 쓰는 버릇이 있기에 몇 명이 내게 그렇게 말한 것 같다. 당연히 내 문장은 박상륭의 것과 절대 비교도 되지 않는다). 고로 이 소설은 박상륭의 거대 담론이자, 박상륭이 만들어낸 사유의 무한한 한 세계라고 볼 수 있다. 나는 몇 번이고 되풀이해 읽고 연구해야만 한국문학이 낳은 이 대단한 작품을 제대로 이해할 수 있게 될 것이다. 정말 대단한 작품이다. 아마 전 세계에 부끄럽지 않게 내어놓을 한 편의 한국문학을 고르라면, 필시 나는 이 작품을 선할 것이다.

덧붙여 이 독해하기 난해한 책이 초판 21쇄, 재판 23쇄를 찍었음이 새삼 놀라웠다. 근래 이 책이 세상에 나왔다면 이렇게 많이 팔릴 수 있었을까?

너무 한낮의 연애

김금희 문학동네 2016년 5월

각자는 각자의 방식으로 삶을 견딘다. 그 분야가 사랑이든, 직장 일이든, 고양이를 찾는 일이든, 사과를 받는 일이든, 우리는 끊임없이 무엇인가 견디고 있다. 작가의 말에는 이렇게 적혀 있다. "결국 나는 어떤 견딤의 상태를 견디기 위해 써야 했고 그러다보니 이런 이야기들이 모였다." 그래서인지 이 책의 주인공들은 제각기 일정한 시기를 견디고 있다. 각자가 조금씩은 불행한 사람, 사람들. 그 부대끼는 과정에서 보이는 세세하고 정밀한 묘사가 우리의 마음을 건드린다. 탐나는 이야기들이다.

금요일

사형을 언도받은자/외줄타기 곡예사

장 주네 조재룡 옮김 워크룸프레스 2015년 6월

장 주네는 동성애자로 평생 감옥을 오가며 방랑하는 삶을 살았다. 만성적인 우울증과 도벽이 있었고, 방황하는 삶을 견디며 다양한 소설과 희곡, 시를 작업했다. 이 시집은 그가 쓴 첫 글이자 첫 시다. 동성애를 주제로 한 장엄한 시들이 장 콕토의 마음을 움직여 그는 처음으로 프랑스 문단에 작가로서 이름을 알릴 수 있었다.

하지만 한국어로 옮겨진 이 시를 온전히 이해하는 것은 내 수준에서는 거의 불가능했다. 이 시를 그냥 한국어 활자로 읽는다면 보통의 독자들은 분명 갸우뚱하고 말 것이다. 역자도 이 시를 한국어로 소개함에 있어 한계를 절감하고 엄청난 양의 주석을 붙여놓았다. 책 전반적으로 돋보이는 역자의 노력으로 인해 나는 그가 인생 처음으로 쓴 이 시집이 훗날 많은 작품을 쓰기 위한 결정적 인생관을 온전히 담고 있으며, 그것이 그만의 과감하고 강렬한 언어로 이루어져 있음을 간신히 독해할 수는 있었다. 그리고 나아가 내린 결론은, 이렇게 함축된 프랑스어로 이루어진 시를 받아들이기 위해선 결국 불문을 배우는 수밖에 없겠다는 것이었다.

2017 4
8
토요일

단순한 열정

아니 에르노 최정수 옮김 문학동네 2015년 3월

연하 외국인과의 불륜을 지극히 사실적으로 묘사해서 당시 프랑스 문단에서 화제가 된 작품. 정말 '지극히 사실적이다'라는 것 외에는 더이상 첨언할 말이 없을 정도인데다, 소설가도 자신의 소설이 자전적인 것임을 숨기지 않는다. 이 짧은 작품에서 소설가는 자신이 겪었던 불륜의 시간에서 느껴지는 모든 감정과 성애 묘사를 있는 그대로 다 풀어놓았다. 혼자 그 사람이 찾아오기를 기다리는 생활. 온전히 기댈 수도 온전히 사랑받을 수도 없는 사랑. 하지만 자신의 공간에서 때때로 격하게 살아나는 당신의 흔적들. 세상이 인정하지 않는 사랑이라 내어놓기 어려웠을 기억을 너무나 담담하고 사실적으로 보여주었다는 점, 그래서 누군가의 내면을 들여다보는 느낌을 준다는 점이 이 작품의 의의가 아니었을까.

포옹

필립 빌랭 이재룡 옮김 문학동네 2001년 5월

『단순한 열정』이 낳은 또하나의 소설. 작가인 아니 에르노보다 33세 연하의 대학생 필립 빌랭은, 연하남과의 불륜을 기술한 책을 읽고 매혹된 나머지 아니 에르노를 찾아가 연인 관계를 맺는다. 그는 그녀에게서 사랑과 존경을 느꼈지만, 한편으로 위태로운 관계에서 어쩔 수 없이 발생하게 되는, 심지어 공공연하게 발표되어서 누구든 알 수밖에 없는 그녀의 과거에 지속적인 질투를 느낀다. 5년간의 사이가 정리되자 필립 빌랭은 이 질투심을 테마로 자신의 작가적 독창성을 팽개치고 『단순한 열정』의 플롯과 문체까지 따라해서 첫 소설 『포옹』을 낸다. 그래서 『포옹』은 결국 『단순한 열정』과 어떤 일정선상에 있는 쌍둥이와 다름없이 읽힌다. 하지만 세상에 처음 나온 이야기와 그를 모방한 이야기 중 어떤 것이 흥미로울지는 여러분도 잘 알 것이다.

2017 4
10
월요일

카라마조프가의 형제들

도스토옙스키 김연경 옮김 민음사 2007년 9월

도스토옙스키의 『카라마조프가의 형제들』은 제목부터 많은 사람에게 위압감을 준다. 이 작품은 '쉽게 범접하지 못하는 책'의 대명사와 같은 개념이기 때문이다. 2000페이지 정도 되는 엄청난 분량이고, 주인공들은 애칭이 너무 많아 누가 누군지 혼란스러우며, 때때로 작품의 전개와 관련없이 뜬금없는 이야기가 엄청나게 길게 이어진다. 일단 100페이지를 읽는 데 1시간이 걸린다고 할 때 이 작품만 20시간을 읽어야 한다. 문체와 세계관에 적응하지 못하면 초반부가 지겨워 많은 사람을 쉽게 포기하게도 만든다. 나도 몇 번의 도전 실패가 있었으나, 어느 날 갑자기 이 작품을 아직도 못 읽었다는 자괴감이 들어 인내심을 가지고 끝까지 읽게 되었다.

결론부터 말하면 심각하게 대단하다. 이 작품을 프로이트는 '지금까지 쓰인 가장 위대한 소설'이라고 칭했고, 『옵서버』는 인류 역사상 가장 훌륭한 책이라고 격찬했다. 나도 이 책을 읽고 나자 그 호칭에 걸맞은 다른 소설을 도저히 떠올릴 수 없었다. 단언컨대 '위대함'이라는 덕목에 있어서 내가 알기로 이 소설을 넘볼 작품은 아직까지 세상에 없다. 나는 한동안 여운이 가시지 않아서 누구를 만나도 이 책에 관한 이야기를 꺼냈고, 실제 읽은 사람을 만나면 끝없이 이 소설 속 장면들에 대해 이야기를 나누곤 했다.

이 책에 '영리한 사람과는 얘기를 나누는 것도 흥미롭다'라는 챕터 제목이 있다. 읽다보면 이 문구가 반복적으로 떠오른다. 이 소설 속 세계의 주인공이 주고받는 대사는, 결국 대작가가 전부 창조한 것이기에 어느 한 인물도 허투루 대사를 뱉는 사람이 없다. 대단한 발화와 묘사들이다. 그렇게 긴 분량을 지나는 내내 도스토옙스키가 만들어낸 상황 속에서 각자의 인생에 절규해가며 방황하는 인간 군상은 치밀한 대사와 상황 설정으로 문학사에 길이 남을 명장면을 연신 창조해낸다. 때때로 상상 속에서 튀어나오는 '대심문관' 장면이나 '악마적 자아'가 나오는 장면은 그가 단순한 스토리텔러를 넘어선 진정한 천재이며, 그것을 이 작품에 전부 쏟아부었음을 확인시켜준다. 이 책을 인내심을 가지고 전부 읽을 수만 있다면, 당신은 인류가 낳은 가장 훌륭한 소설을 온몸으로 느낀 한 인류가 되는 셈이다.

벌거벗은 철학자

알렉상드르 졸리앵 임희근 옮김 문학동네 2016년 8월

알렉상드르 졸리앵은 프랑스 출신의 철학자이다. 1975년 스위스에서 뇌성마비로 태어났다. 장애로 인해 불편과 고통, 난관을 겪고 철학에 빠져들었다. 1999년의 『악자의 찬가』, 2002년의 『인간이라는 직업』이 큰 반향을 불러일으켰다. 2010년 유럽에서 '선'에 대한 라디오 방송을 듣고 한국에 찾아와 6년간 불교와 가톨릭 수행을 했다. 이 책은 그가 100일간 명상을 하면서 쓴 100일간의 일기이다.

그가 장애를 이겨낸 철학자인 것은 알겠으나 지나치게 솔직하게 적어나간 이 일기를 우리가 왜 읽어야 하는지 내내 의문이 든 것도 사실이다. 육체의 한계 때문에 느껴지는 찌질함을 너무 가감 없이 적어 문장의 진중함을 자꾸 달아나게 했다. 그야말로 '벌거벗은 철학자'다. 그래도 철학자로서 인용하는 중간 구절들은 좋은 것들이 많았다. 그가 진지하게 펴낸 철학책은 나쁘지 않을 것이라는 짐작이 들었지만, 저자를 파악하기 위한 독서에는 순서가 있다는 데 더한 확신을 갖게 되었다.

2017 4

12

수요일

미국의 송어낚시

리처드 브라우티건 김성곤 옮김 비채 2013년 10월

일단 이 책을 집어든 사람들은 '미국의 송어 낚시'라는 제목이 무슨 의미인지 갸우뚱할 것이다. 또 천천히 읽기 시작하면 이 책이 진짜로 목가적인 배경에서 쓰인 낚시 책이 아닐까 의구심을 가질 수도 있다. 책 안에서 '미국의 송어 낚시'라는 애매한 명사는 어떤 대명사나 인물의 명칭으로 무한정 반복되며, 마지막까지 이 책은 '미국의 송어 낚시'라는 한 단어를 패러디하기 위해서 쓰인 것 같기 때문이다. 하지만 지은이의 행적과 발표 당시 시대 배경을 보면 이 작품은 매우 흥미로워진다. 지은이인 리처드 브라우티건은 비트족으로 미국의 반문화운동을 주도하던 작가였다. 그는 반체제 정신과 기계주의, 물질주의를 비판하기 위해 이 책을 써냈고, 여기서 '미국의 송어 낚시'는 지극히 목가적이면서 평화주의적인 의미로서 자연적이고 평화로운 삶을 통칭하는 명사로 쓰인다. 그래서 '미국의 송어 낚시'는 일정한 의미를 지닌 채 짧은 이야기들 속에서 동어반복되고, 작가는 일견 단순한 내용에 미국 문명과 현대사회에 대한 신랄한 비판을 담는다. 지은이에게 정통한 역자의 노력이 있기에 이 책의 독자는 텍스트 안에 함축된 다양한 의미를 한층 더 깊이 느낄 수 있게 된다. 비트 세대의 사고방식과 그를 표현해낸 문학, 당시 미국 문화계에 신드롬을 불러일으킨 내용, 덧붙여 짧고 간결하며 시니컬한 문체를 감상하는 것이 이 독서의 포인트.

2017 4
13
목요일

킹덤

하라 야스히사 최윤선·강동욱 옮김 대원씨아이 2007년12월~

중국 기원전 500년의 대전쟁 시대를 여는 진나라의 진왕 영정과 노예나 다름없이 지내던 소년 신이 결국 전국을 제패하는 이야기. 아직 연재가 진행중이라 주인공이 전국을 제패하지는 못했다. 실제 역사에 등장하는 주요 인물들의 언행은 인간의 본질을 그대로 비추며, 죽음을 두려워하거나 권력에 목매고, 누군가는 천하를 통일하겠다는 원대한 꿈을 꾸며 설전이나 전쟁을 벌인다. 『킹덤』은 기존 이 대전쟁 시대를 다룬 다른 만화와는 달리, 전쟁에 참여한 일개 병사의 입장에서 기술된 전투의 디테일함과 잔혹한 묘사에 있어서는 발군이다. 독자들은 이 만화에서 박진감 넘치고 실감나게 재생되는 기원전의 진짜 전쟁을 볼 수 있다. 특히 먼치킨 만화 특유의 밸런스 붕괴가 지속되는 후반부보다는, 몇만 명의 목숨을 걸고 싸우는 영웅들의 고뇌와 용맹함, 위대함을 묘사해 과연 영웅이란 무엇인가 생각하게 하는 초반부가 백미라 하겠다.

죠죠의 기묘한 모험

아라키 히로히코 김완 옮김 애니북스 2013년 5월~

일본 서브 컬쳐에 심취한 많은 팬이 극찬하는 만화. 일본식 특유의 능력자 배틀의 원조이자 1987년부터 30년이나 연재중인 현재 진행형 작품이기도 하다. 지금의 일본 만화에서는 많은 등장인물이 초능력이나 특수 능력을 가지고 싸우지만, 1980년대만 해도 그런 개념은 드물었다. 이 만화는 그 능력자 배틀의 개념을 처음 도입해 지금까지 만화사에서 자신의 포지션을 꾸준히 개척하고 있다. 다만 이 작품을 이해하기 위해서 1권부터 보기 시작한다면, 1987년 스타일의 상당히 곤혹스러운 설정과 작화를 만날 수 있을 것이며, 실제로 대부분의 흥미 없는 사람이 정주행하면 초반부를 넘기지 못한다. 하지만 중반부에 들어서면 '스탠드'라는 다른 초능력을 알아볼 수 있는 능력이 나오고, 지금까지의 능력을 상회하는 다른 능력자가 계속 튀어나와 만화 속 결투는 흥미로워진다. 뻔한 우정이나 사랑이 아니라 각자의 능력으로 속고 속이는 게임이 중점이다. 30년간 이어졌으므로 대단한 볼륨이지만, 서브 컬쳐에 대한 이해를 가지고 몰입한다면 왜 많은 사람이 이 만화에 열광하는지 알 수 있다. 더불어 완독하면 인터넷상에 떠도는 많은 서브 컬쳐 패러디물에 대한 눈이 한층 크게 뜨일 것이다.

부서진 사월

이스마일 카다레 유정희 옮김 문학동네 2006년 11월

『부서진 사월』의 첫 장면에서 그조르그는 누군가를 살해한다. 어떠한 설명도 없는 도입부이기에 독자들은 그가 왜 누군가를 총으로 쏘아야 하는지 모른다. 하지만 그것은 그조르그도 마찬가지이다. "그는 논리적으로 생각을 할 수 없었다. (……) 쏘는 것은 너지만 살인을 하는 것은 총이다. (……) 미뤄봐야 소용없어. 마땅히 해야 할 일이니 어서 해치우라구. 그는 혼잣말을 했다." 매복하고 있던 그조르그는 과업을 달성하듯이 누군가의 얼굴을 겨냥해 총을 쏜다. 상대방은 미간에 구멍이 뚫려 죽는다. 그는 꼬꾸라져 있는 시체 곁으로 간다. "그조르그는 몸을 숙여, 마치 깨우기라도 하려는 것처럼 그의 어깨 위에 손을 얹었다. 내가 뭘 하려는 거지? 그는 생각했다. 그는 마치 죽은 자를 다시 살려내고 싶기라도 한 것처럼 그의 어깨를 움켜잡았다. 내가 뭘 하려는 거지? 그는 다시금 자문했다."

여하간 살인은 발생했다. 보통의 세상에선 이제 그를 살인범으로 붙잡아 죗값을 치르게 해야 한다. 그조르그는 죽은 사람을 눕혀 놓고, 사람들에게 뛰어간다. "저기, 저기 한길 모퉁이에서 내가 한 남자를 죽였어요." 사람들은 전혀 놀라지 않고, 아무 말도 하지 않고 잠잠히 있는다. 오히려 그의 어두운 낯빛을 보고 누군가가 묻는다. "피를 봐서 그러는 거요? 아니면 어디가 아픈 거요?" 그렇다. 아무도 그 사실에 대해 놀라지 않는다. 『부서진 사월』에서 상정하는 세계는, 살인이 합법인 세계다.

유년 시절 알바니아의 관습법인 카눈에 관한 기사를 읽은 적이 있다. 카눈은 알바니아에서 일반적으로 적용되는 법은 아니다. 카눈은 현대 국가 체계의 지배가 닿을 수 없거나 그를 거부하는, 도로조차 놓여 있지 않은 천연의 요새인 고원지대에서만 적용되는 관

습법이다. 그 관습법에 의하면 모든 이의 피(죽음)는 다른 이의 피(죽음)로 등가교환된다. 누군가가 한 사람을 죽여 피를 보게 되면, 죽임을 당한 사람과 관계가 있는 다른 사람이 그를 죽여 피를 회수해야 한다. 당장 누군가가 죽음을 당했다고 즉시 총을 뽑아 복수(그자크마르르자)할 수 있는 것은 아니다. 이 일은 규범으로 정해져 있기에 모든 살인은 정해진 절차에 따르며, 복수해야 하는 사람과 살인할 수 있는 장소가 정해져 있다. 그러니 이 세계에서 누군가를 죽이는 것은 매우 의식적인 행위다. 나는 이것이 현대의 일이라 믿을 수 없었으며, 곧 이 기사를 읽었다는 사실을 잊었다. 하지만 알바니아 출신인 카다레는, 이 카눈으로 규정되는 세계를 『부서진 사월』 속에서 적나라하게 구현한다. 실존하지 않을 것 같았던 세계가 그의 소설로서 실존하는 느낌이었다.

그리하여 소설은 그조르그의 운명과 살인이 규정되어 있는 세계를 따라서 진행한다. 그가 살인을 한 것은 3월 17일이고, 그의 가족들은 재차 이루어질 복수에서 한 달의 유예를 받아낸다. 악습이라고 단정 짓기도 어려운, 모두를 무덤으로 잡아끄는 법이 이곳을 지배하고 있다. 그는 최소한 한 달간은 총에 맞지 않겠지만, 4월 17일부터는 당장 닥칠 죽음의 가능성과 함께 살아야 한다. 스물두 살의 그는 생각한다. 이 세상은 삶이 죽음 앞에 주어진 짧은 휴가에 불과한 곳이라고. 반절밖에 남지 않은 스물두 살의 사월, 자신을 복수로 떠미는 가족들과의 관계, 복수를 위해 살았던 것 같은 자신의 삶, 살인자가 칩거하는 탑들과 이미 죽은 자가 묻힌 을씨년스러운 무덤들. 자신은 과연 죽기 위해 여태껏 삶을 부지했던 것일까? 이곳에서 죽음은 엄숙하고 광휘가 빛나는 존재이지만, 그 자체로 곧 종말일진대 죽음에 가치를 부여하는 것은 과연 어떤 의미일까? 어쨌건 그는 너무나 두려웠다. 그의 마지막 사월은 철저히 부서질 것이다.

인간의 살해를 묵인하며 폐쇄적으로 유지된 사회가 모순되고 피비린내 나지 않을 도리는 없다. 이제 소설은 죽음으로 향하는 그조르그와 교차해, 카눈이 만든 거대한 모순적 사회 체계를 조명한다. 카눈의 원칙은 사소한 일조차 우연으로 묻어두지 않는 것이다. 인류 최고最古 법전에서 언급된 '눈에는 눈, 이에는 이'라는 논거처럼, 직접적인 복수가 사라진 현대에서 카눈은 '피에는 피'라는 명예롭고 위엄이 서린 준칙을 맹신한다.

그리하여 작가의 시선으로 그려진 이 세계는 끔찍할 만큼 엉망이다. 현재 살아남은 이들은 왜 서로가 서로에게 복수하고 있는지 잘 모른다. 그조르그는 살해의 동기가 된 연유를 언급하지만, 발단은 이미 70년도 넘게 구전되어온 가문 간의 사소한 사건이다. 다만 확실한 것은 그 사건 이래로 그조르그의 베리샤 가문과 크리예키크 가문에서 마흔네 명이 죽었고, 이제 그조르그가 죽으면 베리샤 가문의 남자는 아버지 한 명만 남게 된다는 것이다.

당장 살인을 합법적으로 인정받기 위해 그조르그는 관습법을 총괄하는 성으로 거액의 피의 세금을 내러 간다. 성에는 세금을 내기 위해 몇 날 며칠을 기다리는 살인자들이 음산한 분위기를 풍긴다. 세금으로 금전적 이득을 취하는 자들은 남몰래 외친다. "근래 복수의 수가 너무 줄었어. 사람들이 게을러진 것인가. 아니면 우리의 관습법이 위협받는 것인가. 망할. 돈이 모자란다. 사람들아 더, 더, 많은 복수를 해서 우리의 체제를 공고히 해야 한다." 살인을 세원으로 삼는 정치인이 이런 발상을 지니는 것은 놀랄 일이 아니다. 그 때문인지 마을 사람들이 복수나 보복으로 몰살되어 사라진 마을이 도처에 널려 있다. 길에 쓰러진 노파는 이렇게 말한다. "마을에 있는 이백 개의 소총들 중에서 복수에 쓰이지 않는 것은 고작 스무 개뿐"이라고.

운명의 4월 17일은 다가오고 만다. 이 부조리한 세상에서, 죽음을 두려워하는 그가 과연 살아남을 수 있을까. 그는 자신의 죽음을 직감하고, 모든 이도 그의 파국을 짐작한다. 곧 그는 복수의 음절과 함께 깊은 이인감을 느끼며 스러진다. 그조르그는 3월 17일에 죽였던 자신을 보고 있는 것 같았다. 그리고 마지막으로 생각한다. "올게 왔구나, 실은 모든 게 지나치게 길었어."

『부서진 사월』에서 상정한 공간은 일견 비현실적이지만, 세상 어딘가에 실재한다는 점에서 더욱 날카롭게 우리 삶의 현실을 직시하게 한다. 그리고 우리는 하필 '사월'이라고 명시된 이 음절과 소설 속의 공간에서 기시감을 느낄 수밖에 없다. 살아남은 우리는 전부 부서진 '사월'을 견뎌낸 경험이 있다. 그날에 만들어졌던 황폐한 무덤들. 그것은 사회의 거대한 부조리함과 모순으로 촉발된 것이었고, 살인이 우리 사회에서 합법적으로 행해지고 있는 듯한 절망감을 주었다. 그조르그의 어쩔 수 없는 운명, 모순이 눈덩이처럼 굴러가는 사회, 『부서진 사월』은 아마도 지금 우리가 겪고 있는 일일지도 모른다.

2017 4
16
일요일

울부짖음 그리고 또다른 시들

엘런 긴즈버그 김목인·김미라 옮김 1984 2017년 4월

앨런 긴즈버그는 비트 세대의 대표 작가로, 다른 비트 작가들과 록 뮤지션이나 각국의 지도자와 교류하며 히피 세대의 계관시인 역할을 했다. 비트 세대의 대표 작가답게 평생 산업문명과 검열, 전쟁에 저항했고, 한편으로 불교도였다. 그의 아버지는 시인이었고, 어릴 때부터 그도 자연스럽게 시의 운율이나 감정을 익히며 지냈다. 자유분방하게 살던 그는 1956년에 첫 시집을 낸다. 이 첫 시집은 음란물 논란에 휩싸이며 긴 법정 소송에 들어가지만, 헌법에 보장된 언론의 자유로 그는 승리한다. 이 사건은 이내 미국에서 일대 파장을 불러일으킨다.

「울부짖음Howl」이라는 시는 이런 구절들의 반복으로 이루어져 있다.

> 그들 취미를 가꾸어 멕시코로, 다정한 붓다를 만나러 록키마운트로, 소년들을 만나러 탕헤르로, 시커먼 기관차들을 보러 서던 패시픽으로, 나르시스를 만나러 하버드로, 데이지 화한이나 무덤을 보러 우드론 공동묘지로 은퇴해버린 자들.

여기 언급된 수많은 이 인간 군상은 연구를 통해 실존 인물로 하나둘 밝혀지고 있지만, 허구이든 아니든 당시 세대에 속한 이들의 자유로운 사고나 행동 방식을 충분히 느끼게 한다. 초창기 비트 세대를 엿볼 수 있는, 한국에 처음으로 번역된 작품이라 의미가 더 크다.

플로베르의 앵무새

줄리언 반스　신재실 옮김　열린책들　2009년 11월

한 사람에 대한 사랑은 그 자체로 예술이지만, 그것이 눈덩이처럼 커져 종종 하나의 예술작품을 만들기도 하는데, 비단 연인에 대한 사랑뿐만 아니라 동경하는 사람에 대해서도 마찬가지다. 줄리언 반스가 1984년에 쓴 포스트모더니즘 소설인 『플로베르의 앵무새』는 작가의 플로베르에 대한 사랑으로 탄생한 소설이라고 봐도 무방하다.

기본적으로 소설의 얼개는 포스트모더니즘답게 전통 방식의 구성에서 한참 멀어져 있다. 소설 속 챕터마다 각기 다른 화자의 시선에서 플로베르를 분석하고 반추하며 비트는 문장들은 그가 이 대문호를 얼마나 깊이 이해하려고 했는지 드러내고도 남음이다. 그의 모든 것을 집요하게 파고들던 작가는 결국 과거는 되찾을 수 없는 것이며, 과거를 완전히 포착하려는 노력은 헛된 일이라는 결론을 낸다. 역시 대문호는 그가 남긴 예술 그 자체로 이해해야 하며, 이는 플로베르가 생전에 주장하던 바와 일치한다. 『마담 보바리』에서 느꼈던 전율에서 나아가 깊은 이해와 사랑으로 한 편의 예술작품을 만들 수 있다는 것을 증명하는 동시에, 보르헤스로부터 이어져온 메타 픽션의 발상과 기법을 충분히 즐길 수 있는 소설.

생의 한가운데

루이제 린저 전혜린 옮김 문예출판사 1998년1월

독일의 대문호 루이제 린저의 1950년작. 『생의 한가운데』는 팜파탈의 전형인 주인공 니나와 그녀를 평생 사랑하다 죽음을 맞는 슈타인의 수기로 구성되어 있다. 덧붙여 니나가 쓴 소설과 주요 화자인 니나 언니의 수기가 시공에 엮여 서술된다. 이 소설을 관통하는 것은 전쟁중의 주체적 여성상이며, 치명적인 매력을 뿜어내는 니나와 너무 커다란 사랑에 빠져버린 한 의사의 고백이 주를 이룬다.

지고지순한 사랑, 그 사랑에 빠져서 다른 모든 감정을 잃어버리고 고독으로 죽어가지만, 그것조차도 축복이라고 생각하는 사랑이 있다. 지독하게 외롭다. 어떤 날은 멍하니 그녀만을 그리기도 하고, 어떤 날은 질투하기도 하며, 어떤 날은 헛된 희망을 가지기도 한다. 그 마음을 이해할 수 있다. 어떤 사람은 자신이 파멸에 빠져버릴지라도 반드시 그 사랑을 해야 한다. 온갖 문장을 썼다 지우고, 한 사람만을 위해 고뇌하며, 결국 자신의 존재 증명처럼 그 기록만을 남겨놓고 세상을 떠나는 사랑이 있다. 슈타인의 편지에 드러난 진심은 너무 절절해 마음을 풀어놓는 행위란 무엇인가 다시금 생각하게 한다. 그것이 이 책에서 말하는 '생의 한가운데'다. 적요롭고, 사랑에 빠진 이를 침잠하게 하며, 암흑처럼 깜깜한 그것.

이 고전에서 풍기는 향기는 과연 매혹적이고, 치명적이다. 1950년, 나와 같이 이 작품에 전 세계가 열광했다.

데빌스 스타

요 네스뵈　노진선 옮김　비채　2015년 4월

우리나라에 소개되자마자 돌풍을 일으킨 노르웨이 출신 작가 요 네스뵈의 대표작이다. 그가 본격적으로 작품 활동을 한 것은 1990년대 후반부터니, 벌써 20년 차 작가다. 2003년 『데빌스 스타』로 세계적 신드롬에 본격적으로 합류했다. 덕분에 추리소설을 오랜만에 읽었다.

『데빌스 스타』는 형사가 주인공인 추리소설의 클리셰와 비슷하면서도 기발한 발상을 선보이며 자기만의 방식으로 훌륭하게 소설을 완성한다. 일단 스칸디나비아어가 주는 긴박감이나 위트가 추리소설에 잘 맞고, 배경이 되는 북유럽 특유의 날씨나 분위기의 음험함이 더욱 긴장감을 배가시킨다. 그간 내가 좋아했던 『밀레니엄』 시리즈나 『스밀라의 눈에 대한 감각』 등 다수의 스릴러 명작을 탄생시킨 기운이 이 작품에도 고스란히 드러나 있다. 춥고 고요한 집에서 읽기에 최적화된 북유럽 스릴러들이 전 세계 사람들을 사로잡고 있는 것이다.

작품 안으로 들어가보면, 『데빌스 스타』는 잘된 추리소설이 지녀야 할 덕목을 전부 갖추고 있다. 배후를 조종하는 매력적인 악당, 잔혹한 범죄, 어딘가 허술하지만 신념으로 사실을 밝히려는 정의로운 형사, 기존의 탐정소설의 문법을 비트는 사건과 트릭, 잘 만든 공간에서 벌어지는 액션 장면, 이입에 극대화된 분위기 조성. 마지막으로 독자들의 뒤통수를 때리는 것 같은 반전까지. 킬링타임용 추리소설로는 나무랄 점이 없다. 그의 작품을 한번 접한 독자들이 왜 다른 그의 작품을 더 찾아보는지 알 것 같다.

2017 4 20 목요일

오베라는 남자

프레드릭 베크만 최민우 옮김 다산책방 2015년 5월

북유럽 작가를 제법 많이 접해본 결과, 대개 놀라울 정도로 만족스럽다. 대부분 제법 괜찮은 문학성과 고유의 필체나 위트, 코드가 있으며, 읽는 맛도 퍽 좋다. 독서에 인색한 우리나라 출판계에서도 이렇게 잘 팔리는 작품이 있는 것을 보면 북유럽 소설이 지닌 보편적 재미에 대한 충분한 증명일 것이다. 내가 느낀 북유럽문학의 공통점은 이렇다.

(1) 특유의 유머 코드—분명 미국식 위트와는 조금 다르다. 문장을 그들 마음대로 꼬아서 위트를 만든다. 심지어 스릴러나 탐정물에도 위트가 빠지지 않는다. 무료한 동네니 말장난을 몹시 좋아하는 듯.

(2) 분위기—추운 지방 특유의 얼어붙은 분위기와 그들의 개인주의적인 성향이 엿보인다. 여러모로 쌀쌀함이 느껴지기도 한다. 독자들이 추위를 상정하고 읽기 때문이기도 한 것 같다.

(3) 잔인함—탐정 스릴러물이라면 사람을 엄청 잔인하게 많이 죽인다. 유머물에서는 꼭 죽고 싶어하는 사람이 대다수가 나오거나, 죽기 직전의 사람이 주인공이다. 아마 음울한 풍광과 무료한 분위기 탓인 듯.

『오베라는 남자』는 희극적 묘사에 신경을 너무 많이 쓴 나머지 전개가 조금 흐트러질 때가 있다는 단점을 제외하고는 나무랄 데 없는 소설이다.『오베라는 남자』라는 제목에서 주인공 이름과 그가 남성이라는 것을 선포하는데, 정말 '오베'라는 '남자'가 좌충우돌한다는 것만으로 이 소설은 충분히 설명이 된다. 또 대부분 유머의 소재도 이 '오베'라는 엄청나게 무뚝뚝하고 완고한 남자의 자기 강박에 못 이긴 행동거지에 관한 것이다. 다 읽고 나면 이렇게 좋은 제목이 없음을 깨닫게 된다.

매번 자살을 시도하는 주인공은 희극적으로 죽음에 맞닿아 있지만, 이 소설의 결말은 결국은 휴먼 스토리와 해피엔딩, 즉 또하나의 신파극이 될 것임을 독자들은 애초에 알아차렸을 것이다. 하지만 그를 확인했을 때 안도감을 느끼게 하는 힘이 이 소설에는 있다. 또이 주인공이 하는 행동은 매우 전형적이면서도 익살스러워 나도 모르게 이 예순 먹은 할아버지에게 사랑을 느끼고 이입하게 된다. 그러니 이 소설은 '죽음에 관한 고찰' '유머' '휴먼 스토리'라는 가치에서 베스트셀러로서의 모든 것을 갖춘 느낌이 든다.『창문 넘어 도망친 100세 노인』과 느낌에 있어 일정 부분 비슷하다.

책장을 덮고 나면 왜 국내 작가에게는 이런 소설이 나오지 않는가 의아한 느낌이 든다. 국내 소설가 누구를 떠올려봐도 이런 소설을 쓰는 사람이 없다. 문학성에 집착한 나머지 너무 진지해진다든지, 유머소설이라기에는 너무 경망하고 웃기지 않을 때도 있으며, 휴먼 스토리는 대체로 진부한 편이다. 문학성을 떠나 이 요소들을 조화롭게 구성해 국내 시장에서 받아들여질 소설을 쓰는 작가가 확실히 부족하거나, 아직 잘 알려지지 않았다는 생각이다. 그러니 스웨덴에서 쓰인 소설이 국내 소설을 전부 다 제치고 베스트셀러 자리를 차지하고 있는 것이겠지.

2017 4

21

금요일

사피엔스

유발 하라리 조현욱 옮김 김영사 2015년 11월

나는 이 책을 읽으면서 내내 제레드 다이아몬드의 『총, 균, 쇠』에서 보았던 빅 히스토리에 대한 서술을 떠올렸는데, 나중에 찾아보니 실제로 유발 하라리는 『총, 균, 쇠』의 '매우 큰 질문들을 제기하고 여기에 과학적으로 답변하는 방식'에 큰 영감을 받고 이 책을 기술했다고 밝혔다. 하지만 『총, 균, 쇠』와 『사피엔스』는 인류사의 접근 방식에 있어서 완전히 다른 책이다.

책은 인지혁명, 농업혁명, 인류의 통합, 과학혁명 등 네 챕터로 이루어져 있다. 사피엔스는 처음 원시 시대에 지구에 살던 많은 종 중 하나에 지나지 않았지만, 어느덧 생물학적인 지위가 결정적으로 격상되어 호모 사피엔스는 다른 생물들을 이기고 지구를 지배하게 된다. 저자는 그 계기가 사피엔스 특유의 인지능력이었다고 정의하고 이를 뒷받침하는 흥미로운 생물학적 가설을 들려준다. 두번째 챕터는 지구를 지배하기 시작한 사피엔스가 겪은 농업혁명이다. 이 부분부터 작가는 생물학적인 가설을 떠나 인류의 결정적인 역사적 사실을 자신만의 과학적인 방식과 근거를 들어 기술한다. 인류의 사회적 통합을 지나 마지막 챕터인 과학혁명에서는 현대의 과학적 사회를 해석하고 하나하나에 의미를 부여하며 사피엔스의 미래를 제시한다. 인류가 현대까지 오기 위한 거대한 서사와 여정을 자신만의 지적인 세계로 정리하며 과학, 생물학, 사회학, 경제학 등 학문의 경계를 넘나드는, 현대인이 응당 느낄 교양의 욕구를 충족시켜주는 더할 나위 없이 훌륭한 책이다.

토니오 크뢰거 외

토마스 만 이지혜 옮김 교원 2009년

고독하고 말없는 사람이 관찰한 사건들은 사교적인 사람의 그것들보다 더 모호한 듯하면서도 동시에 더 집요한 데가 있다. 그런 사람들의 생각은 더 무겁고 더 묘하면서 항상 일말의 슬픔을 지니고 있는 것이다. 한 번의 눈길이나 웃음, 의견 교환으로 쉽게 넘어갈 수 있는 광경이나 지각들도 지나치게 그를 신경쓰게 하고, 그의 침묵 속에 깊이 파고들어가서는 중요한 체험과 모험과 감정들이 된다. 고독은 본질적인 것, 과감하고 낯선 아름다움, 그리고 시를 만들어낸다.

마치 저자가 직접 서술하는 듯한, 그의 의식 상태를 가장 잘 드러낸 단락을 하나 인용했다. 이 두꺼운 책 안에선 그가 얼마나 사물과 사람을 명민하고 치밀하게 관찰했는지 투명하게 드러난다. 고독하고 말없는 사람이 관찰한 사건. 지나치게 사유가 깊어 독자들의 머릿속을 금방이라도 경탄으로 부술 것 같은 문장들. 그가 글을 남겼다는 사실은 인류에게 축복이다.

2017 4 23

일요일

페르디두르케

비톨트 곰브로비치 윤진 옮김 민음사 2004년 5월

이 소설의 문학적 난해함은 제목에서부터 드러난다. 처음부터 '페르디두르케'라는 명사가 사람의 이름인지 사물의 이름인지 아니면 어떤 신조어인지 전혀 언급 없이 소설은 시작하고, 결국 페르디두르케라는 말 비슷한 것조차 나오지 않은 채 소설은 끝난다. 독자들은 다 읽고 나면 제목과 내용이 아무런 연관이 없음에 갸우뚱한다. 나중에 독자들은 페르디두르케는 당시 곰브로비치가 즐겨 읽던 미국 소설가 싱클레어 루이스의 한 작품에서 비중 없이 등장하는 인물 'Freddy Durkee'에서 따온 것이라는 사실을 알게 된다. 진짜로 전혀 연관이 없다. 일단 제목은 '그 작품을 전부 아우를 수 있는 간결한 문구'로 해야 한다는 통념을 뒤집고 시작하는 셈이다.

이 책의 내용도 마찬가지다. 소설은 처녀작으로 『미성숙한 시절의 회고록』을 쓴 곰브로비치의 자서전처럼 시작한다. 곰브로비치 자신의 입을 빌린 화자는 첫 작품의 테마를 '미성숙'으로 결정한 것이 스스로를 비웃고 있다고 말한다. 그러던 그는 갑자기 한 평론가를 만나게 되고, 평론가는 그의 작품을 눈앞에서 읽는다. 자신의 문장을 들은 그는 소외되는 부끄러움을 느끼며 육신이 작아지는 느낌을 받는데 실제로 작아져버린다. 그리고 서른 살의 작가인 그는 열일곱 살의 고등학생이 된다. 그뒤 소설은 고등학생의 수기로 진행되고, 한번 납치되어 작아진 작가는 다시는 커지지 않는다.

첫 장에서 작가 본인이 고등학생 화자가 된 이후로 이 소설은 제목의 연유만큼이나 불친절하고 두서없으며 산만한 내용 전개를 이어간다. 뒤의 열세 장 중에서 「어른이며 아이인 필리도르」「어른이며 아이인 필리베르」와 그 각각의 서문까지 네 개의 장章은 아예 내용이 안드로메다의 선거권 같은 것이라서 이게 요지를 떠나 뭔 말을 하는지 이해하기 어렵다. 그리고 갑자기 튀어나오는 '현대적인 여고생'과 '훈장' '머슴' '머슴 페티시가 있는 친구 미엔투스'부터 기괴한 행동을 하는 주인공까지 쉽게 이입할 수 있는 등장인물이라고는 하나도 없는데다가 서사는 호들갑 떠는 것처럼 극적이고, 주인공들은 난데없이 '표정 잘 짓기 게임' '따귀를 치고 형제 맺기' '나뭇가지 물고 하루종일 서 있기' 같은 괴상한 짓을 벌인다. 불친절한 독서에 익숙지 않은 사람이면, 이게 도대체 뭔 소린지 할 것이다.

하지만 나는 이 소설을 아주 재미있게 봤다. 20세기 문학의 거장 비톨트 곰브로비치가 필사적으로 시공을 꼬아 알아들을 수 없는 소리를 해서 무슨 소린지 잘 이해할 수 없다 해도 독자들은 뭔가 흥미진진한 일이 펼쳐지고 있다는 사실을 눈치채기에 충분할 것이다. 솔직히 이 소설에서 말하려는 바야 어렴풋이 느껴지지만, 등장인물이 벌이는 행위나 상징 같은 것을 이 시대의 내가 일목요연하고 정확하게 알 도리는 없었다. 허나 그 설정과 서사, 그리고 문장 자체로도 볼만한 가치는 충분했다. 그리고 가장 난해하게 보이는 「어른이며 아이인 필리도르」는 가장 흥미로운 부분이기도 했다. '총합주의자'들의 제왕인 필리도르와 안티 필리도르가 결투를 벌이는 장면은 백미. '총합주의자'라는 사람들이 설전을 벌이면 어떤 논리와 문장으로 싸울지, 일견 상상이 잘 가지 않는 실제를 명확히 본다면 누구든 감탄할 것이다.

밀란 쿤데라가 극찬했던 작가답다. 또한, '고전'이라고 부르는 작품을 읽으면 후회하는 일이 없다는 것을 매번 뼈저리게 느낀다. 읽으면 읽을수록 '고전'에선 새로운 세상이 보인다. 이 세계에 아직 내가 읽지 않은 고전이 많이 남아 있다는 사실이 매일 나를 설레게 한다.

아우의 남편

타가메 겐고로 김봄 옮김 길찾기 2016년 5월~

게이 아트의 거장 타가메 겐고로의 작품. 이전에 인터넷에서 난삽하게 번역되어 돌아다니는 그의 작품 몇 개를 본 적이 있다. 누리꾼들은 남성 동성애자의 애정 행각을 디테일하게 그려내는 작화가 충격적이라는 식으로 반응하며 흥미 본위로 접했고, 나 또한 호기심에 보았지만 그만큼의 선입견이 있긴 했다. 하지만 정식으로 번역 발매된 『아우의 남편』은 그 선입견을 없애기에 충분했다.

『아우의 남편』은 아내와 별거하고 사는 남자와 꼬마 여자아이가 꾸리는 가정에 별안간 쌍둥이 남동생의 동성 애인이 찾아온다는 내용이다. 남동생은 이미 사고로 죽었고, 그 연인은 캐나다에서 결혼한, 갈색 머리에 갈색 수염을 기른 푸른 눈의 근육질 캐나다인이다. 그는 자신의 연인을 그리워해 멀리 일본에 있는 그의 집까지 찾아왔고, 쌍둥이라 외모가 비슷하지만 이성애자인 평범한 일본인 남성을 보고 그리운 사랑의 감정으로 혼란스러워한다. 그는 당분간 그 집에서 동거하게 되고, 만화는 그 안에서 벌어지는 에피소드를 담아낸다. 꼬마 여자아이는 기묘한 동거를 통해 동성애에 대한 일반적인 선입견에서 벗어나고 이해하게 되면서 자기 삼촌의 연인을 당당하게 대하기 시작한다.

이 작품을 보며 나는 타가메 겐고로가 단순히 흥미 본위의 게이물을 그리는 작가가 아님을 단박에 깨달았다. 이 만화는 동성애에 대한 편견을 없앨 수 있는 친절한 언행과 언사들, 그리고 합리적인 동성애에 대한 설명으로 가득차 있다. 역시 거장이란 말은 아무에게나 붙일 수 있는 것이 아니었고, 이 책은 그 세계에 대해 깊이 알지 못하는 나에게도 다시금 깊은 이해를 주는 잘된 책이었다. 더불어 이 만화는 일본 문화청 미디어예술제 만화 부문 우수상까지 받았다. 다수는 소수를 사회적으로 이해해야만 하고, 그것은 어쩔 수 없이 시스템이나 문화의 힘을 빌려야만 한다. 그러나 우리나라에 그와 비슷한 작가나 그것을 독려하는 사회적 시스템은 전무하다. 나는 이 사실을 비교하곤 약간의 부러움을 느꼈다.

2017 4

25

화요일

매직 스트링

미치 앨봄 윤정숙 옮김 아르테 2016년 4월

미치 앨봄의 이름이 낯선 사람들은 그의 대표작 『모리와 함께한 화요일』을 떠올리면 된다. 개인적으로 그는 작가적 역량이 뛰어나다기보다 대중의 코드를 잘 파악해 세계 독서시장의 시류를 잘 타는 작가로 보인다. 하지만 그 적절한 능력이 그를 세계적 셀럽으로 만들었다. 또한 나는 그 능력 때문에 시류를 염탐할까 싶어 그의 책을 찾아보았다.

그의 신작 『매직 스트링』은 가상의 인물인 프랭키 프레스토의 일대기이다. 스페인 비야레알에서 자란 빈민가 고아가 전설적인 팝스타가 되지만, 다시 사랑을 찾아 돌아간다는 줄거리는 역시 괜찮은 흥행 코드다. 속도감 있는 전개와 미국식 위트가 가득한 문체가 가독성을 좋게 하고, 가상의 인물인 프랭키 프레스토와 직접 만난 것으로 되어 있는 음악의 전설들(엘비스 프레슬리, 비틀스, 듀크 엘링턴, 너바나 등등. 여담으로, 라이선스를 따는 데 그의 작가적 명성이 영향을 미쳤음이 다분하다)이 끊임없이 튀어나와 읽는 재미를 더욱 배가시킨다. 기타의 지존이 될 능력을 선천적으로 타고났다는 설정도 베스트셀러답고, 소설에서만 가능한 초자연적인 현실이 펼쳐지며 주인공은 좌절을 겪고 자기 파괴까지 이르지만, 사랑하는 주변 사람들이 희생하며 결국 주인공이 옛사랑과 재회한다는 아주 순탄한 전개가 베스트셀러를 완성한다. 소설 전반에 아름다운 음악이라는 설정이 깔려 있고, 종국에는 그간 벌어졌던 초자연적인 현상에 개연성을 부과하기 위한 반전까지 선보인다. 종합하면 어떤 책이 팔리며, 어떤 책이 대중의 구미를 자극하는지를 잘 파악해서 스토리를 짜고 취재한 후 실존 인물에게 허락을 받아 위트와 장면 전환을 치밀하게 집어넣은 전형적인 미국식 베스트셀러다. 게다가 완독의 성취가 주는 묵직함과 미국 현대 음악사를 꿰뚫게 하는 지식의 쏠쏠함도 있기에 대중이 스쳐 읽기에도 분명 나쁘지 않을 책 같다.

오무라이스 잼잼

조경규 씨네21북스 2011년 7월

비단 텍스트로 된 책만이 우리에게 많은 상식을 안기는 것은 아니다. 오히려 흥미 본위로 쓰인 만화가 바로 그 점 때문에 우리에게 실생활에서 접할 수 있는 많은 상식을 줄 때가 있다. 『오무라이스 잼잼』은 음식을 주제로 한 연작 만화인데, 나는 개인적으로 이 만화의 팬이라서 인터넷 연재 시절부터 다 찾아보았다. 작가가 이전에 음식을 취재하기 위해 가족들과 전부 중국에 가서 하루에 다섯 끼를 먹으며 만화를 그려온 것부터가 심상치가 않다(해당 작품은 「차이니즈 봉봉 클럽」이다).

『오무라이스 잼잼』은 경이로운 일상의 음식 이야기와 작가의 휴머니즘적인 시선, 치열한 취재가 빛나는 작품이다. 여기 나오는 음식들은 우리가 흔하게 접할 수 있는 것이지만, 무심코 지나쳤을 그 음식들의 뒷이야기와 다양한 배경 상식을 보며 독자들은 경탄하게 되고, 다 읽었을 때쯤 그 음식들을 다시 찾아 먹고 싶은 욕망에 시달리게 한다. 그만의 음식을 대하는 자세가 실생활에 녹아들어 하나의 철학을 구성하는 것이 좋고, 특유의 특이한 시선이나 집요한 부분도 좋다. 게다가 음식을 그리는 작화 실력은 어찌나 깔끔하고 이쁜지, 그의 그림체에 익숙해지면 가끔 식당에 그려져 있는 그만의 음식 그림을 알아보며 반가워할 수도 있다.

우리는 밥이나 간식을 먹으면서 음식 이야기를 자주 화제 삼는데 『오무라이스 잼잼』은 이런 대화가 훨씬 풍부해질 수 있도록 도움을 주기도 한다. 나도 이 만화에서 읽은 내용으로 흥미로운 대화 주제를 이끌어낸 기억이 몇 번 있다. "사람들이 처음에 어떻게 매운맛을 측정했는지 알아? 고춧가루에 물을 타서 직접 먹으면서 통계를 내 기록했대. 하지만 지금은 매운맛을 전문적으로 측정하는 기계가 있대. 피망은 고추이지만 매운맛이 전혀 없어서 스코빌 지수는 0이고, 청양고추는 10000-23000shu인데, 세상에서 가장 매운 고추인 캐롤라이나 리퍼는 1569300-2200000shu이래. 이걸 먹으면 청양고추를 100개를 한 번에 먹는 기분이 든대." 이런 사소하지만 흥미로운 이야기들, 그때마다 사람들은 "도대체 그런 건 어떤 책을 봐야 알 수 있는 거야?"라고 반문했다. 그리고 나는 그때마다 당당히 이 만화, 『오무라이스 잼잼』이라고 대답한다.

이별 없는 세대

볼프강 보르헤르트 김주연 옮김 문학과지성사 2000년 7월

한 시대를 맞이한 누군가가 쓴 글을 읽고 그 사람이 느꼈을 감정을 전해 받는 것은 매우 짜릿한 일이다. 이 짜릿함이 나를 멈추지 않고 다양한 언어의 각종 글을 읽게 한다. 예를 들어 중국인 빈농이 하루종일 농사를 지으며 생각했던 수기라든지, 나이지리아의 부족장이 했을 법한 행동 같은, 우리가 미처 깊이가 닿지 않아서 생각하지도 못했던 사람의 시선으로 세상을 보는 일은 말로만 들어도 흥미가 돋는다. 글쓰기와 글읽기는 이와 같은 근본적인 성찰의 재미가 있다.

볼프강 보르헤르트는 2차대전 시절에 독일병으로 러시아에 참전했고, 그 때문에 건강을 망쳐 앓다가 스물여섯 살에 죽은 문학가다. 그가 써낸 글은 러시아의 강추위 속에서 쪽지의 끄적임이 대부분이었고, 건강을 전부 잃고 야전 병원에 누운 2년간 그는 그의 문학세계를 힘 닿는 데까지 펼치고 죽었다. 덕분에 우리는, 우리가 전혀 상상할 수 없는 2차대전 독일군 사병의 시선으로 세상을 바라볼 수 있게 되었다. 그것은 어느 날 집에 돌아왔더니 시계는 두시 삼십분에 멈추어 있었고, 그건 두시 삼십분에 집이 폭격을 맞았다는 뜻이고, 그 시간은 어머니가 매일같이 나에게 빵을 챙겨주던 시간이고, 하지만 하필 폭격은 두시 삼십분이었고, 그래서 모든 것은 없어졌고, 남은 시계가 가리킨 시간이 하필 두시 삼십분인 것에 허탈한 사람이 되어, 그 시간이 아닌 시간일 수 없었던 현실이 정말 우스워 껄껄 웃어버리는 세계이다.

게다가 진지함을 무기로 각종 진중한 작가들을 탄생시켰던 독일문학에서 독일군의 위트라니. 문장과 문체는 간결하면서도 독일문학에서 찾아보기 힘든 농담으로 시종일관 유쾌하다. 이별 없는 세

대를 살지 못하고 요절했지만, 자신의 위트를 남기고 죽기 전 가려운 곳을 긁은 듯한 느낌으로 그는 얼마나 유쾌했을까. 죽음에 관한 이야기를 지어내는 데 골몰하던 내가 이 책 한 권은 제대로 집어들었구나 싶었다.

평원

비페이위 문현선 옮김 문학동네 2016년 4월

'한 시골 마을 사람들이 울고 웃고 부대끼며 살아가는 이야기'는 단연코 중국문학의 주요한 소재다. 내가 좋아하는 거의 모든 중국 소설가가 이 소재로 적어도 하나 이상 작품을 썼으며, 지금껏 단 한 번도 실망한 적이 없었다. 작가마다 자기 세계가 확고하기에, 배경이 비슷할지라도 다른 결의 위트가 있는 개성 있는 작품들로 기억한다. 개인적으로 중국 시골 마을에 갔던 적이 종종 있기에 그들의 사고방식과 삶을 더욱 기시감 있게 연상할 수 있었고, 매번 인간 사이의 관계에 집중하는 이 고립된 세계가 흥미로워 견딜 수가 없었다.

『평원』은 비페이위가 이 소재로 써낸 작품이다. 이 작품을 멋지다고 칭하지 않으면, 도대체 어떤 작품을 최고라 말할 수 있을까. 1976년 마오쩌둥이 죽은 후 중국 농촌에선 전통적이고 고전적인 감정과 인맥이 힘을 되찾고, 오래되고 우매한 농촌 문화가 되살아난다. 그리고 넓고 넓은 뻥 뚫린 평원에서는 무슨 일이든 일어날 수 있다. 그 안에는 곧 함께 죽을 수도 있을 것만 같은 사랑에 빠진 남녀와 어처구니없는 백면서생과 우매한 농부들과 돼지와 성교하는 사람 등이 부대끼고 서로 밀쳐가며 살아간다. 특수하고 바글거리는 인간 군상 사이에서 벌어지는 참으로 놀랍고도 흥미로운 그만의 개성을 담은 이야기.

노인과 바다

어니스트 헤밍웨이 김욱동 옮김 민음사 2012년1월

"노인과 바다? 그거 노인이 바다에 나가서 물고기 잡는 내용 아냐?" 하고 말하는 사람일수록 이 고전을 직접 읽어야 한다. 헤밍웨이가 이 작품에서 얼마나 많은 상징과 소설적 기법을 훌륭하게 구사하고 있는지, 또 시대마다 다른 의미로 읽히는 진정한 고전이란 무엇인지 이 소설을 직접 읽어야만 알 수 있을 것이다.

덧붙여 나는 이 소설을 중학교 때 원서로 처음 읽었는데, 그후 다시 읽을 때마다 처음 독해하느라 고생했던 부분이 눈에 각인되며 지나간다. 불쾌한 기억이란 참으로 오래가는 법이다. 그리고 당연히, 당시엔 헤밍웨이가 이 작품에서 얼마나 많은 상징과 소설적 기법을 훌륭하게 구사하고 있는지는 전혀 알지 못했다. 중학생이었던 내가 집에 꽂혀 있었다는 이유만으로 방학 동안 이 원서를 읽고 있었던 것을 생각하면 참으로 이상하다. 그 당시 나는 도대체 무슨 생각이었을까.

모래의 여자

아베 코보 김난주 옮김 민음사 2001년 11월

일본 전후 문학을 대표하는 아베 코보의 작품. 그는 1950년대 아방가르드한 작품 세계로 문학계의 한 축을 담당했으며, 당시 노벨 문학상 수상까지 거론되던 작가였다. 1962년에 발간된 『모래의 여자』는 전 세계에 아베 코보의 이름을 알린 작품이다.

소설은 지극히 카프카적인 문법을 따른다. 그레고리 잠자가 어느 날 벌레가 되어 있었던 것처럼, 소설의 주인공인 남자는 어느 날 갑자기 모래가 쏟아지는 집에 갇히게 된다. 실제로 존재할 수 없는 배경과 벌어지지 않을 사건을 상정한 정상적인 남자의 고뇌, 어디선가 본 듯한 법칙이다.

그리고 길지 않은 이 소설의 초반부터 작가는 곧바로 주제의식에 몰입한다. 주인공이 갇힌 집은 하루에도 몇 센티 두께로 모래가 쌓이며, 설거지도 모래로 한다. 나신이 아니면 모래와 땀이 범벅이 되어 피부가 상해 잠들 수가 없으며, 모래를 막기 위해 우산을 쓰고 밥을 먹는다. 모래 구덩이는 손으로 휘저으면 흩어져버리기에 그것을 딛고 탈출하는 일은 불가능하다. 주인공은 그 공간에서 기묘하게 순응하며 살아가는 신비로운 여자와 동거한다. 그 와중에 곤충을 채집하는 게 업인 화자의 과학적인 시선과, 뫼비우스의 띠에 관한 고찰, 그 공간 속 신비로운 여성에 대한 묘사, 작고 흩날리지만 뭉치면 한없는 무게인 모래를 바라보는 인문학적인 서술은 불가능한 공간을 상정함으로써 작가가 어떤 주제의식을 드러내려 하고 있는지, 또 이 작품의 문학적 가치는 어떤 것인지 여실히 선보인다.

오감을 자극하는 진득한 묘사는 작품 내내 돋보이며, 결말까지의 과정은 지극히 현실적이고도 설득력을 가진다. 현실 세계와 현실 바깥 세계의 명확한 대비. 솔제니친식의 절망적인 자의 순응. 끝없이 되풀이되는 삶에 대한 환멸. 문학적으로 흥미 있는 요소를 끈덕지게 옮겨와 아베 코보는 대단히 강렬한 작품을 만들어냈다. 미장센과 상징만으로 후대에 해석할 여지를 많이 남겨놓은 매우 풍성한 명작이다.

May

2017 5
1
월요일

Tintinalli's emergency medicine

Judith E. Tintinalli 외 McGraw-Hill 2015년 11월

국어에는 국어 교과서가 있고 수학에는 수학 교과서가 있듯이, 응급의학에는 응급의학 교과서가 있다. 다른 교과서도 종류가 많듯이 응급의학 교과서도 종류가 제법 많은데, 응급의학을 공부하는 사람들이 가장 흔하게 언급하는 교과서는 일명 '틴티넬리'라고 부르는 Tintinalli's emergency medicine이라는 책이다. 의학 서적답게 2000페이지가 넘는 매우 두껍고 커다란 영어 원서이며, 책 제목에서 알 수 있듯이 Tintinalli라는 사람이 썼다.

전 세계 응급의학계에서 가장 많이 읽히는 교과서를 쓴 사람은 어떤 사람일까. 왠지 의학 발전에 이바지하다가 세상을 등진, 두꺼운 안경을 쓰고 가운을 입은 나이 지긋한 얼굴의 할아버지일 것 같지 않은가. 하지만 저자인 Judith E. Tintinalli는 그런 편견을 비웃듯 여성이며, 심지어 멀쩡히 잘 살아서 활동하고 있고, 세계 응급의학회에 자주 참석해 많은 학계 사람과 기념사진을 찍어주기도 한다. 또한 다른 교과서들처럼 그녀는 책임 편집자일 뿐, 수많은 각론은 수많은 동료 학자가 참여해서 함께 썼다.

의학이라는 학문을 다룸에 있어서 이 책은 응급의학이라는 극히 일부분만을 기술한다. 하지만 이 책을 실제로 읽고 현장에서 그대로 적용하기 위해선 예과 2년, 본과 4년, 인턴 1년까지 7년의 교육을 필요로 한다. 그사이에 엄청나게 많은 교과서를 읽고 무수한 시험을 통과해야 함은 말할 것도 없다. 그렇게 의학 전반을 이해해 간신히 각론을 공부할 정도가 되면, 이 거대한 교과서를 가지고 비로소 응급의학이라는 학문을 시작하는 것이다. 무게가 4.3킬로그램이며 2000페이지가 넘고 엄청나게 빡빡한 글씨로 쓰여 있지만, 놀랍게도 한 권으로 줄이기 위해 내용을 많이 생략했다. 여기 있는 스

물일곱 개 섹션 중 한 섹션만 다룬 책이 한 권씩 따로 있을 정도다. 또한 교과서끼리도 우선순위로 참고한 지견에 따라 약간씩 내용이 다르다. 이를 보충하는 것이 실시간으로 학계에 발표되는 논문들인데, 이것들까지 공부하고 논문으로 학계에 자신의 의견을 보태는 것이 학자의 자세다.

그래도 응급의학과 전문의 시험에 출제되는 문제는 이 책과 몇 개의 가이드라인에서 벗어나지 않는다. 그래서 나는 다행히(?) 이 책의 2000페이지만 공부해서 시험장으로 갔고, 합격해서 전문의 자격증을 취득할 수 있었다. 그리고 소방본부에 있던 나는 응급실로 돌아가기 위해 5년 만에 나온 개정판인 이 책을 꺼내들어 복습하기 시작했다. 이 책 안에 있는 내용과 기본적인 의학 지식으로 응급실에 내원하는 거의 모든 환자의 진료가 가능하기 때문이다. 그래서 나는 레지던트 2년 차 때 이 책을 처음으로 완독하고, 이제 어찌되든 그럭저럭 먹고살 수는 있겠구나, 라는 생각도 하게 되었다. 그러니 이 책은 내게 생계를 지탱하는 밥줄과도 같다. 한 권의 책을 숙지해서 생업을 수행하는 업계가 궁금할 수 있겠지만, 의학을 배우지 않은 사람이 이 책을 한 번 펴본다면 난립하는 의학용어와 잔혹한 사진들로 전문직의 고충을 슬쩍이나마 들여다보는 계기는 될 것도 같다.

당신들의 천국

이청준 문학과지성사 2012년 9월

나는 이청준의 「소문의 벽」을 김승옥의 작품들과 더불어 우리나라 단편소설의 최고봉으로 꼽는다. 「소문의 벽」은 아마 1970년대 우리나라에서 나올 수 있는 가장 지적이면서 완벽한 구성으로 이루어진 소설이 아닐까 생각한다. 그의 대표작인 『당신들의 천국』은 이미 많은 사람이 다각도로 분석했기에, 내가 거기에 하나의 분석을 더 보태는 일은 큰 의미가 없어 보인다. 하나만 언급하자면, 『당신들의 천국』은 이청준이라는 작가의 소설적 집념이 엿보이는 역작이란 사실이다. 이 명작 속에서 그가 집요하게 묻는 인간의 삶에 대한 진중한 질문에 독자들은 마음이 움직일 수밖에 없다.

한눈팔기

나쓰메 소세키 송태욱 옮김 현암사 2016년 6월

『한눈팔기』(본제 '도초道草')는 소세키가 죽기 1년 반 전 아사히신문에 연재했던 작품이다. 『그 후』나 『도련님』 『나는 고양이로소이다』 등 다른 소세키의 대표작이 거의 자전적 소설이라는 평을 받고 있으나, 『한눈팔기』야말로 정말 자전적인 소설이 아닌가 싶다. 다만 노년에 쓴 소설인지라 다른 소설처럼 청년기가 아닌 노년의 삶이 고스란히 반영되어 있다.

일단 화자는 선생님이며, 글을 써서 원고를 만들어내는 완고한 노인네이다. 평생을 동고동락해온 아내에게는 따뜻한 마음이 있지만 도저히 이를 표현하지도 못하고 얄미울 정도로 퉁명스러운 말만 내뱉는다. 그 외의 유년기부터 같이 지낸 인물이나 주변 가족들은 전부 빈궁하다. 과거에는 나름대로 한가락 하던 사람들이지만 지금은 거적 같은 옷을 입고 와 쓸모없는 문서를 내밀며 윽박질러 돈이나 뜯으려고 한다. 이런 자신의 완고한 성격과 주변 환경에 의해 주인공은 계속 스트레스를 받는다.

그 와중에 주인공은 유학을 다녀온 서생이다(유학 경험과 과거 양자로 보내졌다는 설정까지 소세키의 개인사와 일치한다). 실생활에 도움되는 일이라고는 전혀 하지 않고, 돈이 생기면 괜한 물건을 사며 가계에 보탬이라고는 될 줄 모르는 사람이다. 혼자 강박 속에서 책을 읽거나 뭐라도 쓴다. 그것마저도 잘 안 되면 자신을 억지로 글 더미 위에 올려놓고 뭐라도 생각나게 만든다. 아내는 평생 그런 주인공을 이해할 수 없고, 곤궁한 살림을 유지하면서도 그냥 보고나 있다. 이 묘사 자체가 자신의 삶을 돌이키고 있는 것이리라.

기본적으로 내가 하고 있는 일과 비슷하기에 이입이 쉬웠으며 소설은 빠르게 잘 읽혔다. 마음은 겉으로 제대로 드러내지도 못하고, 지식인이랍시고 강박에 뭐라도 항상 쓰고 읽지만, 사회의 시류는 그와 같은 결로 흐르지 않으며, 실상 그가 쓰는 글 같은 것은 아무도 봐주지 않는다. 실제로는 자신만의 세계 속에 갇혀 버둥대는 꼴인 것이다. 이를 묘사한 몇 문장이 중간중간 마음을 뒤흔들곤 했다. 특히나 착한 아내에게 계속 헛소리를 하는 주인공을 보자니 책 속으로 들어가서 한 방 콱 쥐어박고도 싶었지만, 또 생각해보면 완전 남의 얘기는 아닌 것 같기에 책 속으로 들어가는 건 없던 일로 하기로 했다.

죽기 1년 반 전에 이 대문호가 『한눈팔기』를 써야 했던 이유를 충분히 알 수 있다. 이 소설에서 비루한 문예가의 노년의 삶과, 늙고 병든 주변 사람들의 세태가 너무나도 적나라하고 담담하게 잘 표현되어 있기 때문이다. 아마 느낀 바를 적확하게 서사하는 평생의 단련 탓이리라. 마지막으로 소설 말미에 나오는 "이 세상에 끝나는 것이란 하나도 없다. 일단 한 번 일어난 것은 언제까지나 계속된다. 그저 여러 가지 형태로 모양만 바뀌는 것으로 남도 나도 느끼지 못할 뿐이다"라는 문구는 이 소설 전체를 넘어 세상의 이치를 너무나도 잘 정리해준다.

네메시스

필립 로스 정영목 옮김 문학동네 2015년 5월

네메시스Nemesis. 그리스 신화에 나오는 율법의 여신으로 절도와 복수를 관장하고 인간에게 행복과 불행을 분배한다. 영단어로는 응당 받아야 할 천벌을 뜻한다. 책을 한달음에 읽고 나면 그 어떤 책보다도 제목이 잘 지어졌다는 것을 깨닫게 된다. 주인공의 흔들리는 선택은 무엇 때문인가. 단순히 그를 옥죄어오는 '네메시스' 때문인가. 악마와 율법의 여신은 누구 때문에 존재하고, 살아남은 사람들은 무엇 때문에 살아가야 하는가. 전반적인 스토리가 특별하지는 않지만, 필립 로스가 만들어내는 화면 전환과 심리 묘사가 이 소설의 주제의식을 묵직하게 만들어낸다. 마지막 장을 덮은 뒤 노작가 필립 로스가 왜 이 작품을 필모그래피의 마지막 작품으로 택했는지, 그리하여 그가 진정 이야기하려던 것은 무엇인지 한참을 생각했다.

금요일

군주의 거울 영웅전

김상근 21세기북스 2016년 6월

'군주'라는 단어가 제목에 들어 있으니 처세술을 알려줄 것만 같다. 두꺼운 양장본이니 독서의 성취감과 소유욕을 불러일으키기에 충분하다. 하지만 내용이 플루타르코스의 『비교영웅전』을 고스란히 가져왔기에 익숙함만 느껴지고 별 새로움은 없었다. 단 마지막에 페르시아에서 죄수를 처벌하는 구체적인 방법이 나오는데, 이것만은 참 충격적이었다. 옮겨본다.

> 나룻배 고문은 페르시아에서 패역죄인에게 내리는 가장 끔찍한 형벌이다. 작은 나룻배 두 척을 위아래로 포개놓고 그 안에 죄수를 묶어놓는 것으로 이 야만적인 형벌이 시작된다. 얼굴과 양손 그리고 양다리는 나룻배의 밖으로 나오게 묶어두고, 물과 우유를 강제로 먹인다. 죄수가 마시는 것을 거부하면 양 눈을 찔러 강제적으로 들이켜게 만든다. 결국 그 죄수는 나룻배 안에서 배설하게 되고, 그것이 변질되어 썩어가면서 엄청난 양의 구더기가 슬게 되는데, 결국 구더기는 죄수의 내장까지 모두 파먹는다. 죄수가 사망한 뒤 덮여 있던 나룻배를 치워보면 죄수의 신체는 모두 사라지고 나룻배 안에 구더기만 가득차 있는 끔찍한 형벌이다.

82년생 김지영

조남주 민음사 2016년10월

나는 이미 지인에게 빌려 이 책을 읽었다. 그럼에도 나는 이 책을 따로 한 권 더 주문해서 다시 읽었다. 이 책의 존재와 이 책에 담긴 메시지를 응원하는 마음 때문이었다.

『82년생 김지영』은 대한민국에 태어난 82년생 김지영이라는 사람이 살아왔을 법한 인생을 한 치의 가감 없이 보여준다. 주인공이 불운을 만나서 나락에 빠지는 다른 소설과는 달리, 그녀의 인생은 전혀 굴곡이 없다. 심지어 그녀의 인생은 보통의 대한민국 사람에 비해서는 운이 좋은 편이다. 억척스러운 어머니는 아주 상식적으로 자식들을 대했고, 아버지는 완고하기는 했지만 우리가 겪었던 평범한 아버지와 다르지 않다. 그녀가 만난 남자친구들도 그리 상식에서 벗어나지 않았고, 대부분 진심으로 그녀를 사랑했다. 현재의 남편도 제법 사려가 깊고, 부부가 닥친 현실에 있어 그녀를 배려하는 언행을 잘 구사한다. 그녀가 누리는 생활이나 그 안에서 만난 사람들의 전반적인 행동과 그녀의 경제적 사정, 환경도 어떻게 보면 평균 이상이다.

그렇게 작가가 주인공에게 비극을 억지로 부여하지 않았음에도 서른다섯, 82년생 김지영의 일대기가 불합리와 불공평, 심리적 불안감과 타인의 시선, 그리고 비난에 적나라하게 노출되어 있다고 독자들이 느낄 수밖에 없는 것은, 82년생 김지영이 여성으로 사회에서 살아갈 때 느끼는 감정이나 과정이 정확히 그러했기 때문이고, 또한 이 책이 우리 사회를 정확히 반영하는 문장으로 쓰였기 때문이다. 등장인물들은 분명 현실적으로 그녀를 배려하고 있지만, 그렇다고 누구도 적극적으로 이 사회를 타파하려고 하지 않는다. 82년생 김지영도 불합리를 느끼고, 그 사회에서 주체적으로 살아

남기 위해 발버둥치지만, 결과적으로 우리가 흔히 칭하는 '맘충'의 인생을 벗어나지 못한다. 2017년의 사회는 일정한 방식으로 작동하고, 일정한 논리로 돌아가며, 양성평등이 요원한 지금, 생물학적으로 '여성'인 사람들은 어떤 차별이나 불합리, 불공평을 여전히 숨쉬듯이 느끼고 있다.

저자도 대를 이어온 가족사의 기술에서 여성을 바라보는 인식이 이전에 비해 많이 개선되었음을 인정하고는 있지만, 우리의 갈 길이 아직 너무나도 멀다는 것을 조용히 서술한다. 이 과정에서 사실적인 주변인들과 주인공의 삶에 때로는 실소가 나온다. 우리네 삶은 당연히 이렇게 굴러가고 있지 않았는가. 그렇다면 여태껏 그 당연한 것들은 왜 당연히 아닌 것들이 되지 않았는가. 현실을 그대로만 기술한 글임에도 하나의 반향이나 신드롬을 일으킬 수 있다는 것을, 이 적나라한 소설은 다시금 일깨운다. 이 사회의 모든 김지영에게 응원을 보내는 바이다.

2017 5
7
일요일

좋은 이별

김형경 푸른숲 2009년 11월

막 이별한 사람에게 이별을 말하는 건 치명적인 상처일 수 있다. 게다가 어떠한 종류라도 이별을 겪지 않고 살 수 있는 사람은 존재하지 않는다. 그래서 우리는 이렇게 이별이라는 한 화두를 탐구해서 일일이 풀어낸 책을 읽다보면, 반드시 자신이 경험한 이별에 비추어 어떠한 접점을 느낀다. 그리고 이별이란 참으로 보편적 감정이라 나를 포함한 모든 이의 마음에 늘 강력하게 작용함을 다시금 깨닫는다. 게다가 내가 근래 이별의 아픔을 겪지 않았다면 이 책을 집어들지도 않았을 테고, 끝까지 마음을 쓰며 읽지도 않았을 것이다. 하지만 나는 너무 평범한 사람이기에, 이렇게 고심해서 이별을 다룬 문장들에 마음을 쓸 수밖에 없다.

다만 중간중간 이 책에 실려 있는 '이별에 대처하는 올바른 방법' 유의 교훈을 읽으면 마음이 조금 멍청해진다. 가령 이런 것이다.

> 비극화하지 않기/ 그 사람 없이는 살 수 없어, 다시는 사랑하지 못할 거야, 이제부터 내 생은 의미가 없어 등등, 비극적인 생각이 꼬리를 물고 이어진다면 자리를 털고 일어난다. 그것은 불안감과 공포심이 만들어낸 망상일 뿐이다.

이런 것이 실려 있는 의도를 모르는 것은 아니다. 다만 너무 교훈적이며 교과서적이고, 역시 너무 보편적으로 쓰였다 싶다. 앞서 언급된 망상이 불안감과 공포심에서 나온 것임을 나도 안다. 이별을 잊고 새로운 인연을 찾게 되는 올바른 방법이 많은 것 또한 나도 안다. 하지만 막 이별해서 상처에서 헤어나오지 못하는 사람에게 이런 문장은 되레 사치로 보인다. 왜 그렇게 안 하고 싶겠는가. 왜 그런 생각이 헛된 것임을 모르겠는가. 그것이 쉽게 가능하다면, 어떤 사람인들 이별로 인하여 고통받을 것인가. 도저히 감정의 높은 산을 넘기 불가능하기 때문에 그 수렁에서 빠져나오지 못하는 것일 테고, 그렇다면 텍스트는 마음의 생채기만 남긴다. 무엇보다 인간의 마음이 굳어가는 부분은 역시나 텍스트로 닿기 어려운 곳에 놓여 있다. 이별은 가장 보편적인 감정이지만, 개개인의 특수성에 있어 가장 보편적이지 않은 감정이기도 하다는 것을 느낀다.

2017 5
8
월요일

작은 몸의 철학자, 바오

나카시마 바오 권남희 옮김 아우름 2017년 4월

정말 '작은 몸의 철학자'다. 지은이인 나카시마 바오는 아홉 살 때 전학 간 학교에서 왕따를 당한다. 그 나이에 견디기 힘든 고통을 겪던 아이는 '등교 거부는 하나의 재능'이라는 말로 어느 날 학교에 가지 않는다. 대신 홈스쿨링을 하며 1년 반 동안 혼자 글을 썼고, 열 살 때 출판사와 접촉했으며, 열한 살에 자신의 글을 출판하기에 이른다. 출간 이후 많은 사람이 이 작은 철학자의 말에 귀기울였으며, 이 책은 아마존 재팬 종합 베스트 1위에 오른다.

근래 읽은 책 중 가장 어린 사람이 쓴 책이다. 어차피 책에 심오한 기대를 하거나 욕심을 부릴 필요도 없었고, 아이가 한 생각 그대로를 받아들일 준비만 하면 되는 편한 독서이기도 했다. 하지만 단순히 아이의 치기 어린 글이라고 치부하기는 어려웠다. 열한 살 아이의 작은 몸과 가녀린 손아귀를 떠올리며 읽어가다보면, 종종 마음을 움직이는 문장이 발견되기 때문이었다. 예컨대 "생각에는 무게가 없다/ 단지 '무겁다'라고 느낄 뿐" 같은 문장이나, "망설인다는 것은, 어느 쪽이든 좋다는 것" 같은 문장들. 이런 문장들은 이미 어른이 된 사람들의 마음을 역발상으로 후려치곤 한다. 이제껏 나는 머릿속이 지나치게 무거워 답답하다는 생각뿐이었고, 망설임에 임했을 때 악과 차악을 고민했을 뿐, 도저히 그 반대로 생각할 수 없었다. 그래서 이렇게 세상을 막 알아가는 아이가 쓴 문장은 우리에게 다른 사고의 지평이나 미처 예상할 수 없었던 뜬금없는 감동을 주기도 한다. 이미 다 커버린 어른들이 더욱 아이들을 아끼고 격려하며 때로는 경탄해야 하는 이유이기도 할 것이다.

2017 5
9
화요일

산시로

나쓰메 소세키 허호 옮김 문학사상사 2010년 8월

나쓰메 소세키 전집을 야금야금 완독중이다. 기본적으로 그의 소설은 대부분이 자전적이다. 1900년대 초반 일본 사회와 그들을 구축하는 지식인 세계를 해학적으로 묘사하고 있는데다, 그 지류와는 다른 발상을 가진 주인공의 기술이 매 소설마다 흥미롭게 전개된다. 『산시로』는 막 상경한 소세키가 대학교에 입학하자마자 겪은 일들을 풀어놓은 자전소설이다. 역시 그가 체험했던, 무엇인가 적고 있지만 결국은 휴짓조각을 만들고야 마는 지식인과, 어디선가 활동하고 있지만 무슨 일을 하는지도 모르겠고 그 내면이나 성격도 알 수 없는 동료들, 알 것도 모를 것도 같은 복잡한 여성의 마음 등을 그는 우스꽝스럽고 시니컬한 문체로 기술한다. 게다가 소설적 기법에도 능한 그가 '스트레이 십'이나 '산시로 연못'으로 대변되는, 젊음의 아득하고 막막함을 서술할 때면 나는 그후 100년간 일본문학의 원류가 된 어떤 심상을 느낀다. 다만 소세키의 대표작에서 조금 덜 유명한 작품으로 옮겨가니, 왜 대표작이 대표작인가를 알 수 있었다. 조금 밀도가 떨어진 느낌이랄까. 아무리 뛰어난 작가여도, 좋은 작품과 덜 좋은 작품이 있을 수밖에 없다. 역시 대작가라고 할지라도 모든 작품이 대표작일 수는 없는 노릇이다.

2017 5
10
수요일

당신이라서 가능한 날들이었다

정기린 달 2017년 4월

나는 작가로서 꼭 내 언어로 쓰인 연애 에세이를 낼 계획을 가지고 있다. 하지만 그 책을 어떤 방향으로 풀어가야 할지는 아직까지 미지수다. 사랑이나 이별의 마음을 담은 글은 감정을 숨기기 어렵기에 적어놓고 나면 감성적으로 치우쳐 있거나 때로는 유치하게 보일 수도 있다. 나는 나의 완성된 글을 보며 이런 생각이 자주 들곤 한다. 그래서 이런 연애 에세이를 세상에 내놓는다면, 꼭 두세 번 심사숙고할 생각이다.

『당신이라서 가능한 날들이었다』는 짐작할 수 있듯이, 시를 쓰려고 했던 한 청년이 자신의 감정을 산문으로 적나라하게 풀어낸 책이다. 이병률 시인이 대표로 있는 출판사에서 책을 냈다는 사실과 전반적으로 느껴지는 그의 문장에서 보건대, 그가 이 책을 펴내기 전 어떤 글을 읽고 사랑했으며, 어떤 글을 추구하고 있는지 명백히 알 수 있었다. 그는 당신을 주어로 삼은, 절절한 감정을 담은 연애시를 사랑했으며, 수없는 밤을 그 시들을 필사하며 그와 닮은 문장을 쓰려고 했을 것이다. 왜 내가 '명백하다'는 표현까지 붙였느냐면, 나도 수없이 그와 비슷한 밤을 보냈기 때문이다. 그리고 나도 이런 글을 가장 잘 적는 사람은 이병률 시인임을 진작에 깨달았기 때문이기도 하다.

시인이나 시를 쓰려고 했던 사람이 산문을 쓰면 사소한 점에서부터 미적 완성을 추구했던 흔적이나 욕심이 구석구석 보이게 되는데, 그것은 산문의 강점이기도 약점이기도 하다. 이러한 산문은 특유의 매력적인 특질을 품고 독자들에게 매력적인 글로 다가가는 경우도 있으나, 결국 산문은 운문이 아니기에 한껏 욕심을 낸 문장은 중심을 잃고 흩어지기도 한다. 이 책을 쓴 저자는 무던한 노력과 깊은 생각, 그리고 마음속에서 밀고 나가는 문장을 써서 세상에 나왔다는 점에서 나름대로의 성취를 이뤘다. 그리고 그 노력은 기본적으로 잘 읽힐 수 있는 산문의 형식으로 완성되었기에, 많은 사람에게 다가갈 수도 있을 것이다. 하지만 이 책의 저자가 나에게 직접 보냈던 메시지처럼, 이 책은 그가 추구하는 바에 있어서는 완벽히 완성된 형태라고 보기는 어렵다. 평탄해도 될 문장을 운문의 문법처럼 비튼다든지, 산문의 약점이 될 수 있는 불완전한 문장 형식이나 종결이 가끔 보이기 때문이다.

또한 내가 왜 이렇게 주장할 수 있냐면, 나도 역시 이러한 과정을 겪으며 많은 좌절을 겪었기 때문이다. 어차피 완벽한 책을 쓰는 일은 소수의 사람이나 할 수 있는 일이다. 그리고 그 소수의 사람도 자신의 책을 완벽하지 않다고 여기는 법이다. 게다가 그것이 첫 책이면 훨씬 더 어려운 일이다. 이 책은 완벽하지 않아도, 저자의 의지로 이런 첫 책의 구성을 만들어내고 실존화시켰다는 점에서 큰 의미가 있다. 하여간에 거울처럼 나 자신을 비추는 연애담을 꼭 써내고 말아야겠다는 나에게는 여러모로 반면교사가 되는 책이었다. 그리고 나는 이미 자신이 원하는 문장을 마음으로 적는 방법을 단련한 저자가 앞으로 써낼 더욱 아름다운 문장을 벌써부터 기대하고 있는 것이다.

2017 5
11
목요일

마르케스의 서재에서

탕누어 김태성 옮김 글항아리 2017년 2월

주 5일 아침 열시부터 오후 다섯시까지 카페에 출근해서 책을 읽는 게 일인 사람. 자신을 '전문 독자professional reader'라고 자칭하는 탕누어의 독서 철학서다. 그는 본인의 겸손한 자칭을 넘어서 전방위 인문학자이자 작가로, 대만에서 활발히 활동하고 있다.

대중들은 '교양 있는 사람'을 좋아하고 우러러보지만, 구체적으로 어떤 사람을 '교양 있는 사람'이라고 불러야 할지는 어렵다. 허나 개인적인 고찰로 그 결을 대충 짚어보면 결국 '교양 있는 사람'은 남의 생각을 다양하고 깊게 읽고 접한 사람이며, 이미 받아들인 수많은 생각에서 뻗어나간 자신만의 생각을 남에게 전달하기 위해 글을 써낸 사람이다. 그러니 결국 교양은 읽고 쓰기에 다름아니다. 탕누어는 그런 의미에서 이 세계의 대표적인 '교양 있는 사람'이다.

그는 순전히 자신의 '읽기'에 대한 철학을 정리하기 위해 이 두꺼운 책 한 권을 완성했다. 결국 이 책은 그가 읽은 다른 책들로부터 탄생한 것이기 때문에, 일견 마르케스를 포함한 많은 대문호의 발상이나 사상을 자신만의 구조대로 재편성한 것에 지나지 않는다고 생각할 수 있다. 하지만 그 깊이와 구성, 자신만의 체험이 곁들어져 있기에 이 텍스트는 원문 텍스트를 넘어서는 재미를 선사한다. 독자들은 이 교양 있는 사람이 지식을 습득하기 위해 어떤 방식의 독서를 해왔는지, 어떤 책을 좋아했는지, 독서에 대한 철학은 어떤 것인지, 또 이 내용을 어떻게 자신만의 논리정연한 언어로 풀어내고 있는지 볼 수 있다.

게다가 이 긴 독서 와중에 '책을 많이 읽는 사람은 종국에 이런 발상을 가지고 살게 되는구나'라는 생각을 계속 머금게 된다. 왜냐하면 이런 지극한 독서가들의 글은 어딘가 비슷한 곳이 많기 때문이다. 결과적으로 그의 독서 철학은 너무 전문적인 면이 있어 전문 독자가 아닌 우리가 완벽히 흡수해서 실천하기는 어려워 보인다. 하지만 독서에 흥미가 있는 사람이라면 이 지난한 독서일기를 읽고 분명 경탄할 것이다. 왜냐하면 저자가 얼마나 진심으로 책을 좋아하는지 몹시 지극하게 드러나기 때문이다. 역시 글은 거짓말을 하지 않으며 사랑하는 마음 역시 숨기기는 어렵다. 탕누어는 지금이 순간에도 자다가 눈을 번쩍 떠서 책을 읽을 것 같다.

2017 5
12
금요일

에세이스트의 책상

배수아 문학동네 2003년 12월

이 책은 소설이지만 제목은 『에세이스트의 책상』이다. 책 말미는 에세이스트인 화자가, 어느 날 자신을 관통했던 기억을 반추하며 책상에 앉아 에세이를 쓰는 내용으로 마무리된다. 작가의 말에는 이렇게 적혀 있다.

> 나는 소설을 쓰기를 원했으나, 그것이 단지 소설의 형태로만 나타나기를 원하지는 않았다. (……) 이 글을 쓰면서 나는 가능하다면 다른 것을 쓰되, 사람들이 그것을 소설이라고 불러도 아무래도 상관없는 그런 형태를 원했다. 사람들이 이것을 소설이라고 부르는 이유는 내가 일단은 소설가이기 때문이고 대개 소설을 썼기 때문이고 또한 이것의 공식적인 타이틀이 소설이라고 불릴 것이기 때문이다.

그렇다면 실제로 독일에 가서 독일어를 배운 경험이 있는 현실 속 소설가가 쓴, 독일에 가서 독일어를 배우는 에세이스트의 이야기인 『에세이스트의 책상』은 과연 에세이인가 소설인가. 기본적으로 『에세이스트의 책상』은 이 발화점만으로도 흥미롭다.

누군가가 『에세이스트의 책상』을 일컬어 "이 작품은 꼭 독일어 원문이 존재할 것 같다"라고 말했다. 실제 배수아는 독문을 막 배우던 시절에 이 작품을 썼다(그녀는 독일어에 대해 잘 알지도 못했고, 완성되지도 않은 상태에서 쓴 어설픈 작품이라고 사석에서 내게 말했다). 하지만 이 작품이 에세이와 소설의 경계인 가운데 구성의 혼란스러움으로 묘한 쾌감을 주는 것처럼, 불완전함을 내포하는 문장 자체만으로도 이 소설은 우리에게 기이한 아름다움을 느끼게 한다. 독일어를 한국어로 번역한 것처럼 주인공의 내면이 길고 깊게 기술된 배수아 특유의 문장, 대화가 이루어지는 시기나 등장인물의 성별, 감정을 파악할 수 없는 불친절하지만 환상적인 기술, 별다른 스토리는 없지만 그 사이에서 잔인하고도 지극한 쾌감을 만들어내는 작가의 소설쓰기가 나에게 대단한 감동을 준다. 게다가 이 소설은 누군가의 말처럼 '독일어 원문'이 존재하지 않는 '한국어 원문'이라는 점에서 한국어를 모국어로 하는 나에게 더 큰 감동을 준다. 그리고 나는 최종적으로 느낀다. 내가 누구보다 그녀의 소설을 좋아하는 이유는, 그 소설 안에 내가 너무나 간절히 쓰고 싶은 문장이 담겨 있기 때문이다. 가령 나는 이런 문장에서 숨막힘을 느낀다.

> M은 분명 그 기억 속에 존재하나 또한 그 속에 존재하는 것은 M이 아니었다. 기억 속에 있는 M은 시간과 함께 점점 더 M 자신으로부터 스스로 멀어져갈 수 있을 뿐이다. 그것은 체온이 없고 대답하지 않으며 나를 보지 않으며 M과 같은 모습을 하고 M과 같은 옷을 입고 M의 흉내를 내면서 움직이고 있으나 천박하고 무의미했다. 그것은 M이 아니었다. 시간이 지날수록 기억 속에 있는 M은 점점 더 이 세상에 존재하는 가장 M이 아닌 것들의 총체에 불과하게 되었다. 그러나 기억은 그런 식으로만 굳어져갔다. 그래서 이제 나는 M을 모른다. 더이상은 도저히 그럴 수 없을 정도로, M을 모른다.

영롱하면서 사람의 마음을 울리고 때로는 한없이 길게 이어지며 독자들을 빠져들게 하는 아름다운 문장이다. 그녀의 소설은 역시 전부 음미할 가치가 있다.

2017 5
13
토요일

나는 정말 너를 사랑하는 걸까?

김혜남 랜덤하우스코리아 2002년 5월

정신분석의 김혜남이 쓴 베스트셀러 에세이. 초반부에는 작가가 구축한 사랑의 일반론적 정의를 엿볼 수 있고, 후반부에는 의학적으로 만난 환자들의 사례를 덧붙인 사랑의 고찰을 볼 수 있다. 이 흐름에서 우리는 사랑의 단순한 정의를 넘어선 다양한 단면을 느낀다. 하지만 사랑을 보편적으로 해석하기 시작하면, 그것이 옳은 말일지언정 나는 어딘지 모르게 부족하다는 생각에 빠진다. 그건 결국 우리가 무수히 많은 사랑의 사례 중에서, 매번 우주적으로 유일한 한 사례를 겪고 있다는 반증이 아니겠는가. 그래서 이런 학문적인 요소가 다분한 에세이는 개인적으로 조금 답답하다. 역시, 사랑은 순수한 문학으로 풀어야 합당하다. 사랑에 빠진 마음을 폭발시켜 집요하게 묘사해야 나는 조금이나마 위로받을 수 있다. 그것만이 사랑을 쓰고 읽음에 관하여, 우리의 마음을 울릴 수 있다고 믿는다.

2017 5 14 일요일

환자가 된 의사들

로버트 클리츠먼 강명신 옮김 동녘 2016년 4월

『환자가 된 의사들』이라는 제목 그대로 중병에 걸린 의사들을 다룬다. 부재는 '고장난 신들의 생존에 관한 기록'인데, 다소 거창한 느낌이다. 저자인 컬럼비아 대학교 의과대학 정신과 교수 로버트 클리츠먼은 이 책을 위해 중병에 걸린 많은 동료 의사를 인터뷰했다. 그는 그 내용을 바탕으로 고장난 신이 환자가 되는 과정과 그 이후 다시 의사가 된다는 것, 나아가 그 체험을 바탕으로 상호작용하는 의사-환자 관계를 제시한다.

책의 소재는 대중에게도, 의사에게도 흥미로울 수 있다. 사회적으로 격리당하는 HIV나 암 같은 중병에 걸린 의사의 체험기나 심리 상태가 대화체 그대로 실려 현장감을 더한다. 다만 이 책의 장점은 여기까지다. 평생 논문만 쓰던 저자가 구성한 책은 지나치게 논문 형식으로 쓰여 딱딱하다. 지나치게 긴 분량은 인터뷰를 빠짐없이 싣고 자신의 할말을 줄이지 않은 저자의 욕심인데, 딱딱한 구성에 지친 독자들을 동어반복에 다시 한번 힘들게 만든다. 게다가 착하고 보편적인 결론으로 이끌어야 하기 때문에, 저자의 주장은 큰 반향 없는 내부의 고찰에서 그친다. 전반적으로 흥미를 끌 수 있는 소재가 학문적인 경계와 저자의 욕심에서 맴돌다 지루하게 끝나는 느낌이다.

2017 5 15
월요일

연인

마르그리트 뒤라스 김인환 옮김 민음사 2007년 4월

이 작품은 1984년 발표되어 콩쿠르상을 수상했고, 동명의 영화는 1992년에 개봉했다. 나는 영화를 먼저 보고 이 소설을 보았다. 당시 자전적인 소설로 평가받은 만큼 소설의 내용은 실제 뒤라스의 일대기와 겹친다. 소설의 주인공은 프랑스가 점령한 베트남에 이주한 열다섯 살 소녀다. 당시 점령국인 프랑스인이라고 베트남에서 모두가 순탄한 인생을 살 리는 없다. 아버지가 일찍 돌아가신 가난한 가정에서 집안을 꾸리는 어머니는 지독한 속물이고, 큰오빠는 평생 돈 한번 벌어본 적 없는 양아치이며, 작은오빠는 나약하기 이를 데 없는 성격이다. 이 집이 비참한 것은 당연하다.

이 환경에서, 자신의 유혹적인 매력을 알고 있던 열다섯 살 소녀는 한 중국인 남자를 만난다. 무려 열여덟 살 연상. 그는 베트남에 있던 화교로 파리 유학을 다녀온 사회 지배계층이었으며 아버지는 부동산 재벌이다. 둘은 사랑에 빠져 차이나타운 안에 있는 '독신자의 방'이라는 은밀한 곳에서 밀회를 즐긴다. 하지만 아무리 1900년대 초반이라 해도 이 관계는 문제가 있다. 일단 백인 소녀와 중국인 성인 남성의 육체적 관계라는 점이다. 당시 통용되는 인종차별은 지금과 크게 다르지 않다. 게다가 둘의 빈부격차 때문에 자연스럽게 금전적인 거래도 오간다. 고로 둘은 진짜로 사랑에 빠지지만 주변에서는 이 사이를 용납하지 못한다. 속물 어머니는 중국인과의 관계를 반대하고 그녀를 구타하다가, 경제적으로 보탬이 되자 찬성한다. 양아치 큰오빠는 중국인에게 몸을 팔았다고 창녀 취급하나, 돈은 뜯어낸다. 학교에서 그녀는 왕따다. 중국인 집안은 그 나름대로 정략 결혼할 여자가 있었는데, 아들이 난데없이 백인 창녀와 놀아난다며 그를 질타하고 학대한다. 이 사랑은 처음부터 성립하기 어려우며, 아직 감정적으로 성숙하지 못한 여주인공은 경제적인 부유함 때문에 그를 만나는 것인지 아니면 자신이 진짜 사랑에 빠진 것인지 고뇌한다. 소설과 영화는 이 연인이 현실적 한계에 부딪혀 결국 이별하는 과정을 그린다.

당시를 실제로 회고하는 듯한 마르그리트 뒤라스의 문장은 소설 속에서 내내 빛난다. 그녀는 심리적으로나 환경적으로 비참한 자신의 처지를 담담히 기술하고, 어딘가 결함이 있는 가족들과 절망적인 사랑에 빠져 망가져가는 자신의 연인을 선연하게 대비시키며, 당시의 혼란스러운 시대 배경 속에서 자신이 가지고 있던 감정과 사랑을 먹먹한 문체로 전달한다. 원작 소설을 뛰어넘는 영화는 흔하지 않지만 〈연인〉만큼은 영화도 소설만큼 아름답다. 개봉 당시 화제가 되었던 정사 장면은 정열적이지만 결국 닿을 수 없는 막막한 사랑을 아름답게 표현한다. 더불어 둘의 설레는 만남, 둘만의 추억이 담긴 아득한 보금자리, 종국에는 극단으로 치닫는 서로의 마음까지도 영화는 감동적으로 풀어낸다. 1992년 당시에는 검열로 영화 내용을 알아볼 수 없을 정도였다는데, 최근 무삭제판으로 재개봉되었다. 둘 중 하나를 보고, 나머지를 다시 찾아봐도 아깝지 않다. 이 소설과 영화는 '연인'이라는 큰 제목에 합당한, 남녀 간의 정열적 사랑을 아름답게 그려낸 작품으로 기억될 것이다.

2017 5
16
화요일

당신 인생의 이야기

테드 창 김상훈 옮김 행복한책읽기 2004년 11월

소설을 읽을 때 내가 자주 상기하는 문장이 있다. '소설 속에 등장하는 가장 지적인 사람은, 실제로는 저자의 지적인 수준을 넘어서지 못한다. 이는 소설 속의 아이러니이자 한계로 작용할 수 있다.' 이 문장은 소설 속 주인공과 글쓴이의 지적인 수준의 연관관계를 단적으로 드러낸다. 물론 무방비로 책을 읽는 독자와 관련 지식에 대한 사전 조사를 마치고 몇 날 며칠을 고민해서 글을 써낸 저자와의 싸움은 보통 저자의 승리로 끝나기 마련이지만, 지극히 다방면으로 지적이기에 감탄을 주는 글을 볼 때마다 나는 이 한계를 넘어서기 위한 저자의 싸움을 상상하곤 한다.

『당신 인생의 이야기』는 브라운 대학교에서 물리학과 컴퓨터공학을 전공한 테드 창의 소설집이다. 이 소설집에 실린 「네 인생의 이야기」가 〈컨택트〉로 영화화되어서 더욱 유명해졌다. 그는 1990년 등단 후 27년간 15편의 소설만을 발표한 완벽주의적 작가이기도 하다. 그래서인지 소설집에 실린 소설 어느 한 편도 허술한 것이 없고, 고유의 상상력과 기막힌 발상을 펼친다.

다음으로 영화화가 결정된 「이해」라는 작품이 인상적이었다. 미지의 호르몬을 주입받고 인간의 한계를 뛰어넘는 지적인 두뇌를 가지게 된 주인공과 그에 상응하는 지적인 두뇌를 가진 사람이 각각 자신의 능력으로 대결을 펼치는 내용이다. 그들의 생각이나 말은 인류의 지적 임계점을 뛰어넘어 언어학, 물리학, 의학, 사회학, 수학, 예술 등 각 분야의 모든 수준을 망라하고 그것을 상회해야 한다. 글쓴이의 입장에서 어려운 작문임이 분명하다. 여기서 나는 서두에 언급한 문장을 떠올렸는데, 과학자로 인문학에 파고든 저자는 그 지적 임계점을 뛰어넘어 초월적 지능을 가지게 된 사람의 심리를 그럴듯하게 그려낸다. 이는 독서가 때로는 영리한 사람이 정제해서 적어놓은 말을 엿보는 쾌감을 준다는 점을 나에게 십분 상기시켰다.

실제 저자는 한 분야의 전문가 수준이 될 때까지 소설 창작을 아낀다고 밝혔다. 그래서인지 이 기발한 상상력과 실제 과학 지식을 총동원한 내용은 이과 출신인 나에게 최신 지견을 선보이는 느낌까지 들게 했다. 미래를 예견하는 기호학에 관한 「네 인생의 이야기」, 성명학자와 자동과학기술, 인공지능과 계급사회에 관한 주제의식이 섞여 활극을 펼치는 「일흔두 글자」, 인간의 미적 기준이 프로그램으로 자동 설정되는 「외모지상주의에 관한 소고: 다큐멘터리」 등에서 과학기술과 사회학이 합치된 날카로운 문장을 엿볼 수 있으며, 영화처럼 시각화도 잘되어 있는 편이다. 과학적이고 지적인 소설쓰기에 귀감이 되는 작품집이다.

2017 5

17

수요일

일요일 스키야키 식당

배수아 문학과지성사 2003년 3월

작가의 말에 실린 첫번째 문장과 두번째 문장으로 이 소설을 요약할 수 있다.

1. 소설에는 주인공이라는 것이 있고 그리고 그의 여정을 따라가는 것이 소설읽기라고 일단 생각하는 독자라면, 이 책 『일요일 스키야키 식당』은 이루 말할 수 없이 실망스러운 것이 될 터이다.

2. 『일요일 스키야키 식당』은 굉장히 오랜 기간 동안 쓰였고—평소의 내 스타일과는 아주 다르게—한 부분이 끝난 다음에 그것을 거의 잊어버릴 만하면 다음 부분을 시작하곤 하는 경우가 대부분이었다.

『일요일 스키야키 식당』이라는 소설은 정확히 이렇다. 독자에게 강렬한 인상으로 첫 등장한 주인공은 그 챕터가 끝나고는 다시 나오지 않는 경우가 다반사다. 소설은 한 주인공의 주변 인물과 또 그 주변 인물로 이어지며 끝까지 진행된다. 그리고 작가가 시간을 길게 두고 계속 덧붙여나간 것처럼, 소설은 어떤 완결된 형식도 없으며, 처음과 끝의 서술 방식도 일치하지 않는다. 독자는 작가가 오래 시간을 두고 이어가는 의식의 흐름을 보는 것 같은 느낌이다. 일반적인 소설의 문법과는 확실히 다르다.

그렇다고 이 소설이 중구난방으로 읽히지는 않는다. 왜냐하면 이 소설을 관통하는 한 개의 주제의식이 발견되기 때문이다. 그것은 '빈곤'이다. 전반부에는 주인공들의 생활상으로 그 주제의식을 흩뿌리다가, 후반부에는 구체적으로 등장인물들의 편지나 수기를 빌려서 주제의식을 구체화되고, 마지막 「예비적 서문—슬픈 빈곤의 사회」에서 방점을 찍는다. 그래서 낯선 진행이지만, 독자들은 통일감 있게 한 개의 소설을 읽을 수 있다.

여담으로 이 작품은 배수아 소설 중 번역투가 덜한 편인데, 개인적으로 나는 『북쪽 거실』이나 『올빼미의 없음』 같은 번역투를 더 사랑한다. 또 덧붙이자면 중간 등장인물로 '음명애'라는 인물이 나오는데 묘사되는 외형이나 분위기, 성격에 있어서 묘하게 작가 본인을 연상시킨다. 심지어 당시 독일어를 공부하던 작가는 '음명애'의 책상에 독일어 교본이 놓여 있다고 묘사하는데, 그것은 무엇인가, 작가가 그 전지전능함을 발휘해 장난스러운 인물을 집어넣은 것 같다는 생각이 들었다.

신이 말하는 대로

카네시로 무네유키/아케지 후지무라 김시내 옮김 학산문화사 2014년 8월

동명의 영화를 얼핏 본 적이 있어, 원작 만화에 호기심이 생겨 한 번 보았다. 평화롭던 고등학교 교실에 갑자기 괴물체가 출연하면서 특수한 상황이 발생한다. 상황 설명은 사소한 힌트로만 주어지고 이 설정을 잘 이해하지 못하거나 어기면 무조건 죽는다. 영민한 주인공은 기지를 발휘해서 기어코 이 문제를 풀어내지만 나머지 친구들의 잔인한 죽음을 겪는다. 설정은 이윽고 서로가 서로를 죽이는 것까지 이어지고, 등장인물이 추가되고, 무대가 커질 때마다 잔혹한 살육은 이어진다. 이 승부에서 기적적으로 살아남은 사람들은 알 수 없는 미지의 힘의 강권을 받아 끝없이 또다른 생존 게임을 벌인다. 주인공은 그 와중에 사랑하는 사람을 지켜가며 잔혹한 승부를 계속해가야 하는데……

어디서 본 것 같은 내용이다. 그렇다. 전형적인 일본식 학원물이다. 초반 일본 특유의 정서를 녹여낸 생존 게임은 조금 흥미롭다고도 볼 수 있으나, 마지막으로 갈수록 밸런스가 붕괴되고, 결말은 거의 안드로메다 성운으로 간다. 꼭 읽어야 하느냐고 누가 묻는다면 글쎄……

굴드의 피아노

케이티 헤프너 정영목 옮김 글항아리 2016년 7월

제목으로 유추하자면 글렌 굴드의 전기로 보인다. 당연히 나는 미셸 슈나이더의 『글렌 굴드, 피아노 솔로』를 떠올렸다. 이만큼 글렌 굴드의 삶을 예술적으로 풀어낸 작품은 아직 본 적이 없다. 그리고 첫 장을 보았을 때 역시 저널리스트가 쓴 글렌 굴드의 평범한 전기라고 생각했다. 굴드의 일대기는 익히 알려진 바가 너무 많고, 첫 장은 결국 그 지점에서 벗어나지 않았다. 하지만 두번째 장에서 '굴드의 피아노'를 만들고 또 조율하는 사람들의 이야기가 나오며 이야기는 조금씩 초점을 다르게 잡아간다. 이 책은 굴드의 전기이기도 하지만, 무게가 실린 주제는 오히려 굴드가 사용한 피아노의 역사다. 이윽고 이 책은 익히 알려진 굴드의 괴팍한 성격과 대당 억대를 훌쩍 뛰어넘는 스테인웨이사와의 투쟁의 역사로 점점 전개된다. 역시 대단히 예민한 예술가다. 그리고 그에 못지않게 각자의 분야에서 예민한 사람들이 그를 맞춰주고 있었다. 아주 문학적인 텍스트는 아니지만, 이 책에서 나열하는 스토리만 들어도 치밀하고 또 무시무시한 강박이 느껴진다. 굴드의 피아노로 알려진 스타인웨이 CD318에는 대단한 정념이 담긴 사연이 살아 숨쉬고 있었다. 이 책을 덮고 내가 가장 먼저 한 일은 글렌 굴드의 '골든베르크'와 '평균율'과 '인벤션 신포니아'를 전부 찾아 들으면서 동네를 한 바퀴 달린 것이고, 그다음 한 일은 '골든베르크'와 '평균율'과 '인벤션 신포니아' 악보를 전부 꺼내 연주해본 일이다. 그러며 내가 한 번도 만져보지 못한 스타인웨이의 예민하고 감각적인 피아노를 떠올렸다. 그리고 그를 생각했다. 그는 알면 알수록 진정한 예술가다. 이해할 수 없는 행동을 하는 기민한 사람이라는 말로는 단순 설명하기 힘든 사람이다. 역시 예술가의 깊이란 끝이 없다.

해부하다 생긴 일

정민석 김영사 2015년1월

TV프로그램 미팅을 갔던 일이 있었다. 작가들은 나와 비슷한 콘셉트로 이전에 인터뷰를 한 정민석 선생님을 혹시 아느냐고 물어왔다. 나는 그 이름을 듣자마자 "선생님의 만화는 무지무지 재미있다"라고 강변했다. 작가들은 "재미있긴 한데……" 하며 말을 흐렸고, 그 반응은 책 내용 중 일부가 다소 일반인들을 갸우뚱하게 만든다는 의미 같기도 했다. 그래서인지 작가들은 책을 가져와 나에게 보여주며 어떤 면이 그렇게 재미있었는지 설명해보라고 했다. 하지만 예술을 첨언하는 언어로 다 설명하기는 어려운 법. 나는 크게 사람들을 납득시키지 못했다.

나는 돌아와 인터넷으로만 보던 그의 책을 읽어보았다. 바로 치명적인 약점부터 보이기 시작했다. 아마 기획 단계에서 작가와 출판사가 합을 맞추는 과정 중에 생긴 문제인 것 같은데, 기본적으로 편집이 매우 조악하다. 그리고 대중에게 해부학을 자세히 풀어내기 위해 만화로 부연 설명을 붙이기로 했던 것 같은데, 사족이자 동어반복이다. 이렇게 풀어서 설명할 거면 왜 만화를 그리는지, 저자에게 애매한 구성을 요구한 느낌이었다.

이게 왜 이토록 장황하게 안타까웠냐면, 만화가 무지무지 재미있기 때문이다. 읽는 내내 몇 번을 혼자 크게 웃었다. 해부학 교실과 매년 새로 마주치는 의대생, 그리고 식구인 조교, 터줏대감인 교수 사이에서 벌어질 수 있는 가장 재미있는 농담을 집대성한 느낌이다. 나도 아주 친숙한 분야이므로 이 일화들이 얼마나 잘 캐치되고 또 구성되어 있는지 즉시 깨달을 수 있었다. 의사라면 전부 해부학을 공부하고 실습 시간에서 조교들과 부대껴보았을 것이고, 그렇다면 이 만화를 몇 편만 보아도 범상치 않은 유머 코드에 엄청난 기발함을 덧댄 책이라는 것을 느낄 수 있을 것이다. 그리고 논문 투로 한결같은 '~다' '~이다'의 딱딱한 문체에서 오는 재미도 상당하다. 온 책을 한결같이 어색한 어투로 이야기하지만, 거기서 숨은 작가의 의도를 깨닫는 것이 웃음 포인트다.

책 자체의 편집 방향과 퀄리티, 그리고 가독성, 뜬금없이 아동용 해부학 설명 만화가 나오는 부록의 겉돎까지 있어 완성도 있는 한 권의 책으로선 매우 아쉽다. 그래도 여기 실린 만화가 매우 재미있음은 분명하다. 일반인이 이 책을 어떻게 읽을지는 모르겠지만, 의료계 종사자라면 꼭 책을 사보지 않더라도 이분의 이름을 검색해서 만화 몇 편에 시간을 할애해보시길 강력히 추천한다. 아마 이전 만화들을 전부 찾아보고 있는 자신을 발견하게 될 것이다.

불순한 언어가 아름답다

고종석 로고폴리스 2015년 8월

언어학자 고종석의 4회 분량의 강의록이다. 정식으로 펴낸 이론서가 아니기에, 마치 지금 강의를 듣고 있는 어투라서 훨씬 친근하게 읽힌다. 언어학이란 워낙 재미있는 것이지만, 이 책은 접근하기도 쉬워 지적인 관심이 다분한 사람들의 입문서로 좋다. 전반적인 언어학 강좌를 들은 느낌이었던 내가 이 책을 읽고 썼던 일기 한 편을 동봉한다.

1.

목젖을 울려 내는 실제의 음성.

나는 분명 같은 단어를 생각하고 같은 발음을 하지만 그 음성은 항상 미세하게 다르다.

같은 사람이 백 번 같은 단어를 발음해도 이것은 수학적으로 절대로 완벽히 일치할 수가 없다.

그럼에도 불구하고 모두가 그 단어를 한 번에 알아들을 수 있는 것은 그 소리가 추상화되어 그 언어 사용자의 머릿속에 갈무리되어 있기 때문이다.

앞선 서로 다른 음성을 파롤parole이라 한다.

뒤에 있는 각자의 머릿속의 추상적인 개념을 랑그langue라 한다.

2.

나는 술자리에 앉아 있다. 그렇지도, 저렇지도 않은 술자리다. 술자리이므로 내 앞에는 비우면 누군가가 채워주게 되어 있는 술잔이 놓여 있다. 사람들은 무난한 이야기나 안부 따위를 주고받고 있다. 나는 이번에는 변사체에 관한 생각을 하고 있다. 그리고 죽은 사람의 눈알에 관한 글을 구상하고 있다. 여기선 오랜만에 음성언어를 사용해야 한다. 변사체는 아직 문서화되지 않았으므로 랑그의 형태로 내 머릿속에 있다. 관용적으로 술자리에선 변사체에 관한 이야기를 꺼내지 않는다. 나는 머릿속에 있지 않은 이야기를 지껄이느라 바쁘다.

술은 죄악의 열매처럼 달다. 그리고 한 잔을 털어넣기 시작하면 계속 이걸 마시게 해달라고 몸속에서 아우성친다. 그러다보면 곧 생각이 무너지고, 곧이어 언어가 무너져내린다. 예외 없이 모든 사람은 전부 이 과정을 거친다. 이런 시간을 보내는 것은 합리적이지 않다. 고로, 처음 한 잔부터 인간은 역설 안에 든다. 어떠한 목적으로 사람들은 이 치욕을 견디는지 이해할 수 없어, 라고 생각하며 나는 눈앞의 중국 술을 10여 잔 비워낸다. 지극히 물리적으로 술은 달다. 모든 사람의 랑그가 허공으로 흩어져버린다.

3.

우리는 파롤을 들었을 때 항상 랑그로 이해한다.

그러므로 언어학의 주된 대상은 랑그이다.

한 소리를 듣고 머릿속에 랑그를 떠올렸을 때, 처음으로 우리가 생각하는 것은 그 액면적인 개념concept이다.

그리고 인간은 그 개념에서 떠올리는 심리적인 소리의 이미지를 떠올린다. 이것이야말로 그 언어가 최종 의미하는 것이다. 이를 청각 영상이라고도 부른다.

앞서 설명한 액면적인 개념을 시니피에signifie라 한다.

뒤에 있는 소리의 이미지를 시니피앙signifiant이라 한다.

이 두 가지의 결합은 온전한 한 언어기호를 만든다.

4.

"그래서, 네가 쓴 책의 첫 문장이 뭐니?"

"나는 분명히 죽으려 한 적이 있다, 입니다."

"응? 진짜 넌 죽으려고 그랬니?"

"아니요. 저는 살려고만 살았는데요."

나는 술에 취해 쓸모없는 현존現存에 관한 농을 던진다. 분위기가 싸늘해진다. 나는 분명히 변사체에 관한 생각을 하고 있었다. 물에서 막 건진 변사체와, 자신의 낡은 차 안에서 완전연소한 연탄의 연기를 가득 채워놓고 썩은 변사체와, 앉은 채로 죽은 지 오래되고, 그 앉은 자세 그대로 굳어 관에도 들어가지 않는 변사체의 시니피앙이 머릿속에서 뒤엉켰다. 그리고 그것들은 중국 술 20여 잔에 휘발되어버렸다. 나는 멍청하게 웃어 위기를 모면한다. 때마침 메시지가 도착한다. '당신은 천국에 두어도, 그곳을 경유해서 지옥으로 가버릴 사람이에요. 당신만의 지옥, 당신만의 소중한 지옥.' 나는 쓴웃음을 짓고 휴대전화를 꺼버렸다.

이제 사람들은 술에 취해서 너무 과하게 웃는다. 랑그와 시니피에에 관한 고찰도 없이 사람들은 지껄이고, 특별한 구실도 없이 소리지른다. 현존의 세계는 이제 환락의 지옥이다. 나는 홍청거리면서 사람들의 술잔에 술을 쏟아부으며 선악과에 관한 시니피앙을 떠올린다. 그리고 나는 곧 죽은 자의 눈알 같은 것은 잊어버린다. 온전한 언어기호란, 여기선, 수많은 파롤에 의해

산산이

부서져버렸다.

5.

서로 다른 언어 배경을 가진 사람들이 대화를 하기 위해 사용하는 말을 링구아프랑카lingua franca라 한다.

그중 서로의 언어와 조금씩 닮은 제3의 언어를 만들어 소통하는 경우, 그 언어를 피진pigin이라 한다.

피진은 분명 세상에 존재한 적이 없었지만, 소통만을 위해 만들

어진 언어이므로

피진은 누구의 모국어도 아니다.

하지만 어떤 피진은 실제로 어떤 집단의 모국어가 되어버리기도 한다.

그렇게 되면, 그것은 그때부터 크레올creole이라고 불린다.

5-1.

조르주 페렉은 『실종La disparition』이라는 소설을 썼다.

이 소설은 제목부터 전체 내용까지 e라는 모음을 한 개도 사용하지 않았다.

이렇게 특정한 글자를 의도적으로 빼고 써낸 줄글을 리포그람 lipogramme이라고 한다.

6.

집밖으로 나올 때도 비가 내렸고, 술자리에서 나올 때도 비가 내렸다. 사람들은 실존의 문제를 피하기 위해서인지 전부 귀가했다. 나는 중국 술을 20잔쯤 더 마시고 싶었지만, 혼자 음성언어를 사용하지 않고 마실 생각은 없었다. 그래서 나는 억지로 시니피에와 시니피앙의 세계로 돌아가야 했다. 올 때도 비를 맞고 왔으니, 집에 갈 때도 비를 맞으며 향했다. 휴대전화를 다시 켜자 다른 메시지가 왔다. '당신이 이 자리에 있었으면 해요.' 그 시니피앙은 우리가 한 번 이상은 분명히 만났고, 지금은 동떨어져 있으며, 앞으로도 그럴 거라는 얘기였다. 나는 기꺼이 쏟아지는 비를 맞으며 돌아왔다.

돋아나는 생각의 가지와 함께 불 꺼진 집에 들어와 불을 켰다. 가을비의 쿰쿰한 냄새가 집안에 가득했다. 언어, 언어를 사용해야 한다. 변사체, 쏟아지는 비, 사랑하지 않는 당신, 환락과 지옥. 표현되지 않으면 이것은 피진에 불과할 것이다. 나의 시니피에와 시니피앙이 맞서 싸우기 위한 피진. 그렇다면 이것은 크레올인가. 나의 모국어는 아무도 사용하지 않는 언어가 되는 것인가. 나는 지구상에서 멸종해버린 사어死語 몇 개와 그것을 마지막으로 사용하다가 죽은 사람을 떠올리며 샤워기의 물을 틀었다.

취기는 진득했고, 물은 안온했다. 거울 속에서 지나치게 잠을 줄여서 푸석거리는 얼굴의 실존이 비쳐졌다. 나는 정말 죽으려 했던 것일까. 그것은 어떤 사람에게도 이해받지 못할 크레올이었을까. 취기 때문에 머릿속에는 통합되지 않은 생각이 부유하고 있었다. 아무도 오지 않는 공간에서 아무도 알아들을 수 없는 언어로, 그것이 변사체와 선악과의 보통어인 시니피앙인 것인가.

나는 몸을 닦고 얼굴에 스킨을 발랐다. 그러곤 로션으로 손을 뻗으려다가 기운이 없어져 멈추었다. 이런 식으로 로션은 항상 실존하고, 스킨은 메마른다. 그래서 분명히 스킨은 일종의 사어다. 나는 취기와 그런 생각으로 휘청거린다. 분명히 지금 나의 랑그는 결손이 있다. 변사체에게 생명이 없는 것처럼.

그리고 나는 냉수를 떠놓고, 자판 앞에 앉아 글을 쓰기 시작했다.

그것은 무엇인가 빠져나갔다는 점에서 리포그람에 가까웠다.

2017 5 22
월요일

오직 두 사람

김영하 · 문학동네 · 2017년 5월

『오직 두 사람』은 22년 전 문단에 등장해서 천재적이고 독보적인 위치를 지켜오던 김영하가 여전히 건재함을 알려주는 소설집이다. 힘과 공상으로 톡톡 튀던 그의 소설이 완숙기에 들어섰음을 알리는 작품집이기도 하다. 이상문학상을 수상한 「옥수수와 나」를 처음 접한 순간 느꼈던 재기가 아직도 생생하다.

하지만 이 작품집을 시간 순서대로 배열하면 재기 넘치는 「옥수수와 나」는 맨 첫번째 작품이다. 후기에선 2014년 4월에 전 국민을 슬픔으로 빠뜨린 참혹한 일 이후 그의 소설이 상실감으로 어두워져, 결국 그도 그 이후를 견디고 있다고 고백하고 있다. 그리하여 그전에 쓰인 단편과 그 이후에 쓰인 단편이 주제의식이나 분위기에 있어 확연히 달라졌다고. 그것은 오랜 독자인 나도 느낄 수 있는 부분이었다. 그래서 "가슴 아픈 일은 변하지 않고 완벽한 회복이 불가능한 일이 인생에는 엄존한다"라는 그의 문장을 보며, 22년간 한결같이 소설을 써왔던 그의 심경 변화에 마음이 다시금 숙연해진다.

세일즈맨의 죽음

아서 밀러 강유나 옮김 민음사 2009년 8월

『세일즈맨의 죽음』은 20세기에 초연된 희곡 중 비평적으로나 상업적으로 가장 성공한 작품 중 하나이다. 희곡에 별 관심이 없는 사람일지라도 『세일즈맨의 죽음』이라는 제목 정도는 들어봤을 것이다. 세상에 나온 지 60년이 훌쩍 넘었지만 시공을 초월한 폭넓은 공감을 받아 아직까지도 실연되고 있는 작품이기도 하다. 이는 자본주의를 바탕으로 한 현대 사회의 문제나 한 가정을 짊어진 가장의 고단함과 부성애를 다뤄 만인의 공감을 이끌어낸 점 때문이기도 하지만, 작품 자체가 매우 치밀하게 잘 쓰였으며 연출 기법상으로도 혁신적인 연유가 컸으리라.

극중 가장의 이름 윌리 로먼Willy Loman은 Will he?(그가 할 수 있을까?)와 Low man(낮은 사람)의 합성어이다. 첫째 아들 Biff는 Beef(고깃덩어리, 즉 무능력자)를 연상시키고, 둘째 아들 Happy는 무조건적인 낙관주의자를 뜻한다. 이 주요 등장인물들은 각각 이름에 맞게 시대상으로 전형적인 인물을 은유한다. 극은 미국 자본주의 부흥기에 고군분투한 세일즈맨 윌리 로먼의 가정사와 그의 절망으로 전개되다가 스물네 시간 후 그의 죽음으로 막을 내리지만, 관객은 세일즈맨의 전성기 시절 그의 과거 행적이나 죽어버린 형을 회상하며 그와 같이 더 넓은 대륙으로 진출하는 그의 미래까지도 넘나든다. 관객은 당시 혁신적이었던 연출 기법(반투명하게 비치는 무대 배경이나 일부만 노출되는 입체적인 2층 무대 등)으로 극중에서 자연스럽게 윌리 로먼의 과거, 현재, 미래를 엿볼 수 있다.

극의 막이 내리면 관객은 하나의 의문에 든다. 과연 윌리 로먼이 솔직한 사람이었다면, 그의 첫째 아들 비프의 현재는 달라졌을까. 하지만 관객은 그의 맹목적인 부성애와 시대가 기여한 낙관적인 성격 탓에 그러지 못했으리라는 것을 알고, 다만 안타까워한다. 그리고 이는 유명한 마지막 대사로 이어진다. "그런데 이제 집에는 아무도 없어요. 이제 우리는 빚진 것도 없이 자유로운데. 자유롭다고요. 자유롭다고요. 자유……" 그래서 관객은 평생 빚을 갚고 이제 막 금전적으로 자유로워진 그와 하필 그때 죽음으로 인해 또다시 자유로워진 그의 처지를 교차하고는 아이러니로 인한 연민과 여운을 동시에 느낀다. 유명세만큼 완성도 높은 결말이다.

여담으로, 아서 밀러는 한때 메릴린 먼로의 남편이었다. 극작가가 당시 가장 유명한 여배우와 결혼했다는 사실은 역시 격세지감이 아닐 수 없다.

2017 5

24

수요일

6

성동혁 민음사 2014년 9월

성동혁은 심장병으로 가슴을 여는 수술을 다섯 번 받았다. "여섯 번째 일들이 오고 있다"(「6」)라는 시구처럼, 그는 돌아온 여섯번째의 몸으로 그의 첫 시집을 썼다. 나는 몸이 아프지는 않지만 병원에서 몸이 아픈 사람들에게 일어나는 일에 대해 상세히 안다. 그리고 환자의 가슴을 여는 것이 얼마나 대수술인지, 그것을 다섯 번 반복한 환자가 어떤 상황에 처하게 되는지도 안다. 그래서 병원에서 겪었을 일을 시인이 직간접적으로 통렬하게 묘사하는 대목이 내겐 매우 감각적으로 다가왔다. "가슴이 열린 채로 묶여 있었다/ 유약이 쏟아졌다"(「측백나무」)는 수술대 위에 오른 환자에게 의사가 갈색 소독약을 쏟아붓는 장면을 연상시키고, "엑스레이 기계를 안고 웃는다/ 의사는 모르겠지 내가 어떻게 웃는지"(「수선화」)는 가슴 엑스레이를 찍을 때 환자가 마치 기계를 끌어안는 듯한 자세를 취하고, 얼굴은 바깥으로 빠져나와 사진에는 찍히지 않는 장면을 연상시킨다. "수많은 솜들로 피를 건져냈지만"(「6」)에서는 의사가 뭉텅이진 거즈로 피를 닦는 장면을 묘사한 듯하고, "자고 일어나니 누군가 나를 미러볼 안에 넣어두었다"에서 "자고 일어나니 누군가 나를 앰뷸런스 안에 넣어두었다"로 진행하는 「메니에르」는 갑자기 극심한 어지러움이 쏟아지는 메니에르병에 걸린 시인을 연상시킨다.

하지만 이는 의사인 내가 엿본 대목일 뿐, 이 시집은 그의 투병기가 아니다. "세수를 할 때마다 흘러가는 기도를 아끼자 더 흘려보내기엔 세면대의 구멍이 작아/ 물속에 얼굴을 넣었다 빼도 나는 물의 미간을 그려내지 못한다"(「그 방에선 물이 자란다」), "급류에 휩쓸려 나부끼는 깃발처럼 우린 젖지 않고도 섬을 이해하지만"(「바람/ 종이를 찢는 너의 자세」), "우린 천국이었지만 둘 중 하나만 사라지면 지옥이었다”(「6」) 등, 비단 직접적으로 죽음을 염두에 두고 있지 않더라도, 마치 세수를 할 때마다 기도를 하는 시인이나 당신이 사라져 지옥을 느끼고 있는 시인의 언어에서 나는 시라는 형식에 경외감을 느낀다. 그의 오른손 손날에는 문신으로 이렇게 새겨져 있다. “이후로는 누구든지 나를 괴롭게 말라. 내가 내 몸에 예수의 흔적을 가졌노라.” 나는 이 글귀를 보고, 역시 아픔은 아름답다는 것을, 또한 그 아픔이 몸에 각인된 그의 시도 아름다울 수밖에 없음을 알아버렸다.

2017 5 25 목요일

은교

박범신 문학동네 2010년 4월

『은교』는 나에게 유명하지만, 왠지 찾아서 직접 읽고 싶지는 않은 책이었다. '노인이 소녀에게 품는 성적 욕망'이라는 주제와 이 책 발간 이후 사람들에게 『롤리타』의 험버트처럼 회자되는 '은교'라는 대명사가 나에게 왠지 모를 거부감을 주었던 것 같다. 그러던 중 이 책을 드디어 읽게 된 계기는 마침 이 책의 저자가, 나로서는 진위를 확인할 수 없지만, 『은교』의 주제를 연상시키는 스캔들에 실제로 휘말렸기 때문이다.

그래서 나는 이 책을 읽으며 더 많은 고민을 해야 했다. 저자가 한 달 반 만에 일필휘지로 써낸 이 책에서 드러낸 욕망과 문학적 표현은 어디까지 용납되어야 할 것인가. 우리는 응당 사회적으로 비난 받아야만 하는 작품을 표현의 자유라는 미명 아래 포용하고 있는 것이 아닐까. 아니면 이 소설은 상상력을 바탕으로 하는 지극히 독립적이고 아름다운 문학적 발상에서 탄생한 것인데 우리의 사회적 정서가 포용하지 못하는 것이 아닐까.

실제 책은 이 상반되는 두 지점을 영리하게 줄타기한다. 평생 쓰기와 읽기를 업으로 한 저자의 구력에서 나오는 좋은 표현, 알맞고 깊이 있는 인용구, 문학적으로 의미 있게 짜인 전개, 그리고 일정 부분에서 선을 넘어가지 않는 조심스러움 등으로 말미암아 이 소설이 대중에게 비난받을 지점을 희석해나간 것도 사실이다. 그리고 작가와 문단 생활을 엿볼 기회가 많던 나로서는 비단 미성년자에 대한 성적인 욕망이라는 주제 이외에도, 이적요 시인과 서지우 작가의 위험한 문단 내 사제 관계가 주는 서스펜스를 엿보는 것도 흥미로운 지점이었다. 고로 나는 이 책을 읽으면서 이 작품에 대한 평가를 극과 극으로 혼란스럽게 오가야 했다. 어떤 부분은 저자에 대한 이입으로 조금 과하다는 생각이 들기도 했지만, 작품은 주제의식을 잘 엮고 긴장감을 놓지 않은 채 완결성 있게 끝났고, 어떤 부분은 분명히 아름다웠다.

기본적으로 나는 문학에서는 무엇이든 가능하다고 생각한다. 특히 외국 소설에서 흔히 발견되는 성애와 욕망의 묘사에 대해서는 자주 감탄하고는 한다. 그래서 『은교』의 줄거리나 표현은 지극히 납득 가능하며, 용납되지 못할 것은 없다고 본다. 또한 작품과 작가는 반드시 분리되어야 한다는 발상에도 동의한다. 하지만 2017년 화두였던 문단 내 성폭력 사건의 내면을 보면, 그게 말처럼 쉽게 떨어지는 일은 아닌 것 같다. 세상에는 정말이지 아무리 생각해도 잘 모르는 지점이 분명 있는 것이다.

모두가 움직인다

김언 문학과지성사 2013년 7월

시는 자신의 감정을 표현하기 위해 쓰이기도 하지만, 김언의 시처럼 사건과 사물과 시간을 묘사하는 언어의 순수한 부조리함을 드러내기 위해서 쓰이기도 한다. 그의 시에선 "미안하지만 우리는 점이고 부피를 가진 존재다./ 우리는 구이고 한 점으로부터 일정한 거리에/ 있지 않다. 우리는 서로에게 멀어지면서 사라지고/ 사라지면서 변함없는 크기를 가진다"(「기하학적인 삶」)처럼 연마다 과학적으로 모순이 되는 문장을 쌓아가는 서술이나, "한 사람이 죽고 아파트 경비가 그 사실을 발견한다/ 그의 부친이 고향에서 달려오고 장례는 간소하게 치러졌다//다음 날/ 아버지는 아직도 오고 있다// 밤늦게까지/ 지하철과 버스가 시내를 돌아다닌다"(「죽은 지 얼마 안 된 빗방울들의 소설」)처럼 시각적인 전후 관계나 사정이 얽혀서 언어로는 표현되지 않는 연결고리에 관한 서술이나, "여기서 만져지는 물질이란 모두 내가 만지기 위해/ 탄생한 물건들 이름들 형제들 그리고 하나같이 죽는다./ 둘이 죽고 나면 셋이 남고 셋이 죽고 나면/ 더없이 많은 숫자를 다시 헤아려야 하는 이름 때문에/ 이 물질의 이름은 부적합하다"(「이 물질의 이름」)같이 죽음이 난무하는 비논리적인 서술로 인해 물질을 명명하는 행위는 부적합에 다름 아니라고 귀결하는 서술을 발견한다. 당연히 그의 부조리한 서술과 시는 다가가기 쉽지 않다. 문단마다 느껴지는 이질감에 넋이 빠져나갈 것 같다. 하지만 가장 농밀한 형태의 언어인 시로 사건과 사물을 포착해내는 시구들은 처음에는 불일치하게 보이나, 누적된 불일치를 세밀하게 탐구하다보면 그것이 어떤 효과적인 일치에 닿아 있음을 깨닫게 된다. 결국 그의 시 안에서는 '모두가 움직인다'. 실상 모든 물체는 동시에 이질적으로 생동하기에, 기존의 정지된 서술적 규범으로는 이를 표현할 수 없다. 그래서 그는 새로운 한국어의 규범을 창조했고, 그 안에서 새로운 일치를 발견하는 것이 이 시집의 재미다. 시와 사건을 표현하는 한국어의 최전방을 보고 싶다면, 그의 시집을 집어들자.

나의 우파니샤드, 서울

김혜순 문학과지성사 2012년 10월

우파니샤드는 고대 인도의 철학 경전의 이름으로, 산스크리트어로 '가까이 앉음'이라는 뜻이다. 이는 스승과 제자가 가까이 앉아 철학적 대담을 나눈다는 뜻으로 해석되고, 실제 문헌 대부분은 스승과 제자가 나눈 철학적 토론으로 이루어져 있으며, 브라만교의 경전 『베다』 중 한 권에 속한다. 대우주의 본체인 브라만(Brahman: 梵)과 개인의 본질인 아트만(atman: 我)이 일체라고 여기는 범아일여梵我一如의 사상, 관념론적인 일원철학서인 우파니샤드, 이미지를 누구보다도 잘 그려내는 시인 김혜순은 이 시집에서 자신의 우파니샤드를 서울로 지정한다. 그리고 그 사유의 과정에서 그녀가 만들어낸 관념은 서울에 관한 연작시에서 찾아볼 수 있다. "술 마시고 미친 차 한 대가 갑자기 뱃전을 떠났다가 허방에 빠져 돌아오지 못했다 그의 마지막은 텔레비전에 의해 생중계되었다 잠시 후 인부들이 갑판을 수리하고 있는 것이 보였다 다른 사람의 마지막 무대를 위해 세트는 다시 세워졌다"(「서울의 방주」), "매일 아침 다리를 건너 강 저쪽에 닿았다가 매일 저녁 다리를 건너 강 이쪽으로 돌아와요 마음의 저편 산자락 아래까진 가보지도 못했어요 (……) 날마다 당신에게로 가는 길이 늘어가요 길 속에 길이 있어요 지금 막 도착한 저 빌딩의 몸속을 좀 들여다보세요 층계와 층계 사이로 불켠 실핏줄이 보이잖아요?"(「서울 길」), "그러나 너는 유리벽에 매달려 뭔가 새기려 하고 있구나. 꿈속에 있으면서 꿈속에 전령을 보내려고, 헛되이 허공중에 고운 얼굴을 새기고 있구나. 미로는 날마다 골목 끝에 유리문을 세운다. 이 몸을 깨뜨리고 어떻게 밖으로 나가지? 내 몸 밖에서 누가 나를 아직도 부르고 있는데……"(「서울」) 등에서는 서울을 배경으로, 부서진 세트가 다시 세워지거나,

길 속의 길이 발견되거나, 미로가 날마다 골목 끝에 유리문을 세우는 것으로 묘사된다. 이 지극한 순환론적 개념, 이미지의 시인인 그녀는 대우주의 개념을 서울로 한정하고, 그 본체 안에서 범아일여의 합일을 위해 시인 자신의 본질을 계속 갈구한다. 그리고 우리는 우리가 사는 서울을 그려보면서, 그녀가 늘어놓는 이미지의 성찬을 한술 떠 입에 넣기만 하면 되는 것이다.

안나 카레니나

레프 톨스토이 박형규 옮김 문학동네 2010년 3월

이 소설은 소설사에서 가장 유명한 첫 문장으로 시작한다. “행복한 가정은 모두 모습이 비슷하고, 불행한 가정은 모두 제각각의 불행을 안고 있다.” 이 문구는 가정의 행불행을 논할 때면 늘 빠지지 않고 인용되기에 누구나 한 번쯤은 들어봤을 것이다. 그럼에도 불구하고 이 소설의 뒷부분까지 다 읽지 않은 사람이 월등히 많은 이유는 이 첫 문장 뒤에 무려 1700페이지가 더 있기 때문이다. 이런 소설의 마지막 페이지를 넘기면, 누구건 “드디어 다 읽었다!”라는 말이 절로 육성으로 나올 것이다.

허나 이 소설을 완독할 가치는 충분하다. 긴 분량에서 안나를 비롯한 레빈, 스티바, 돌리, 키티, 카레닌, 브론스키 등 주요인물의 심리와 행동은 지극히 리얼리즘적으로 의식의 흐름을 따라 기술된다. 이 때문에 독자들은 19세기에도 사람들이 죽음에 슬퍼하고, 사랑에 기뻐하며, 누군가가 떠난 자리를 아쉬워하고, 사랑의 도피 후 불안해하는 심리를 고스란히 엿볼 수 있다. 소설은 3인칭 전지적 시점이지만, 서술은 가끔 주인공의 시점으로 옮겨간다. 이 부분들에서 1인칭의 감정은 3인칭의 시선과 섞인다. 그래서 몇 년간을 짝사랑하던 여자에게 고백하러 가는 길엔 모든 사물과 사람이 흥분한 듯 보이기에 매우 격앙된 행동을 하지만 타인이 보기엔 부조화스럽고 기이하게 보인다든지, 자식의 출산을 앞두고 긴장된 탓에 본인의 심리는 뒤죽박죽이지만 3인칭으로 우스꽝스럽게 묘사되는 등, 독자는 내부와 외부를 번갈아서 지극히 자세하게 소설 속 인물들을 지켜볼 수 있다. 그리고 익히 알려진 안나의 마지막 비극에서, 독자들은 그녀가 슬픔에 순전히 매몰되는 것이 아닌, 감정을 다루지 못하고 갈팡질팡하며 내면으로 빨려들어가다가 결국은 죽어가는 과정에까지도 몰입할 수 있다.

이 의식의 흐름을 따라 서술하는 기법은 훗날 제임스 조이스, 윌리엄 포크너 등에게 영향을 주어 발전한다. 그리고 이 기법으로 우리는 등장인물끼리 마주하고 느끼는 감정과 갈등, 당시 러시아가 직면한 정치적 문제와 귀족들의 생활부터 톨스토이가 가진 신념, 종교와 농민 문제까지도 아주 세밀하게 체험할 수 있다. 이렇게 우리는 『안나 카레니나』의 지독한 볼륨과 견고한 서술에서 인류가 낳은 최고의 소설을 논할 때 이 작품이 빠지지 않고 꼭 언급되는 이유를 알 수 있다. 대략적인 줄거리에서 유추해보건대, 『안나 카레니나』는 단순히 결혼한 안나가 다른 남자와 사랑에 빠지곤 방황하다가 죽어가는 소설이 아니다. 이런 소설을 접할 때마다 "고전이란 누구나 다 그 내용을 알고 있지만, 다시 읽게 되면 전혀 색다르고 다른 깊이로 읽히는 작품이다"라고 정의한 누군가가 떠오른다.

덧붙여 비슷한 두께와 난이도와 인지도를 지닌 『카라마조프가의 형제들』을 놓고 한 권을 선택한다면, 나는 『카라마조프가의 형제들』의 손을 들겠다. 『안나 카레니나』는 리얼리즘적 서술에서 뛰어나지만, 개인적으로 『카라마조프가의 형제들』이 담고 있는 심오한 철학적 깊이가 더 좋다. 이제 남은 건 『죄와 벌』과 『부활』을 비교할 차례인가. 험난하다.

에듀케이션

김승일 문학과지성사 2012년 4월

『에듀케이션』 속의 화자는 미성년자이거나 아직 완숙하지 않은 청년이다. 이 시집에서 시인은 끊임없이 부조리하고 어긋난 추억을 떠올리거나 유년의 불순한 기억을 상기한다. 그래서 『에듀케이션』에서는 한 미성년자가 일반적이지 않은 '에듀케이션'을 통해 비틀린 성년으로 커가는 과정을 엿볼 수 있다. "난처하게 마흔두 마리였고 그래서 우리는 계속 세었다 친구야, 나 시체를 너무 만져서 정신이 이상해지는 것 같아…… 역겨운 박스, 친구가 열어보지 말자고 했다 나도 열어보기 싫다고 했다"(「사마귀 박스」), "팔다리를 잡고 간지럼을 태웠는데도. 너는 절대 고백을 하지 않았고, 그래서 우리는 겁이 났다. 저 독실한 신자 녀석이. 끔찍한 생각을 하고 있어서"(「같은 부대 동기들」)처럼, 시인의 성장에서 유년기는 잔혹하고 불길함을 암시하는 것으로 표현된다. 그래서 제목인 '에듀케이션' 마저 한 뒤틀린 감성의 위태로움과 그 탄생 과정을 독자들에게 떠오르게 한다. 또한 "사실은 너를 이해한단다. 내가 더 학대받았으니까. 나는 골프채로 두들겨 맞고 알몸으로 집에서 쫓겨났거든, 우리는 서로의 손을 부여잡고. 그랬구나. 너도 알몸으로 쫓겨났구나. 여름에 쫓겨났니, 겨울에 쫓겨났니? 나는 겨울에 쫓겨났었어"(「같은 과 친구들」)처럼, 일견 현실을 직시하는 듯하나, 점차 눈덩이처럼 부풀며 불순함을 드러내는 시적 서술이 내내 매력적이다. "우리들은 서로에게/ 가르쳐줄까// 지금 막 우리들이/ 알게 된 것을"(「홀에 모인 여러분」). 이 시집을 종결하는 문장이다. 이 문장처럼, 이제 막 이 시집을 읽고서 알게 된 불온한 '에듀케이션'은, 곧 들불처럼 번져나가지 않으려나.

잠시만요 대통령님

제르마노 줼로·알베르틴 정혜경 옮김 문학동네 2017년 5월

누구든 활자로 된 책을 읽기 전엔 그림책을 보며 자랐을 것이다. 또렷하게 기억나지 않아도 분명 그 시절 각자 가장 아끼는 그림책이 있어, 몇 번이고 펼쳐보며 손때를 묻히는 유아기를 지냈을 것이다. 하지만 그 기억은 어느덧 가물거리고, 우리는 어른이 된다. 그리고 그림책은 특별한 기회가 닿지 않는 한 다시는 볼 일이 없을 것 같은 존재로 잊혀져간다. 허나 가끔 활자로 된 어른의 책이 지긋지긋할 때, 독특한 그림으로 가득차 있고 페이지가 빨리 넘어가는 그림책을 우연히 발견하곤 뜻밖의 치유를 느낀다.

『잠시만요 대통령님』은 매우 아름답고 독특한 삽화의 그림책이다. '사용 연령: 4세 이상'이라는 문구가 무색할 만큼, 내용이 성인까지 넓고 깊게 공감 가능하며, 전혀 유치하지 않다. 10분 남짓한 독서를 마치면, 대통령의 바쁜 업무를 희화화한 줄거리를 넘어 독자들에게 알 수 없는 여운을 남긴다. 오랜만에 그림책을 보니 마치 옛날로 돌아간 것 같은 아련함에 미처 알지 못했던 옛날의 세계를 다시 발견한 기쁨마저 선사하는 듯하다.

활자로 된 책을 선물로 주면 그 책을 시간 내서 읽으라는 것 같아 언제나 조금 부담스럽다. 하지만 그림책은 알록달록하고 풍성한 미술 작품의 느낌이며, 다 읽는 데 10분 정도밖에 걸리지 않기에 상대방에게 부담을 주는 것에서 자유롭다. 누군가가 서점에서 그림책을 펼쳐보고 "이런 책은 선물로 받아 읽어야 해"라고 말한 것이 떠오른다. 그렇다. 성인이 일부러 사서 읽고 모으기에는 약간의 취향이 필요할 테지만, 누군가에게 가볍게 선물하기에 그림책은 정말 더없이 좋은 것 같다.

더 그레이티스트

월터 딘 마이어스 남궁인 해제 이윤선 옮김 돌베개 2017년 5월

내가 처음으로 해제를 쓴 책이 세상에 나왔다. 스스로 쓴 책을 세상에 내놓을 수 있는 것만으로도 나는 더없이 감개무량하였는데, 이렇게 내 원고를 다른 책에 싣고 그것이 출판되는 과정을 보니 또 어떤 다른 세계에 들어와 있는 듯한 기분이 든다. 하여간 이 책은 무하마드 알리의 평전이다. 책 소개는 내가 해제에 쓴, 마지막 문단으로 갈음한다.

그는 이런 말을 남겼다. "나는 복싱보다 위대하다." 그리고 그는 실제로 복싱보다 위대했다. 그는 상대방을 링 위에 많이 눕힌 위대한 복싱 선수를 넘어서, 혼돈스러운 시기를 흑인이자 무슬림, 반전 운동가의 상징으로 견뎌냈으며, 나아가 전 세계인 앞에서 고독과 질병을 이겨낸 사람이었다. 2016년 6월 3일, 그는 결국 우리에게 어떠한 의미이자 상징인 인간이 되고야 말았고, 그것이 현대를 살아가는 우리가 그를 다시금 반추해야 하는 이유다.

June

여름 별장, 그 후

유디트 헤르만 박양규 옮김 민음사 2004년 8월

권터 그라스와 페터 한트케 이후, 파트리크 쥐스킨트로 이어지는 미학적 독문을 어떤 작가가 이어받을지. 독일 현지에서 꼽는 사람은 바로 유디트 헤르만이다.

그녀의 데뷔 소설집이다. 9개의 단편, 합치면 160페이지 남짓의 짧은 길이임에도 불구하고 책은 현대 소설이 주는 기법적, 형식적 쾌감이 가득하다. 내가 레이먼드 카버식의 구성이라고 일컫는 장점, 즉, 애매한 지점을 시작점으로 두고 성긴 서술을 이어나가다가 마치 뒷이야기가 더 있을 것 같은 종결을 맺음으로 얻어지는 여운의 미가 있는 단편들이다. 또 전반적으로 독문의 거칠고 투박한 특징과 제발트식 독백의 문학적 쾌감이 있다.

이 책을 가장 아름답게 만드는 것은 작품들 전반에 내재된 영문없는 슬픔, 슬퍼서 엉엉 우는 감정의 폭발은 아닌, 간신히 견딜 수 있지만 가슴을 저미면서 들어오는 슬픔의 미적인 황홀이다. 이 감정의 폭발을 자제하며 은은하게 퍼뜨리기 위해 소설은 부러 다분히 함축적이거나 잘라먹은 문장을 쓰고, 배경을 막연하고도 가변적으로 설정하며, 불편한 분위기를 만든다.

이 책은 문학이 다른 예술에 비해 직관적이면서도 환상적인 감각을 느낄 수 있게 한다는 것을 증명한다. 어느 지점에선가 영문 없이 끊겨버린 강렬한 이미지에서 환상으로 뻗어나갈 수 있다는 점은, 바로 관람자에게 예술이 끼칠 수 있는 힘이다.

2017 6
2

금요일

흰

한강 난다 2016년 6월

파스칼 키냐르의 글이 강하게 떠오르는 작품이다. 짧은 제목, 간결한 내용, 서사를 일부러 흐리게 하는 기술, 이미지의 극대화. 그녀가 색 하나에서 느껴지는 심상을 바탕으로 풀어낸 이 산문들은 차라리 시에 가깝다.

토요일

대망

야마오카 소하치 박재희 옮김 동서문화사 2005년 4월

일단 대단한 볼륨이다. 전권이 36권인데, 한 권이 600페이지가 훌쩍 넘으므로, 단순히 계산해봐도 전문이 21600페이지다. 『안나 카레리나』나 『카리마조프가의 형제들』이 2000페이지 정도임을 감안하면, 정말 대단한 분량이 아닐 수 없다.

저자가 3명이고, 12권씩 나눠서 저술했다. 당시 신문 연재작인데, 1부 12권 연재에만 17년이 걸렸고, 3부까지의 완결은 대략 40년이 걸렸다. 야마오카 소하치는 이 소설을 완결하고, 일본문학계의 거장 반열에 올라 재벌 총수들의 컨설턴트까지 했다고 한다. 문단이 재벌과 밀접하게 영향을 주고받은 적도 있었구나.

양이 많은 데 반해 전개는 느리지 않고, 오히려 엄청나게 빠른 편이다. 맨 첫 장면은 도쿠가와 이에야스의 어머니 이야기에서 시작하는데, 20000페이지 이후 36권에서는 무려 러일전쟁을 벌인다. 주요인물만 천 명쯤 될 것 같다. 가상의 인물도 들어 있다지만 결국 역사의 큰 틀에서 기술하려니까, 주요한 인물의 성격과 행동거지만을 짚고 넘어가는 데에도 벅차 보인다. 나는 1부 마지막쯤에서 더이상의 읽기를 포기했다.

한 저자에 의해서 긴 글이 반복되다보니, 문체에 의한 피로감은 어쩔 수가 없다. 상당히 고심해서 묘사를 써내고는 있지만, 역사를 담은 장편이다보니 동질적 묘사의 한계도 분명하다. 서사도 훌륭하지는 않지만, 적응하면 그럭저럭 볼만하다.

일본 역사에다가 소설적 재미를 가미하고, 등장인물들의 심리를 묘사해서 방대한 볼륨으로 재현하는 작업이 전 일본적인 인기를 얻었다는 것만으로 이 소설은 상당한 의미가 있다. 역사라는 것이 원래 인간에게 가장 재미있는 화두라고 했던가. 일본의 역사를 이

전까지는 그리 세밀히 알지 못했던 나로서는, 스포일러 없는 이 소설의 전개가 몹시 흥미진진했다. 결정적으로 천하통일을 이룬 사람으로 알고 있던 오다 노부나가가 부하의 배신으로 그렇게 죽을 줄 몰랐다. 또한 이 소설 속 전국 시대 여인의 위치는 정말 끔찍했다. 초등학교 때 선생님이 '일본 문화에서는 남자가 무조건 위고, 자기 아들에게도 경어를 써야 한다'라고 말한 적이 있었는데, 아마 『대망』을 읽고 출근하셨던 모양이다. 모든 남자에게 경어를 쓰는 것은 물론이고, 남자들이 전쟁에서 지면 죄 없이 배 가르고 죽든지, 어디 적국에 볼모로 가든지, 권력자가 그냥 입 찢어 죽이든지, 몸종인데 주인이 자자고 해서 잤더니 마님이 와서 죽이든지, 남편이 약자라는 이유만으로 빼앗아버리든지, 아니면 강자의 친인척이라는 것만으로 정치적으로 이혼하고 다시 결혼해야 하든지, 질투 때문에 미쳐버리는 것 등으로 묘사된다. 아주 지혜롭게 그려지는 여인들조차 불운한 삶을 전혀 타파하지 못한다. 남편 따라 죽으면 열녀가 되고, 엄청나게 어린 나이에 결혼해서 서른만 넘으면 그냥 할머니 취급을 받는다. 임신하면 세컨드에게 자리를 내어주고 애나 키워야 한다. 행복한 여자는 이 소설에 안 나오는 듯.

그렇다고 남자들이 행복한 것처럼 보이지는 않는다. 혀를 끌끌 찰 정도로 미련하고, 허구한 날 배 갈라 죽고, 삶이 난리통 그 자체다. 전반적으로 남자들도 매우 불쌍하지만, 그래도 여성의 불운한 시대 상황이 특별히 인상적이었다.

이들은 맨날 볶은 된장에 보리밥이랑 짠지만 먹는다. 먹는 것도 참 부실한 친구들이 쌈질은 얼마나 비장하게 하는지. 서로 배 가르고 목 자르고 팔 자르고 다리 자르고 총으로 서로 죽이고 난리통인데, 게다가 그런 죽음을 영광스럽게 여기는 문화까지 있었다. 그 시대에 태어나지 않은 것이 얼마나 다행스러운지. 나는 무력이 안 되니 꼭 뒤에서 비열한 행동을 하고 있었을 것 같다는 생각도 들고.

그 와중에 어찌나 통일, 위엄, 의리 따지면서 서로 배신하고, 앞에서는 달콤한 말 하면서 이리 머리 굴리고 저리 머리 굴리는지, 주인공들은 삼국지에 버금가는 두뇌싸움을 벌인다. 기묘한 간계와 술수, 그리고 멍청한 놈들과 똑똑한 놈들, 외교적 위기 상황에 닥친 외교관들의 현란한 말장난을 바라보고 있자니 권당 네다섯 시간도 금방 가버린다.

하여간 따로 공부하지 않아도 옆 나라의 역사에 대해 파악하고, 나아가 국민성과 문화에 숨겨져 있는 단서들을 찾기에는 역시 소설만한 것이 없다고 다시 한번 느낄 수 있었다.

웬만해선 아무렇지 않다

이기호 마음산책 2016년 2월

이기호의 소설 중 장편 『차남들의 세계사』를 인상 깊게 읽었다. 한국식 마술적 리얼리즘과 특유의 허풍 섞인 전개가 흥미로웠다. 이 책은 그가 근래 출판시장의 트렌드를 반영했는지 엄청나게 큰 활자와 가끔 한두 페이지를 통째로 차지하는 그림까지 넣어서 집중하면 한 시간 내로 읽을 수 있게 펴낸 소설집이다. 5페이지 내외 길이의 매우 짧은 단편소설, 정확히 40편은 복잡한 묘사 없이 간략한 서술과 대화로만 이루어져 있다.

책을 일관성 있게 묶는 데 치중한 것으로 보이나, 지나치게 짧은 것도 사실이라 작가의 문학적인 고뇌까지 엿보기는 어려웠다. 한두 개 장면에서의 희극적인 상황이 주소재다. 찡하게 여운을 남기는 단편이 몇 개 있지만, 대부분은 짧은 길이 때문인지 덤덤한 분위기에서 끝나고 만다. 대중에게 친숙한 독서를 겨냥했다면 나름대로 성공한 소설집이라고 부를 수 있겠지만, 덮고 나자 아쉬운 마음이 드는 것은 어쩔 수 없다.

환상통

이희주 문학동네 2016년 8월

일명 '빠순이'들의 이야기. 그들을 '팬'이라는 익명의 한 사람이라고 쉽게 생각할 수도 있겠지만, 사랑에 빠진 사람이라는 측면에서 대화를 나눌 수도 없고, 관계가 이루어질 수도 없는 누군가를 깊이 사랑하는 사람들이다. 그들은 자신의 모든 걸 다 바쳐서 고작 먼발치에서 사랑하는 이를 눈으로 지켜보거나 사진으로 찍고 또 가상의 연애를 기록한다. 소설은 그 일을 체험하고 기록한 것처럼 치밀한 감정선과 절박함을 지닌다.

소설은 3부로 되어 있다. 1부의 한 빠순이 이야기에선 1인칭 시점으로 풀어나가는 팬질의 당위성과 보이 그룹 멤버의 일거수일투족을 선명하게 자기 시점으로 가져와 기록한다. 독창적인 시선이 보인다.

하지만 2부에선 비슷하게 다른 빠순이 이야기를 시점만 바꿔서 진행한다. 약간 다른 결의 치밀함이 보이기는 하나, 크게 나아가지는 않는다. 3부는 이 빠순이를 지켜보던 사람의 이야기로 허무하게 끝난다. 결국 소설은 팬질을 각자의 시점으로 바꾸어 기술한 것에 지나지 않는다. 종국에 주인공의 죽음을 구구절절 설명하는 부분은 약간 갸우뚱하게 하며, 그로 인해 소설의 얼개가 헐거워지는 일 역시 막을 수 없었다. 약간 허탈한 느낌이다. 하지만 이 작품이 대학소설 수상작임을 감안하면, 충분히 그다음을 기대해볼 만하다 싶다.

2017 6
6
화요일

코스모스

칼 세이건 홍승수 옮김 사이언스북스 2006년 12월

많은 사람이 한 번쯤 들어봤을 책이다. 이 책을 굳이 분류하자면 과학서적인데, 발간은 1980년으로 무려 37년 전이다. 알다시피 현대과학은 하루가 다르게 발전하고 있고, 1980년이면 퍼스널 컴퓨터조차 널리 쓰이지 않던 시기다. 그 시기에 쓰인 과학책 『코스모스』는 어째서 이렇게 오랜 기간 사람들에게 회자되며 지금까지도 널리 읽히고 있는 것일까.

대중서로 쓰인 만큼 『코스모스』 안의 과학 지식은 그리 새롭거나 복잡하지 않다. 나는 이과에서 지구과학 경시대회까지 준비하던 학생이었으므로, 대부분의 과학적 사실은 어디선가 한 번쯤 보거나 알고 있는 것들이었다. 게다가 1980년대에는 새롭게 입증된 것이었으나, 현재로서는 정설로 굳어진 것들도 많았다. 누군가는 일견 두껍게 써놓은 과학 교과서로 독해할 수도 있을 것이다.

하지만 단순히 지식만을 나열했다면 『코스모스』가 역사상 가장 많이 읽힌 과학 교양서가 되는 일은 없었을 것이다. 이 책을 읽는 핵심은 시인의 경지에 달한 칼 세이건의 지적이고 깊이 있는 문장에 있다. 『코스모스』는 챕터마다 동서고금의 아름다운 문장으로 말문을 열고, 그 분야의 과학적 역사부터 현 세상과 우주를 기술하는 최신 지견으로 향한다. 그 분야의 통찰력이 여간 깊지 않으면 시도하기 쉽지 않은 진행 방식이며, 그 설득과 논거를 대는 그의 문장은 매번 아름답고 황홀하다.

게다가 우주와 인류를 바라보는 그의 시선과 적확하게 표현된 문장을 읽다보면, 우리가 이 세계에서 얼마나 부질없이 작은 존재인지 느낄 수 있다. 무한하고 지나치게 큰 우주를 지극히 객관적이고 과학적으로 표현한 그의 문장에서 가늠해보다가 이 지구에 살고 있는 한 명의 인간으로 돌아오면, 우리는 우리가 살고 있는 지구가 얼마나 기적적인 곳인지 알게 된다. 더불어 이 한 권의 과학책은 한 인간에게 지극한 외로움을 불러일으킨다. 한 우주에 비해 우리는 얼마나 작고 미약한가. 우주와 세상의 끝은 과연 어디에 있는가. 이 질문이 바로 철학의 시작이 아니었던가.

이렇게 스스로에게 의문을 던지게 하는 사유와 문장이 담겨 있기에, 지금도 이 책은 전혀 위화감 없이 아득하면서도 살갗에 닿게 읽힌다. 또한 『코스모스』는 많은 후대 과학자에게, 어떤 방식으로 과학과 인문학을 접목해야 하는지 많은 영감을 준 책이기도 하다. 뻔한 말이지만 누군가에게 추천할 만한 도서로 손색이 없다.

2017 6
7
수요일

무희

가와바타 야스나리 이진아 옮김 문학과지성사 2012년1월

가와바타 야스나리 하면 자연스럽게 연상되는 두 개의 키워드, 하나는 1968년 일본 최초의 노벨문학상 수상이고, 다른 하나는 소설『설국』의 첫 문장이다.

"국경의 긴 터널을 빠져나오자 눈의 고장이었다. 밤의 밑바닥이 하얘졌다."

이 두 개의 키워드는 그가 일본 전후 문학을 이끌었다는 사실과, 문학 안에서 일본적인 순일한 미의 세계를 구축하려고 했다는 점과 자연스럽게 연결된다. 또한 데뷔작이『이즈의 무희』였을 정도로 그는 무용 세계에 관심이 많았다. 이 작품에서도 그는 무용하는 세 명의 여자를 통해 전후 일본 시대상과 여성의 심리를 매우 미학적으로 그려낸다. 더욱 주목할 점은 이 소설의 무게중심이 발레의 미적인 묘사보다 불륜에 빠진 여성 주인공의 견딜 수 없는 감정선에 놓여 있다는 것이다.

> "그 사람하고는 20년 넘게 같이 살아왔고, 아이들도 다 컸지만 그게 저의 일생이었다고 할 수도 없어요. 제 스스로도 놀라게 되지요. 제 자신이 몇 사람이나 되는 것 같아요. 한 사람은 야기와 살고 있고, 한 사람은 무용을 하고 있고, 또다른 한 사람은 다케하라 씨를 생각하고 있는지도 모르겠어요."
> 나미코가 말했다.
> 요쓰야미쓰케의 육교 쪽으로부터 서풍이 불어왔다.
> 성이그나치오 교회 옆으로 돌아드니 바깥 해자의 언덕이 있어서 바람을 조금 막아주는 듯했지만, 언덕의 소나무가 바람 소리를 내고 있었다.

“저는 이제 한 사람이 되고 싶어요. 몇 사람의 저를 한 사람으로 만들고 싶어요.”

전쟁을 치른 황폐한 땅에서도 누군가의 사랑은 변하고, 누군가는 다른 사람을 떠날 준비를 하고, 누군가는 새롭게 사랑에 빠지고야 만다. 그래서 육교 쪽으로부터 서풍이 불어오고, 언덕의 소나무가 바람 소리를 낼 때, 한 여자는 20년간 순애보를 바친 남자에게 진실을 고백할 수밖에 없다. 야스나리만이 만들 수 있는 문장으로 이루어진 순수하게 미적이고 감각적인 소설.

2017 6
8
목요일

계단 위의 여자

베른하르트 슐링크 배수아 옮김 시공사 2016년 8월

현재 독일문학을 대표하는 작가 베른하르트 슐링크의 명불허전인 장편소설이다. 이 작품에서 그는 독자들에게 좋은 작가와 좋은 작품이 무엇인지를 명확히 보여준다. 소설은 '스토리 중심 문학'이라는 장르이며, 그는 이 장르의 대표자답게 한 여자의 흔들리는 마음과 그를 좇는 남자들의 심리 상태를 긴박감 있는 사건 진행을 통해 보여주고, 그에 더해 명징한 플롯과 페이소스, 적절한 개연성과 입체적인 등장인물의 성장, 마지막으로 그만이 쓸 수 있는 훌륭한 문장을 빛나게 구사한다. 덕분에 '계단 위의 여자'라는 한 장의 그림으로부터 구상된 소설은 날개를 달고 훌륭하게 전개되며, 독자들에게 제법 흡족한 포만감을 준다. 번역가 배수아의 활약을 엿보는 것은 덤.

도리언 그레이의 초상

오스카 와일드　윤희기 옮김　열린책들　2010년 12월

오스카 와일드는 생전 다양한 작품 활동을 했다. 그가 남긴 작품으로 수많은 시와 희곡, 평론, 산문, 『행복한 왕자』로 유명한 동화집, 그리고 명작으로 일컬어지는 옥중 서신 『심연으로부터』 등등이 있다. 하지만 그가 생전 발표한 장편소설은 『도리언 그레이의 초상』 하나밖에 없다.

그가 남긴 유일한 장편소설에서 우리는 그의 유미주의적인 문장을 마음껏 음미할 수 있다. 영원한 젊음과 미를 얻는 대가로 자신의 영혼을 판다는 낡은 서구 문학의 소재를 다루었지만, 그의 손끝에서 이 소재는 어쩌면 가장 창의적으로 빛난다. 또 평생 극작가로 활동했기에 소설은 희곡의 문법을 비춘다. 덕분에 『도리언 그레이의 초상』 속 인물들의 대사는 다분히 극적이고, 고상하고, 지적이며, 미적이고 아름답다. 그의 작품 전반에 흐르는 동성애적인 은유는 이 작품에서도 발휘되며, 남성의 아름다움을 묘사하는 그의 문장은 역시 영롱하게 빛난다. 그가 진정한 예술가이자 문장가이자 시대를 앞서간 천재임을 다시금 확인하게 하는 작품이다.

서문에서 오스카 와일드는 강조한다. "도덕적인 책이나 부도덕한 책은 없다. 잘 쓴 책, 혹은 잘 쓰지 못한 책, 이 둘 중 하나다. 그뿐이다." 향후 그의 책에 쏟아질 비난이나 자신의 끔찍한 종말, 그리고 후대에 그를 추앙할 수많은 예술가들을 그는 진작에 예견이라도 했던 것일까.

2017 6
10

토요일

채털리 부인의 연인

D.H. 로렌스 이인규 옮김 민음사 2003년 9월

유년 시절 고전이란 다 읽으면 성취감이 드는 두꺼운 책이라 배웠다. 그러나 고전 읽기를 반드시 의미 있는 독서라 받아들이기에는 납득이 안 가는 대목이 있기도 했다. 종종 재미가 없거나 무슨 소리인지 모르겠거나 빙빙 돌리는 고리타분한 소리를 하는 등장인물의 행동을 이해할 수 없을 때도 왕왕 있었기 때문이다. 하지만 독서의 세계에 깊이 빠질수록 고전 가운데 허투루 쓰인 작품을 쉽게 발견할 수 없었고, 고전 읽기란 절대로 실패할 수 없는 독서라 받아들이면서 그 옛날 천재들이 우연과도 같이 써낸 명작의 거대함에 진정 감탄하게 됐다. 그리고 세상 수많은 책 중에서, 소수의 책들이 고전으로 남은 이유를 명확히 깨닫게도 되었다.

우리는 이 내용이 일명 '자유부인 채털리 부인'이 남편 말고 다른 남자와 연애하는 연애담이라는 것을 안다. 실제 줄거리는 이와 크게 다르지 않다. 채털리 부인은 명문가인 채털리가의 안주인으로, 남편은 전쟁 후유증으로 하반신이 마비되어 휠체어에서 생활해서 그녀에게 성적으로 전혀 위안이 될 수 없는 상황이다. 그는 그녀가 다른 남자와 섹스하고 아이를 낳을지라도 상관없이 결혼생활을 유지하기를 바라고, 아이를 낳으면 그 아이에게 채털리가를 잇게 하겠다는 약간은 파격적인 생각을 가지고 있다. 그 와중에 채털리 부인은 하필 채털리가에 고용된 사냥터지기와 정분이 나고, 엄청나게 노골적인 성행위를 한다. 유하던 남편은 하필 귀족도 아닌 사냥터지기와 정분이 났다는 데 분노하지만, 채털리 부인은 이혼을 요구하고 그녀의 연인과 제 갈 길을 간다.

『채털리 부인의 연인』의 줄거리만 보면 통속소설에 가깝다. 하지만 이 소설이 왜 고전이라고 불리는지 독자는 마지막 페이지를 덮고 알게 된다. 의도적으로 기술된, 아주 노골적인 성적인 묘사가 지금 시대에 읽어도 인간의 보편적인 성적 욕망과 심리를 긁는다. D. H. 로렌스의 혼신의 힘을 다한 명문장이 지적인 욕망을 자극하며, 적절한 인물을 등장시켜 당시 태동하던 산업화, 기술공학, 사회제도, 신분제도에 대한 그의 주관적인 사유를 대변한다. 자신의 욕망에 충실한 채털리 부인, 여성에게 환멸을 느끼지만 결국 다시 사랑에 빠지고 마는 사냥터지기의 대화는 때로는 너무나 천박하고, 때로는 너무나 심오해 독자에게 인간사의 실제 사랑의 장면을 직접 보는 듯한 착각에 빠지게 한다. 어쩌면 자극적인 주제와 줄거리지만 완벽한 장면 구성과 전개, 아름다운 문장으로 쓰였기에 오히려 더 강렬한 철학을 선사한다.

이 책은 발매 후 30년간 금서였다. 매우 적나라한 성적 묘사를 담고 있기에, 독자들은 이 책이 왜 금서였는지 쉽게 알 수 있다. 호기심에 한번 봐도 좋을 정도다. 본인도 금서를 작정하고 썼고, 당연히 금서가 풀리는 것을 못 보고 죽었다. 하지만 이 대단한 고전을 고전이라 보고 있으니, 그의 선택은 옳았다. 이 작품은 시련을 각오하고 인류에 남길 만했다. 역시 천재들은 그들의 시대에는 고독한 법인가보다.

2017 6 11
일요일

여보, 나 좀 도와줘

노무현 새터 2017년 2월

1994년에 나온 정치인 노무현의 에세이집이다. 나는 정치에 관해서 잘 알지 못하므로, 정치인 노무현에 대해서 평가하기는 어렵다. 다만 그가 확실히 기존 정치인의 행보와는 다른 길을 걸었음을 알고 있다. 그리고 그것이 사람들에게 그리움을 불러일으키는 점이라는 것도. 이 책은 그의 추모 열풍을 타고 2017년에 재출간되었다. 그는 지금 세상에 존재하지 않으므로 이 책은 1994년 초판에서 전혀 수정되지 않았을 것이다.

그의 일생에 대한 평가는 차치하고 순수하게 이 에세이집에 대해서 평가하자면, 이 책은 1990년대 초반 정치인이 쓴 평범한 에세이집에서 전혀 벗어나지 못한다. 정치적 소신이나 정의를 구구절절 풀어내기보다는 본인이 어린 시절 겪었던 일, 언론과의 트러블과 억울함, 그럼에도 자신이 정치를 하고자 하는 당위성을 개인적인 관점에서 연신 주장한다. 일부 파트에서는 독자들의 호기심을 위해서인지 YS나 DJ를 대면한 이야기를 지나치게 자세히 써놓고 그들의 인품이나 성격을 묘사하기도 한다. 전반적으로 그리 공들여 쓴 문장도 보이지 않고, 1990년대식 윤리 규범에서는 가능했을 테지만 지금으로서는 어쩌면 놀라운, 결혼생활에서 아내를 때렸다는 이야기까지 고스란히 적어놓는다. 본인도 책에서 정치 자금을 위해 이 책을 쓰고 있다고 밝히기까지 한다. 이렇게 써두면 어찌되었건 팔려서 경제적으로도 보탬이 되지 않겠느냐는.

다만 〈변호인〉으로 영화화되었던 '부림 사건'에 대한 부분은 눈여겨볼 만했다. '부림 사건'은 비단 영화가 아니더라도, 한국 현대사에서 유명한 사건이다. 그 일을 직접 변호하며 겪고 이겨낸 그의 문장은 감정적으로 와닿게 쓰이지 않았기에 조금 실망스럽기는 했지만, 그가 맞서 싸웠던 사건을 다시 떠올리는 것만으로 그는 암울했던 시기에 신념을 가지고 행동했던 사람이라는 생각이 새삼스레 든다.

하여간 그를 좋아하거나 알고 싶은 사람이라면 읽어볼 수도 있겠지만 정치인의 에세이는 역시 한계가 있는 것인지, 아니면 너무 옛날에 쓰인 책이라서인지, 책의 만듦새는 여러모로 부족하다.

끝의 시작

서유미 민음사 2015년1월

한 남자가 있다. 그는 유년 시절 음독자살한 아버지를 직접 목격한 상처 때문에 좀처럼 감정 표현을 하지 못하며 산다. 그리고 그의 어머니가 있다. 그녀는 유일한 피붙이로 남은 아들만을 돌보며 살아온 전형적으로 헌신적 어머니상이다. 세상에 전혀 죄가 없을 것 같은 어머니는 갑자기 중병에 걸린다. 아들은 어머니를 간호하고, 어머니는 고통을 담담하게 받아들이며 자식에게 누가 되지 않게 죽어간다. 그런 남자에게 아내가 있다. 그녀는 남자에게 돌연 이혼을 통보한다. 아내는 사랑받으며 평범한 가정생활을 영위하고 싶은 여자였으나, 유산의 상처와 무뚝뚝한 남편과의 결혼생활을 끝내 견디지 못한다. 그녀는 운영하는 미용실에서 띠동갑보다 더 어린 연하남과 불륜을 벌이지만, 그 관계조차 위태롭고 언제 파국을 맞이할지 모른다. 이 남자가 주로 혼자 근무하는 우편 취급국에는 한 여성 인턴이 있다. 그녀의 온 가족은 가난했고, 그녀마저도 삶을 견뎌내기가 버겁다. 중산층 가정에서 자란 평범한 그녀의 남자친구는 결국 그녀의 불운을 견디지 못하고, 다른 여자를 만나는 사실이 들통나자 이별을 통보한다. 이 불운한 인턴은 남자와 가끔씩 조심스럽게 서로의 불행을 털어놓는다. 남자의 어머니가 죽자, 이 세 명의 주인공은 장례식장에 모인다.

소설적인 전개나 완성도, 문장에 있어서는 특별히 흠잡을 곳이 없다. 하지만 다 읽고 나니 근래 한국문학에서 차용되는 전형적인 불행한 군상을 본 것 같다. 중병, 죽음, 아버지의 자살, 이혼, 우울한 불륜, 가난, 이별 등은 한 사람이 평생 동안 간직할 만한 슬픈 일이지만, 최근 문단에서 발표되는 소설에는 이 모든 것을 지닌 사람들이 빠지지 않고 나온다. 그래서 이 불행한 다수의 일대기는 오히

려 한국문학의 닳고 닳은 주류가 되어, 나는 약간 진부한 이야기를
또하나 들은 것 같은 느낌에 사로잡혔다.

2017 6
13
화요일

내 생에 꼭 하루뿐일 특별한 날

전경린 문학동네 2014년 1월

전경린의 소설을 좋아한다. 그녀의 소설은 이야기보다 주인공이 당시 느끼는 압도적인 감정의 묘사에 치중한다. 여성적, 섬세, 세밀이라는 단어와는 좀처럼 어울리지 않아 차라리 정염, 광기로 표현되는, 흡사 이를 악물고 써냈을 것 같은 문장이 독자들로 하여금 그녀의 소설 속으로 빨려들게 만드는 듯도 하다. 그리하여 나는 그녀의 책을 펼쳐 몰입할 때마다 그녀가 '귀기의 작가'라고 불리는 이유를 다시금 생각한다.

그녀의 두번째 장편소설인 『내 생에 꼭 하루뿐일 특별한 날』의 스토리는 단순하다. 평범하게 살던 부부가 있었다. 아내는 어느 날 집에 찾아온 낯선 여자가 남편과 불륜 관계에 있었고 낙태까지 했음을 알게 된다. 그후 부부는 상처를 치유하기 위해 외딴 시골에 들어가 살게 된다. 남편은 경제적인 이유로 종일 집을 비우고, 남편의 외도 사실에 쓸쓸한 삶을 보내던 아내는 결국 시골 마을의 한 남자와 불륜 관계에 빠진다. 그 치명적인 불륜도 들통이 나고, 부부 관계와 각자의 삶은 결국 파탄이 난다.

어쩌면 평범한 스토리일지라도 이 소설이 범상치 않게 읽히는 이유는 바로 전경린의 정념 어린 문장과 심리 묘사에 있을 것이다. 남편의 외도 사실이 큰 상처라는 것은 당연하지만, 그 상황이 워낙 정밀하고 먹먹한 문장으로 묘사된 탓에 독자들은 그녀와 비슷하게 절망하고 세상 아무것도 남지 않는 듯한 외로움을 흡입하게 된다. 그리고 불길한 사랑을 암시하는 소설적 장치들과, 남편이 종일 나가 있는 그 시골 마을 빈집에 혼자 남은 그녀, 종국에는 낯선 남자에게 사랑에 빠질 수 없는 감정의 위태로움, 쿨한 사랑만을 추구했지만 결국 사랑에 빠져든 감정에서 빠져나오지 못하는 상대 불륜

남, 아내의 불륜을 알고 폐인이 되어버린 남편까지, 등장인물이 전부 자연스럽게 불행으로 빨려들어가려는 듯이 행동하고, 감정 상태가 워낙 치밀하게 묘사된 탓에 독자들은 그것이 필연적이라고 느끼게 된다. 마치 그녀가 동일한 사건을 직접 겪고 이를 악물며 하루종일 생각해내 문장으로 풀어낸 것처럼.

삶의 장면들은 대부분 깊게 생각하지 않으면 무심코 지나간다. 어떤 감정의 격랑을 겪더라도 그것은 그전의 상처들에 부대끼고 편입되어 곧 증발된다. 하지만 그 편린들을 극도로 증폭해서 읽는 사람의 경험과 감정을 일깨우는 것, 혹은 소설 속으로 마치 자신이 겪은 격랑의 변주처럼 재체험 할 수 있게 하는 것, 그것이 문장에 몸을 던지는 작가가 독자들에게 끼칠 수 있는 영향이 아닐까 한다.

시간의 옷

아멜리 노통브 함유선 옮김 열린책들 2012년 11월

서기 79년 이탈리아 베수비오 화산이 폭발했다. 아름다운 도시 폼페이가 온통 잿더미에 파묻혔다. 인류사에 손꼽히는 끔찍한 자연재해였지만 그대로 보전된 고대 도시는 고고학자들에게 가장 아름다운 선물이었다. 그런데 왜 하필 수천수만의 도시를 놔두고, 당시 세상에서 가장 아름답고 화려했던 폼페이였을까. 혹시나 이 사건을 누군가가 고의로 일으킨 것이 아니었을까. 고대의 가장 아름다운 도시와 살아 있는 사람과 동물을 잿더미와 용암으로 덮어 후대에 보여주려는, 잔인한 범죄가 아니었을까.

이 소설에서 위의 가정은 놀랍게도 사실이 된다. 그녀의 많은 소설처럼 노통브는 자신의 이름을 그대로 지닌 소설의 주인공이 되고, 인류 역사상 이 의심을 품은 첫번째 사람이 된다. 초반 몇 페이지에 기술된 이 가정 이후로 노통브는 정신을 잃고 2580년 미래 세계에서 깨어난다. 폼페이의 화산 폭발을 주도한 미래 세계의 지식인 셀시우스가 그녀의 눈앞에 있다. 그는 베수비오 화산 폭발이 그가 계획한 것이었으며, 놀랍게도 그 폭발은 79년이 아닌 2579년에 일어났다는 고백까지 털어놓는다. 당신이 그것을 의심한 첫번째 인류이기에 이 자리에 와 있다는 사실과 함께.

소설은 왜 그 폭발이 시공을 넘어서 2579년에 일어났다고 주장하는지 명확하게 설명하지 않는다. 에너지가 부족해 모든 사람이 홀로그램을 입고, 남반구의 사람들은 전부 노예가 되어버린 시대에서 IQ 199의 미래 국가 지도자와 1995년의 아멜리 노통브는 소설이 끝날 때까지 각자의 주장으로 설전을 벌인다. 각자의 기준과 관점에서 동서고금의 철학을 털어놓으며 두뇌싸움을 벌이는 그 둘의 대화가 이 소설의 전부이다. 끝내 설전에서 승리한 노통브는

1995년으로 돌아와 수선화에 물을 주고, 미래에 다녀온 수기를 출판사 사장에게 가져다주지만 아무도 믿지 않는 것으로 소설이 끝난다.

스토리가 변화무쌍하지 않고 한 플롯으로 쭉 쓰인 소설이라 다른 그녀의 소설처럼 흥미롭게 읽히지는 않는다. 다만 그녀의 아름다운 문장이나 지적인 정서를 툭 건드는 천재적인 발상은 이 소설에서도 어김없이 발휘된다. 그녀의 팬이라면 실망하지는 않으리라.

보노보노처럼 살다니 다행이야

김신회 놀 2017년 4월

봄은 저쪽에서 천천히 천천히 오는 거구나.
달팽이는 걷는 게 늦구나.
그럼 아주 오래전부터 계속
내가 있는 여기까지 걸어온 거구나.
역시, 천천히 오는 건 굉장해.

고래 아저씨는 상처투성이였다.
고래 아저씨는 상처투성이였다.
상처를 보면 상처를 본 사람이 놀라서
정작 상처 난 사람은 상처 난 것 따위 잊어버린 것처럼 보인다.
하지만 잊지 않았을 거다.
잊지 않았을 거다.

되고 싶은 게 있다는 건 안 좋은 거야?
당연하지. 되고 싶은 게 있다는 건
지금의 자신이 싫다는 거잖아.

유년 시절에 보노보노는 유쾌하고 엉뚱한 만화였다. 어쩌면 그들의 대사는 철학적인 것일지 모르겠다는 생각도 잠시, 나는 어른이 되어버렸다. 그리고 '보노보노'라는 단어조차 잊을 무렵, 나는 『보노보노처럼 살다니 다행이야』라는 책을 우연히 만났다. 바쁜 일상 속 만원 버스 안에 부대껴 선 채였다.

그렇게 펼친 책은 기대대로 '~하다니 다행이야'의 내용을 벗어나지 않았다. 하지만 그 옛날 엉뚱하다고 넘겼던 보노보노의 대사와,

그를 친구처럼 여기고 지냈던 작가의 순한 사유는, 유치하다고 느껴 어쩌면 피하고 있었을지 모르는 마음의 고요한 울림을 뜬금없이 내게 안겼다. 그 옛날 분명히 한번 보았을 만화들도, 작가의 글로 달궈진 마음과 어른이 된 지금의 시선이 어우러져 만화 속으로 뛰어들어가 보노보노와 포로리, 너부리를 푹 안아주고 싶을 만큼 사랑스러웠다.

나는 뜬금없이 부대끼는 버스가 그리 불편하지 않다는 생각을 했다. 그리고 이 삶에서 꼭 어렵고 지난하고 깊고 통찰력 있는 사유만이 좋은 것은 아니라는 생각 또한 들었다. '천천히 오는 것은 굉장하다'라는 마음. '되고 싶은 게 있다는 건 안 좋은 것'이라는 마음. 그 느림의 마음을 바삐 가는 사람들 사이에서 나는 애써 외면하고 살았음이 갑자기 부끄러웠다.

2017 6
16
금요일

리스본행 야간열차

파스칼 메르시어 전은경 옮김 들녘 2014년 3월

『리스본행 야간열차』는 수많은 작가로부터 언급되었으며, 한 시집의 제목이기도 하다. 읽을 책을 고를 때, 나는 어디선가 다른 책에서 언급되었던 책을 고르는 경향이 있다. 그래서 나는 기대감을 가지고 이 책을 뽑아들었다.

저자인 파스칼 메르시어는 철학, 고전문헌학, 인도학, 영어학을 전공한 학자이며 현재 언어철학을 강의하는 교수다. 책은 이 사람의 페르소나인 주인공이 다른 세계로 들어가는 과정을 다룬다. 고전문학을 가르치며 지루하게 살던 주인공은 어느 비 오던 날 우연히 포르투갈어가 모국어인 여자가 자살하려는 것을 막아주게 된다. 그리고 다른 세계에 홀린 듯 서점에서 포르투갈어로 쓰인 책 한 권을 찾아내고, 돌연 리스본으로 떠나 포르투갈어를 배우며 그 책을 쓴 사람의 행적을 좇는 것이 이 책의 줄거리다.

주인공이 좇는 인물의 살아생전 행적을 낱낱이 파헤쳐가며, 작가가 책 안에서 창조해낸 포르투갈어 책을 독해하며 교차되는 심상을 느끼는 것이 소설의 큰 그림이다. 여기서 언어학자가 창작한 언어의 집념이 긴 책에 지루하리만큼 반복되어 있다. 이 테마는 문학사에서 많이 차용한 소재라서인지, 이 소설의 얼개는 어느 정도 정해진 스토리와 전개를 따른다. 문장이 아름답고 스토리가 절절하면 끝없이 빠져들 수 있었겠지만, 솔직히 내게 큰 감동을 주지 못했다. 작가가 화자의 입을 빌려 하고픈 이야기가 너무 많았으며, 주인공이 행적을 좇는 인물에 대한 신격화가 너무 지나치게 반복되어 독자들은 작가가 무슨 이야기를 읽고 있는지 혼란스럽다. 언어에 대한 집념을 느낄 수 있고, 포르투갈어를 모국어로 하는 페르난두 페소아를 모델로 한 것이 분명해 흥미로운 지점이 있었지만, 확실히 깊게 탄복할 수 있는 지점을 찾기 어려웠다. 개인적으로 약간 실망스러운 독서.

2017 6

17

토요일

기술적 복제시대의 예술작품

발터 벤야민 심철민 옮김 b 2017년 4월

인류사에서 새로운 기술이 등장하고 그로 인해 사회가 바뀔 무렵, 한 인간의 통렬한 사유가 후대의 인간에게 얼마나 많은 영향을 미칠 수 있는가 알려주는 작품. 이 사유는 이 시기밖에 할 수 없고, 이 시기에는 벤야민이 있었으므로, 우리는 앞으로도 영원히 벤야민을 인용하게 될 것이다.

2017 6 18
일요일

병상잡기

지셴린 허유영 옮김 뮤진트리 2010년 2월

그는 중국의 위대한 고문학자이자 역사학자, 불교학자이다. 다양한 방면의 학문에서 업적을 쌓았고, 생전 500여 권의 저서를 남겼으며, 대학자답지 않은 소탈한 모습까지 보였다. 중국 인민들은 그런 그의 모습에 열광했다. 그의 별명은 '인간 국보' '중국 국민의 정신적 스승' '인생의 대선배' 등이었다. 그는 또한 대단한 워커홀릭이었는데, 문화대혁명 시절 감옥에 갇혀 방대한 인도 고대 대서사시인 『라마야나』를 번역하고 남긴 후기는 이렇다. "하루가 48시간이 아닌 것이 애석하다. 1분 1초도 긴장을 풀고 편히 지낼 수가 없다. 조금이라도 시간을 허비한 날엔 죄를 지은 것 같아서 밤잠을 이룰 수가 없다. 편하게 시간을 보내는 건 내게 만성 자살과도 같다."

그는 99세 생일을 한 달 남긴 2009년 7월에 영면했다. 이 책은 한 시도 집필을 쉬지 않았던 그가 93세부터 투병을 시작한 후 병상에서 쓴 에세이이다. 그의 학문적 성과는 보통 열 가지로 추려지는데 인도 고대 언어 연구, 불교사 연구, 토하라어 연구 등등이 있고, 마지막으로 산문 창작을 든다. 나는 그의 연구를 전혀 모르고 이해할 수조차 없을 것 같지만, 이 대학자가 산문 창작에 있어서는 일반 대중이 알아듣기 쉬운 언어로 약간의 해학을 가미해 솔직하게 기술했기에, 그가 인생을 돌이키며 병상에서 어떤 생각을 했는지 알 수 있었다. 더불어 그가 학자로서의 업을 이어가며 대중과 소통하고 나라의 미래를 걱정했다는 것으로 그를 향한 대중의 열광을 이해할 수 있었다. 또한 이 책은 내가 근래 읽었던 책 중에 가장 고령의 저자가 쓴 책이 되었다.

그는 책 초반에 자신의 소학교 시절 기억을 털어놓는데, 1911년생이므로 그가 기억하고 있던 당시 선생님들은 무려 청나라 시절 사람이다(심지어 청나라의 망국은 1912년이므로, 그는 청나라 시절 태어난 사람이기도 하다). 선생님 중에는 우리 대청국은, 느네 중화민국은, 이런 식으로 말하는 사람까지 있었다. 근래까지 살아있던 사람이 청나라 시절의 회고록을 생생하게 써놓으니 조금 색다른 느낌이 들었다.

그의 아버지의 형제는 14형제였다고 하는데, 대부분 행방불명되고 가문에 대를 이을 사람이 지셴린 한 명이었다. 그래서 그는 여섯 살 때 아버지와 어머니를 떠나 지난의 숙부 밑에서 자라며 교육을 받게 된다. 그렇지 않았다면 그는 일개 시골 촌부로 여생을 마감했을 것이다. 그리고 그의 아버지가 일찍 돌아가신 후 어머니에 대한 추억을 반추하는 부분이 있다. 그의 어머니는 일자무식에 이름도 없이 시골 마을에서 밭 반 뙈기로 농사를 지어 먹으면서 10년간 시골 마을에서 살다가 마흔 살 부근에 돌아가신다. 그는 어머니를 거의 보지 못하며 자랐고, 스무 살이 넘어 부고 소식을 듣고 그녀의 유골과 함께 시골집에서 밤을 보내며 쓸쓸함을 느낀다.

> 하지만 이내 어머니가 보냈을 고통스런 밤들이 생각났다. 내겐 이렇게 길고 고통스런 밤이 처음이지만, 어머니는 이런 밤을 3천 번 가까이 보냈을 것이 아닌가. 얼마나 두렵고 힘들었을까? 밤은 깊고, 마을엔 불빛 하나 없고, 아무런 소리도 들리지 않았다. 암흑이 딱딱한 덩어리로 굳어져 마을 전체를 뒤덮은 것 같았다. 오로지 한 사람만 눈을 뜬 채 아들을 그리워하고 있었다.

글을 배우지 못했고 세상과도 소통할 수 없어, 어떤 쓸쓸함도 표현할 길 없이 적막하던 그녀의 인생을 반추하는 이 장면이 유독 뇌리에 남는다.

책 전반적으로 대학자의 소탈함과 쉬운 문장이 인상적이다. 그의 생각도 중립적이고 포용력 있으며, 인용하는 중국어 시도 명문들이다. 이 책이 구순이 넘은 나이에 틈틈이 쓰였음을 내내 생각하며, 나는 그에게서 평생 말과 글에 몰두한 자의 집념마저도 엿볼 수 있었다.

힙합의 시학

애덤 브래들리 김봉현·김경주 옮김 글항아리 2017년 3월

“힙합은 시다.” 래퍼 MC 메타, 김경주 시인, 김봉현 평론가가 만든 프로젝트 팀 ‘포에틱 저스티스’의 모토다. 이중 김경주 시인과 김봉현 평론가가 이 책을 번역했다. 『힙합의 시학』은 영문학 박사인 애덤 브래들리가 ‘힙합은 왜 시라고 불려야 하는가’라는 질문에 답하기 위해 쓴 책이다.

책은 힙합 음악의 기본 구성 ‘리듬’ ‘라임’ ‘워드플레이’와 그를 받쳐주는 래퍼의 개성이라고 할 수 있는 ‘스타일’ ‘스토리텔링’ ‘시그니파잉’을 하나하나 분석한다. 가사와 리듬으로만 자신의 이야기를 전달하는 힙합 뮤직의 성격답게, 이 영문학자는 가사의 어구와 라임, 리듬 하나하나에 의미를 부여하며 설명해서 힙합 음악의 태생에 대해 고개를 끄덕거리게 한다.

이 책에서는 좋은 힙합 음악의 예로 지나간 명곡들을 들며 가사를 적어놓고 그 이유를 풀어가는데, 같이 재생해 들으면서 책을 읽으면 무심코 들었던 노래들도 더 커다란 의미로 다가와 새롭게 들린다. 또한 이 과정을 겪어보면 과연 힙합은 왜 시에 가까운지, 힙합이 얼마나 치열한 음악적 장르인지 이해할 수 있다.

예술가들의 세계는 역시 거대하다. 역사상으로 많은 이가 일견 말을 빨리 읊조리는 듯한 이 장르를 오랜 기간 궁구하고 자기검열하고 비판하며 발전시켰다. 우리가 무심코 듣고 있는 것은 그 결과물이었던 것이다.

2017 6 20 화요일

선셋 파크

폴 오스터 송은주 옮김 열린책들 2013년 3월

미국 소설가들은 대체로 성실한 것 같다고 느끼는데, 폴 오스터도 그중 하나다. 그는 그의 필모그래피로 엄청나게 많은 장편소설을 펴냈다. 꼭 『뉴욕 3부작』이나 『달의 궁전』 같은 대표작이 아니어도 기본기가 워낙 좋고, 어떤 방식으로 소설을 써야 하는지 정확히 알고 있는 사람이라, 그의 작품을 집으면 일단 실망하지 않는다.

『선셋 파크』는 선셋 파크라는 곳에서 빈집을 무단점거하고 사는 네 명의 젊은이와, 그 집에 우연히 더불어 살게 되는 한 남자와, 그를 둘러싼 가족사를 다룬다. 한 주인공의 내면으로 깊이 파고들어갔으면 좋았을 것 같은데, 시점이 옮겨지며 각자의 내면과 인생 스토리를 나열하는 옴니버스식으로 소설은 기술된다. 각자의 인생사와 시선 묘사가 전반적으로 산만할지라도, 이 소설은 타자의 생각을 엿보는 재미와 서술 방식의 쾌감을 충분히 제시한다. 뜬금없이 인상 깊은 대목을 하나 고르자면, 스물여덟 살 주인공에게 고등학생 여자친구가 이렇게 말하는 대목이다. “임신은 무조건 안 돼. 우리 가족은 일찍 임신해서 다 망했어.” 그리고 그녀는 남자친구와 성교시에 오직 항문만을 허락한다. 역시 아메리칸 스타일은 발상부터 다르다.

달리기와 존재하기

조지 쉬언 김연수 옮김 한문화 2003년 10월

조지 쉬언은 심장내과 의사이자 칼럼을 쓰던 작가이며 마라톤 완주가다. 이 모든 일을 유지하려면 사람의 천성이 '옵세'(Obsessive의 줄임말. 의료계에서 강박적인 성격을 가진 사람이나 너무 강박적으로 공부하는 사람을 뜻함)스러울 것이라고 짐작할 수 있는데, 책을 읽어보면 그의 강박은 그야말로 전 미국구 급이다. 그는 40대에 달리기를 시작하고 50대에 50대 1마일 달리기 세계 신기록을 세우고, 61세에 마라톤 완주 3시간 1분이라는 개인 최고 기록을 달성하기도 한 사람이다.

> 이제 나는 뭘 하나? 내가 얼마나 대단한 일을 해냈건 할 일은 남아 있다. 너무나 멋지게 일을 처리했다고 하더라도 더 잘할 수 있는 여지는 남아 있다. 경주에서 아무리 빨리 달리더라도 그보다 더 빨리 달릴 수 있다는 것만은 분명하다. 나의 목표는 바로 거기에 있다. 최고의 걸작을 만드는 데 있다. 내가 쓰는 글이든, 내가 달리는 경주든, 내가 살아가는 매일 매일의 삶이든. 그게 아니라면 무엇도 중요하지 않다.

이런 구절만 보더라도 이 사람이 하루에 조금이라도 나아지기 위해 얼마나 노력하며 살았는지 알 수가 있다. 크리스마스에도 가족들한테 인사만 하고 자아를 찾는다고 달리기 하러 나가고, 파티 가서 책 읽는 사람이다.

게다가 다독가답게 인용하는 구절이 철학적이며 구성도 탄탄하다. 독서도 강박적으로 했으리라 짐작한다. 문체도 철학서의 문법을 따라 묵직하다. 삶의 자세도 아주 바르고 본받을 만하다. 덧붙여 나도 달리기를 자주 하는 사람으로서, 반복적으로 나오는 '달리기의 힘듦'에 관한 구절에는 실소가 나올 때도 있었다. 달리기라는 것이 직접 하면 다채로운 느낌을 받지만, 글로 써놓으면 좀처럼 '힘들었다'는 회고에서 벗어나지 못한다. 김연수나 하루키의 달리기 산문도 온종일 힘들다는 토로뿐이다. 내가 직접 써봐도 그렇다.

문장과 내용은 전부 김연수가 좋아할 수밖에 없는 내용이라 그가 번역을 맡은 이유를 짐작하게 했다. 달리기에 대한 회고와 철학에 깊이가 있어 그에 관심이 있는 사람이 본다면 자신의 행위를 되돌아볼 수 있을 것이다. 조깅이 대중화되어 있는 미국에서 이 책은 선풍적인 인기를 끌었다. 개인적으로 글을 쓰고 책을 읽으며 달리기를 하고 작가들을 동경하는 의사가 쓴 철학서라니, 나에게 이렇게 안성맞춤인 책이 또한 없을 것이다. 그의 생을 결정적으로 이끌었을 것 같은, 그가 인용한 키르케고르의 문장 하나로 글을 마친다. "결국 내가 완벽해지지 못하는 건 나 때문이다."

고딩 관찰 보고서

정지은 낮은산 2016년 10월

가끔 어렵고 정찬같이 차린 텍스트가 지겨울 때면 핑거 푸드식의 가벼운 책도 좋다. 평범해 보이는 공립 고등학교 국어 선생님이 쓴, 읽을 때는 특별한 것 같지만 막상 돌이켜보면 우리네 학창 시절에 한 명쯤은 평범하게 있었을 것 같은 아이들의 이야기. 책은 블로그에 연재된 형식을 따온 것이라 짤막한 단편으로 구성되어 있다. 텍스트로 구사할 수 있는 본인 특유의 유머를 고스란히 살린 탓에 쉽고 가볍게 읽힌다. 어른의 눈으로 고등학생의 현재와 미래를 통찰하는 글을 보고 있으려니 나도 저 시절에 참 대책 없이 살았는데 싶으면서 그때 나를 둘러싼 어른들은 과연 무슨 생각으로 나를 바라보았을까 하는 점이 퍽 궁금해지기도 하는 것이었다.

2017 6

23

금요일

멋진 신세계

올더스 헉슬리 안정효 옮김 소담출판사 2015년 6월

사람들에게 제목만으로도 익숙한 작품이지만 무려 1932년작. 이 책을 읽으며 나는 자꾸 어디선가 읽었던 이 구절이 떠오른다.

> 지금까지의 연구 결과로는, 선사 시대 이후로 크게 기능을 좌우할 만한 인간의 생물학적인 변화는 전혀 발견되지 않았다. 그러니, 우리가 알던 '옛날 사람'들의 지능과 신체적인 구조는 현세를 사는 사람들과 일치한다.

옛날 사람들은 사고방식이나 정치, 종교적인 환경만 달랐을 뿐, 생각의 한계나 발상은 우리와 전혀 다르지 않았다는 말이다.

그렇다면 과학이 발전하고 다양한 사회 체계들이 태동하던 1932년에, 현재를 사는 사람보다도 더 예민한 작가의 상상력으로 쓰인 소설들이 현재까지 빛을 발하는 것도 당연하다. 오히려 현세를 살지 않았으므로, 더 기발한 과학 발전상과 기괴한 세태를 충분히 그려낼 수가 있다. 『멋진 신세계』는 이런 맥락의 책을 언급할 때 꼭 꼽히는 책이다. 『1984』와는 대비되기도, 또 충분히 비견되기도 하는, 당시 시대와 과학상과 극도의 상상력을 엿볼 수 있는 필수 고전이다. 1964년에 작고한 올더스 헉슬리는 이 세상에 없지만, 그가 멋진 상상력으로 써낸 '멋진 신세계'는 아직까지 우리 독자들의 머릿속에 살아 숨쉬는 셈이다.

2017 6 24 토요일

인생은 속도가 아니라 방향이다

이만열 21세기북스 2016년 5월

푸른 눈의 서양인이지만 이만열이라는 한국 이름을 가진 하버드 박사. 이 개인의 삶에 초점을 맞춘 자전 에세이다. 책 전반에서 지나치게 대한민국을 칭찬하고 또 칭찬해서 읽기가 괴롭다. 본인이 쓸 수 있는 깊이보다 훨씬 얕은 책으로 사료된다. 하지만 이 책은 출판계에서 꽤나 성공했는데, 이 개인에 대한 대중의 흥미나 하버드라는 명문대를 졸업한 외국인이 본 한국의 모습을 확인하고 싶은 사람들의 성향 외에는 설명하기 어렵다. 덧붙여 이만열 교수의 비슷한 콘셉트의 전작 『한국인만 모르는 다른 대한민국』도 출판계에서 성공했고, 2015년 대통령 추천 도서였다. 박근혜 전 대통령이 휴가 기간에 읽었다고 해서 유명해졌다. 대통령이 정책 구상을 위해 휴가 때 읽은 책이 이런 책이었다니…… 여기에 나는 더이상 첨언하지 않겠다.

2017 6 25

일요일

마사지사

비페이위 문현선 옮김 문학동네 2015년 8월

지금 이 글을 읽는 사람은 맹인이 아닐 것이다. 그렇다면 당신은 맹인을 접할 기회가 좀처럼 없었을 것이다. 가끔 경험해보고 싶어 눈을 오래 감아본 적이 한 번쯤 있었겠지만, 반사적으로 곧 눈을 뜨고 말았을 것이다. 그렇다면 맹인을 체험해보고 싶으면 어떻게 하면 될까? 나는 이 책을 펼쳐 읽기만 하면 된다고 장담한다.

내용과 문체도 기가 막힌 작품이지만, 무엇보다도 돋보이는 것은 그가 마치 맹인이 된 것처럼 써내려간 묘사다. 소설의 무대는 맹인 마사지 업소이고, 주인공은 대부분 맹인이다. 맹인 마사지 업소에 한 번쯤 가본 일이 있더라도, 그들만으로 이루어진 세계의 이면까지는 생각해보지 못했을 것이다. 과연 이들은 무슨 생각을 하고 살까. 돈은 어떻게 벌고, 밥은 어떻게 먹고, 연애는 어떻게 하고, 잠은 어떻게 자고, 일은 어떻게 할까. 그는 이런 궁금증을 마치 맹인이 써내려간 것처럼 아주 낱낱하고 세밀하게, 주인공 각자의 특색과 감정을 담아서 우리에게 알려준다. 가령 이런 것이다.

Q : 맹인끼리 연애를 하면 외모를 따지는 게 의미가 있을까?

A : 있다. 이쁜 사람은 눈이 성한 사람에게 인기가 많다. 사람은 기본적으로 인기가 많은 사람에게 끌린다. 그래서 맹인도 잘생긴 사람을 더 선호한다.

Q : 맹인이 말없이 화를 내거나 감정을 표현하면 알 수 있을까?

A : 알 수 있다. 맹인들의 감각은 민감해서 손만 맞대도 느낄 수 있다. 아니면 분위기나 공기만으로 위화감을 느낀다.

Q : 맹인은 옷을 어떻게 벗을까?

A : 당연히 그 자리에 하나하나 차곡차곡 순서대로 벗는다. 그렇지 않으면 온 방바닥을 찾아야 한다. 예기치 못한, 가령 사랑의 행위를 위해 무차별 옷을 벗어던지면, 일을 치른 후 발가벗은 채로 온 바닥을 더듬어야 한다.

Q : 결혼 상대를 찾을 때 쟁점은?

A : 일단 눈 성한 사람을 찾는 것이 우선 목표다. 눈 성한 사람을 만나면 기본적으로 인생이 달라진다. 부모는 그들에게 제발 눈 성한 사람을 데려오라고 성화를 부린다. 이 세계에서 눈 성한 사람은 매우 귀한 존재다.

Q : 맹인에게 손을 잡는다는 의미는?

A : 맹인이 이동할 땐 일단 손으로 짚으며 가야 한다. 누군가 같이 있다면 손을 잡고 같이 가야 유리하다. 그래서 맹인끼리 손을 잡는 일은 남녀노소를 불문하고 늘상 전혀 거부감 없이 이루어지는 일이다.

Q : 맹인에게 눈동자의 의미란?

A : 기본적으로 맹인들은 자신들이 눈동자가 있다는 것을 간과한다. 하지만 어떤 감정을 느끼면 사람은 눈동자에 드러나게 되어 있다. 맹인은 그 눈동자에 드러나는 표현을 숨길 수가 없다. 그래서 눈이 보이는 사람은 맹인의 감정을 훨씬 더 쉽게 파악할 수 있다.

우리는 맹인을 일견 비슷한 생각을 하고 비슷한 성격을 지닌 사람들이라 짐작하지만, 그들도 각각의 개성 있는 인간이 분명하다. 그리하여 음악의 천재거나, 절대 시간감을 지녔거나, 돈을 벌 궁리를 하거나, 너무 깊은 사랑에 빠지게 되는 다양한 성격의 맹인들이 각자의 입장에서 서술하는 이 활극은, 완결된 소설적 존재뿐만 아니라 타인의 세계를 이해하기 위해서 꼭 읽을 가치가 있다.

2017 6 26 월요일

차의 시간

마스다 미리 권남희 옮김 이봄 2017년 6월

인간은 절대적으로 고독하지만, 그 당연한 사실을 두고 세밀하게 표현된 누군가의 고독함에 갑자기 위안을 받는 경우가 있다. 마스다 미리가 우리에게 주는 위안이란 이런 잔잔하면서도 고요한 것이다. 그녀의 만화 속에서 그녀는 늘 혼자 주변 인물이나 환경을 보면서 곰곰이 고독함과 나이듦, 혼자 살아감에 대해 생각한다. 그 생각은 이해하기 힘들 정도로 깊거나 복잡하지 않다. 늘 누구나 한 번쯤은 생각해본 것들, 하지만 다른 생각에 지쳐 놓치고 있는 것들, 그녀는 그런 것들을 우리에게 나긋나긋하게 읊어주고 위로를 해준다. 『차의 시간』 속 마스다 미리는 늘 혼자 찻집에서 작업하고, 대부분 옆 사람의 대화를 엿듣거나 편집자와 이야기하며 사유를 이어간다. 그 생각 역시 왠지 무릎을 탁 치게 하는 쓸쓸함이다. 많은 사람이 그녀의 만화에 이해받는 느낌이 드는 이유가 있다.

덧붙여 내용 중 약간 재미있었던 부분이 있다. 한국에서 그녀의 만화가 인기가 있어 그녀는 회의차 우리나라에 방문해 디저트 가게에 간다. 가게에서 그녀는 사람이 네 명인데 디저트가 세 개만 나온다는 사실을 알고 놀란다. 일본 사람들은 혼자 한 개를 시켜 그 한 개만 먹기 때문이다. 우리나라 사람 생각에는 다른 사람 디저트를 한 입도 맛볼 수 없으면 억울하지 않을까? 한 개를 다 먹으면 너무 많고 물리지 않을까? 이런 생각이 들 것이다. 하지만 그녀는 반대로 "예를 들어 여기에 딸기 쇼트케이크가 있다고 치면, 누가 어떤 타이밍에 딸기를 먹지?" "케이크를 한 개를 다 먹고 싶을 때는 어떻게 하지?" 같은 질문을 던진다. 하지만 그녀는 이렇게 결론을 낸다. "아마, 그런 것 전부, 자연스러운 흐름 속에 있겠지." 아마 이 자연스러운 흐름에 대해 생각하는 것. 그것이 그녀의 만화의 묘미가 아닐까.

의학의 법칙들

싯다르타 무케르지 강병철 옮김 문학동네 2017년 7월

2000년, 내과 레지던트 1년 차였던 싯다르타 무케르지는 한 권의 책을 읽었다. 무려 70년 선배인 내과 의사가 자신의 경험을 기록한 『가장 젊은 과학』이라는 책이었다. 그에 따르면, 당시의 의학 기술은 단 한 명의 환자도 제대로 치료할 수 없었다. 하지만 당시 많은 사람은 의학이 자신의 병을 낫게 해줄 거라고 믿었다. 지금처럼.

아직도 의학은 '가장 젊은 과학'이다. 훗날 종양내과 전문의가 된 무케르지는 『가장 젊은 과학』을 노려보면서 이 책을 썼다. 나는 병원에서 수많은 문헌을 바탕으로 환자를 치료하지만 그것을 직접 입증한 바는 없다. 나를 지도한 사람, 내가 가르치는 사람 역시 같은 문헌을 보고 거기 적혀 있기에 그렇게 행한다. 그렇다면 현재의 의학이 절대적인 '법칙'이 되기까지 어떠한 과정을 거쳤는가? 싯다르타 무케르지는 의학이 불확실성에서 탄생했다는 점에 집중해 이야기를 풀어간다. 그래서 이 책은 현대 의학이 진리라 믿는 세상 모든 사람에게 짜릿한 역발상을 안겨준다.

형제

위화 최용만 옮김 휴머니스트 2007년 6월

두 권에 도합 1000페이지가 넘는 대하소설. 한 중국 마을의 일대기를 중국 근대사와 엮은 작품이다. 위화의 소설을 거의 다 읽고 마지막으로 남은 책이기 때문인지 자연스럽게 흐름이 읽혀 유머 코드가 이전처럼 훅 와 닿지는 않았다. 자고로 유머란 발상의 신선함에 많은 부분 빚지고 있는 것이다.

이 장편에선 시골 사람들의 무지한 행동이 너무 현실적으로 천박하게 묘사되어 있고, 문화대혁명 시절의 아이러니도 너무 현실적으로 잔혹하고 어처구니없이 묘사되어 있고, 물질만능주의의 현대 중국도 너무 현실적으로 서술되어 있고, 보잘것없는 인간의 군상까지도 너무 현실적으로 서술되어 있다. 소설이 지나치게 현실과 닮으면 그것도 누군가의 심기를 불편하게 하고 또 비난을 받는다. 그리고 그것은 누군가에게 그 소설이 외면받는 이유도 되며, 중국문학이 국내에서 잘 안 읽히는 이유로 혹자는 이것들을 들기도 한다. 하지만 아무렴 어떤가. 나는 이 소설 1000페이지를 한달음으로 빨려들어가듯 읽었고, 가끔은 피식거리며 웃었으며, 이 형제의 운명에 대해서 슬픔과 기쁨을 동시에 느꼈고, 격동의 중국사를 다시 한번 되짚었다. 그것으로 소설의 의미는 충분하다.

그리고 읽는 내내 소설 속 흐름은 저자도 예기치 못한 방향으로 흘러가 엄청난 분량을 만들고 있다는 생각이 들었는데, 역시 '저자의 말'에는 "원래 10만여 자 분량의 소설을 구상했으나 서술이 나의 글쓰기를 장악하여 그 편폭이 50만 자가 넘게 되었다. 글쓰기란 이렇게 기묘한 것이다. 좁게 시작했다가 왕왕 넓게 써지기도 하고, 넓게 시작했다가 좁게 써지기도 했다"라고 적혀 있다. 장편에 이와 비슷한 후기를 쓴 작가들은 셀 수 없이 많다. 역시 글쓰기를 하다 보면 그 사람들이 작가에게 말을 걸고 생동하여, 작가도 모르는 방향으로 그 주인공들이 끝도 없는 인생을 살아버리는 일이 있는 것이다.

바깥은 여름

김애란 문학동네 2017년 6월

그녀는 절대적인 기준으로 소설을 너무 잘 쓴다. 교과서적인 문장 하나하나도 감탄스럽고, 감정의 세밀한 표현 방식이나 서사 구조, 현실 인식까지 완벽하다. 주변에서 소설을 쓰려던 사람 중에 그녀의 소설을 서너 번씩 읽고 필사하고 만듦새를 연구해보지 않은 사람이 없다. 나도 당연히 그녀의 소설을 다 읽었다. 많은 이들은 그녀의 단편이 유독 명작이라는 것에 동의하는데, 『비행운』 이후 5년 만에 나온 소설집 『바깥은 여름』에도 그녀의 '잘 씀'은 전혀 변하지 않는다. 그녀가 유독 공들여 쓴 것임이 보이기에 무심코 읽기가 미안해질 정도다. 『바깥은 여름』은 마치 지금 이 순간에도 어디선가 소설을 정말 잘 쓰는 사람이, 우리에게 감동을 주기 위해 묵묵히 좋은 소설을 써내고 있음을 알려주려 쓰인 책만 같다.

기사단장 죽이기

무라카미 하루키 홍은주 옮김 문학동네 2017년 7월

내가 하루키를 접한 것은 다른 이들보다 조금 늦었다. 일본어를 번역한 한국어에서 느껴지는 어투를 그다지 좋아하지 않던 나는 본격적으로 하루키를 싫어하기 위해 스물넷의 여름 호주에서 『상실의 시대』를 읽었다.

그뒤로 11년이 지났다. 그간 나는 하루키가 발표한 모든 장편소설과 단편소설, 거의 모든 에세이(하루키의 에세이는 너무 많아 다 읽었다고 하기엔 자신이 없다)를 읽었다. 그간의 하루키 작품들은 뭐랄까, 한마디로 안 읽기가 어려웠다. 『색채가 없는 다자키 스쿠루와 그가 순례를 떠난 해』는 장편이라지만, 왠지 정식 넘버링으로 느껴지지 않기에, 이 장편은 『1Q84』 이후 그의 가장 기대되는 작품이라고 할 수 있다.

『기사단장 죽이기』의 하루키는 전혀 변하지 않았다. 이미 소설가로서 변화할 수 있는 나이가 아니기도 하다(하루키는 한국 나이 69세다. 오히려 놀지 않고 이런 장편을 써주는 것이 감사할 나이다). 이 역작의 포인트는 우리의 뇌리에 선명한 하루키 월드가 어떻게 변주되었는가다.

『기사단장 죽이기』를 읽는 내내 나는 수차례의 기시감을 느꼈는데, 이를 나열한다.

외로운 기조의 남자 주인공이 등장한다.

소설 초반부에 그의 여자는 꼭 떠난다. 그녀는 매우 신비로운 여자로, 뒤에 일어날 사건의 암시를 던지고 잠적한다. 그리고 다른 남자와 자거나 같이 산다. 때로는 매우 문란하다. 그는 꼭 그 장면을 계속 생각한다.

혼자 남은 그는 기묘하고 음산한 공간에 들어가서 휴대전화도 안 쓰고 인터넷도 안 되는 곳에서 가끔 책만 읽으면서 자기가 처한 현실에 대해 궁구한다.

그는 중요한 순간마다 지극히 하루키적 취향의 노래를 틀어놓고, 그 느낌을 세세하게 기술한다. 자주 나오는 노래는 사건의 실마리가 된다. 가끔 나오는 노래는 단순히 하루키의 취향으로 보인다. 덧붙여 꼭 본인이나 주변 인물 중 한 명은 음악 덕후다.

그는 꼭 악착같이 남이 뭘 입었는지 머리부터 발끝까지 관찰하고 기술한다.

그는 차에 대한 관심이 많이 없고 좋은 차를 타지 않지만, 남이 무슨 차를 타는지 매우 중요하게 관찰한다.

그는 이름을 알 수 없는 등장인물을 아주 마음대로 부른다. “xx 차를 탄 사람” “xx에서 만났던 여자”처럼.

주인공의 소설 속 이름이나 다른 주요 인물의 이름은 일본어로 조금 이상하며 흔히 쓰이지 않는다. 그것을 초반에 꼭 강조한다.

그는 요리를 못하는 법이 없으며, 꼭 혼자서 밥을 해 먹는다. 늘 소식하고, 간단한 샐러드와 오믈렛을 즐겨 먹는다. 가끔 술을 마시지만 과음하지는 않는다.

‘부엉이’와 ‘동굴’과 ‘구덩이’와 ‘까마귀’와 ‘세계2차대전’과 ‘지진’이 언급된다.

그는 초반부터 도저히 그로서는 이해할 수도 알 수도 없는 초현실적인 사건을 겪는다. 그는 그 사건을 도저히 이해할 수 없지만 받아들여야 한다고 기회가 될 때마다 반복적으로 언급한다. 그리고 아주 긴 전개를 끝내면 그는 꼭 그 자리나 사건으로 돌아온다. 그리고 마지막에 그 자리나 사건은 아무도 갈 수 없거나 아무도 알 수 없는 일이 된다.

그는 여행을 떠나는데, 그곳에선 반드시 이상한 인물이나 장소를 만난다. 그 인물이나 장소는 소설 말미까지 회자된다.

그는 누군가에게 전화가 오면 그 전화가 누구의 전화인지 반드시 알아차린다. 가끔 그가 눈치채지 못하는 전화가 올 경우 그 전화는 필경 상당히 돌발적인 얘기를 전한다.

그는 자신이 매력이 없다고 생각한다. 그러나 주변에는 꼭 이해할 수 없이 잘났거나 완벽하거나 초현실적인 인물이 이웃이나 친구로 나온다. 그 인물은 세상에서 딱 한 명 그에게 접근해서 뭔가 알쏭달쏭한 소리를 한다. 그리고 그에게 어떤 무한한 가능성이 있음을 암시한다. 그는 자신이 매력이 없고 조용한 사람이지만 왜 자신에게만 이런 일이 일어나는지 혼란스러워한다. 그 주변 인물이 한번 신비롭게 설정되면 끝까지 신비로움을 잃지 않고, 가끔 갑자기 사라진다.

그는 성적으로 관심이 많이 크지 않으나, 항상 주변에 여자가 다수 있다. 그는 자신이 만났던 여자가 많지 않다고 이야기하지만, 그 소수 여자의 가슴 크기와 몸매와 차림새와 입은 옷과 음모의 결과 그녀와의 성행위를 아주 세세하고 적나라하게 알려준다. 그녀들은 자주 유부녀이고 나름대로 매력 있거나 이쁘게 묘사되며 꼭 바른 말로 사건의 실마리를 던지거나 어느 순간 초현실 속으로 들어간다. 어떤 여자라도 종국에는 이해할 수 없거나 혹은 불가항력적인 이유로 사라진다. 소설 속에서 그 여자에 대한 언급이 많으면 많을수록 더 신비로운 여자다.

그는 반드시 소설 속에서 다섯 번 이상 문양도 형태도 꾸밈도 없는 죽음과도 같은 잠을 잔다. 일명 '하루키식 잠'이다.

그는 어떤 일에 닥치면 아주 친절하게 생각하고 언급한다. "하긴 그런 것은 앞서도 말했듯이 말도 안 되는 일이다" "하긴 앞서서 그가 그렇게 말했으니 그랬을 것이다" 같은 문장을 꼭 덧붙인다.

그는 가끔 꿈을 꾸는데, 평소 성격과는 다르게 몹시 야한 꿈을 꾼다. 하지만 그 꿈은 실제 일어났던 일과 혼동될 정도로 사실적이다. 그는 때때로 그 꿈을 실제 일어났던 일같이 믿는데, 놀랍게도 현실은 그 꿈과 묘한 접점을 지닌다.

유독 기억에 남는 성행위가 몇 페이지를 할애해 자세히 묘사되고, 그것은 새로운 생명의 잉태와 연관 지어지는 경우가 많다.

그는 반드시 어떤 상실의 아픔이 있다. 소설 속에는 그 상실의 아픔을 상기시키면서 마치 현현하는 듯한, 매우 기묘하게 일치하는 존재나 언급이 한 번은 나온다.

그는 소설 내내 적어도 한 번은 초현실적인 공간에 간다. 그 정도 전개가 되면 그는 이미 초현실적인 일을 너무 많이 겪어 크게 당황하지 않는다. 그 공간은 대체로 어둡거나 좁고 어딘가로 연결되며 무조건 정신분석학에 나오는 어떤 개념을 암시하는 것 같은 인물이 나와서 역시 알쏭달쏭한 말을 던진다. 그는 그곳에서 자신의 기묘한 느낌대로 행동하지만, 그 느낌이 틀려서 엉뚱한 곳으로 가는 일은 없다.

그나 그의 주변 인물들은 자주 소설의 전개와 전혀 관련이 없는 소리를 던진다. 당시 그 일화는 주제의식과 비슷한 결인지, 아니면 그냥 신비감을 높이기 위한 장치인지 확실하지 않다. 하지만 다 읽고 나면 어렴풋이 주제의식과 비슷하다.

그의 소설 속에서 무조건 한 번은 영적이고 초월적인 존재를 만난다. 그 영은 철학을 전공했는지, 꼭 철학적 개념을 버무려 생과 현실에 대한 충고를 던진다. 또한 그 영은 모든 세상을 손바닥 보듯이 아는 존재지만 반드시 무엇이든 애매하게 돌려서 말한다. 심지어 한번 나타나면 계속 나타난다. 하지만 그의 언급이나 존재는 꼭 마지막에 사건 해결의 실마리가 된다.

이런 점들이 나는 아주 반가웠다. 세세하게 보면 더 쓸 수 있을 것 같지만, 이것으로 충분해 보인다. 덧붙이면, 1권은 '현현하는 이데아'이고 2권은 '전이하는 메타포'인데, 진짜로 1권에 이데아가 출연해서 말을 할 때는 조금 놀랐고, 2권에 메타포가 출연해서 말을 할 때는 더욱 놀랐다. 하지만 생각해보면 이것도 하루키 소설의 특징이다. 다만 진짜 '이데아'와 '메타포'라는 이름으로 출연했기 때문에 놀랐던 것이다.

다시 언급하자면 나는 하루키의 오랜 팬이다. 그사이에 '작가'라는 이름으로 불리게 된 나는 그의 문장 구조를 보며 새삼스럽게 놀라움을 느꼈는데, 그의 서사 구조가 은연중에 내가 쓰는 것과 상당히 비슷한 점이 있었기 때문이다. 그의 문장 구조는 재빨리 읽어도 이해할 수 있으면서 뇌리에 남을 정도로 선명한데, 나는 알게 모르게 그에게 영향을 받았던 것이다. 물론 나는 그의 대표작처럼 치밀하게 쓰지는 못한다. 나는 일부러 그를 닮으려고 한 적이 없었지만 실은 그간 읽었던 하루키를 흉내내고 있었던 것일까 생각했다.

주인공의 사고방식이나 현실 인식에서도 비슷한 놀라움을 발견했는데, 기본적으로 주인공은 여자가 없거나 떠났으며 치밀하게 외롭다. 그는 혼자 궁상을 떨며 사유를 길게 이어가고, 비현실적인 공간이나 사건을 겪으면서 그것을 건조하게 사유하며 담담하게 기술한다. 나는 그동안 현실에서조차 하루키의 주인공을 닮으려고 했는지, 아니면 워낙 내가 그와 비슷한 인물인지, 그것도 아니라면 그처럼 살고자 노력했는지, 적어도 그가 만들어내는 사유의 공간을 동경했는지 모르겠다. 하루키 월드로 돌아와보니, 적어도 내가 그렇게 하고 있었다는 사실을 깨달았다. 국내 작가 중에 하루키에게 영향을 받은 작가가 매우 많으므로, 다들 부지불식간에 그의 영향을 내려받아 서로 공유했던 것일까도 생각했다.

나는 아직 하루키를 대중소설의 최고봉이라고 생각한다. 뇌리에 깊이 남은 좋아하는 문장도 많고, 장편 엔딩의 강렬함은 유독 선명하다. 그 공간에 빨려들어가는 듯한 서술도 좋아한다. 하지만 이 소설에서는 크게 뇌리에 남을 문장을 발견하기 어려웠고, 엔딩에서도 무엇인가 서둘러 봉합하려는 느낌이 강했다(마지막 단락은 그래도 역시 좋았다). 전반적으로 과하게 세밀해서 느슨하다는 느낌도 받았다. 역시 전성기와 같은 치밀함을 기대하기는 조금 어려웠다고나 할까. 확실한 것은 2017년의 하루키가 변하지 않았다는 사실이다. 이 소설은 여러모로 그동안의 하루키를 집대성한 역작이고, 그의 팬에게 또하나의 선물이다. 하지만 비슷한 그를 보고 이렇게 생각이 많아지는 것을 보니, 어쩌면 그동안 변한 것은 나일지도 모르겠다.

2017. 7. 1 – 12월의 오늘

Jul.Aug.Sep.Oct.Nov.Dec.

야만스러운 탐정들 로베르토 볼라뇨 열린책들 2017
생은 다른 곳에 밀란 쿤데라 까치 2009
달의 궁전 폴 오스터 열린책들 2000
응급실에 아는 의사가 생겼다 최석재 그리심어소시에이츠 2017
어머니 막심 고리키 열린책들 2009
밥 딜런: 시가 된 노래들 1961–2012 밥 딜런 문학동네 2016
태양의 돌 옥타비오 빠스 외 창비 2013
오늘은 잘 모르겠어 심보선 문학과지성사 2017
사람은 누구나 꽃이다 도종환 RHK 2016
소립자 미셸 우엘벡 열린책들 2009
뒷모습 미셸 투르니에 현대문학 2002
미친 사랑 다니자키 준이치로 시공사 2013
불한당들의 세계사 호르헤 루이스 보르헤스 민음사 1994
픽션들 호르헤 루이스 보르헤스 민음사 1994
육체쇼와 전집 황병승 문학과지성사 2013
척하는 삶 이창래 RHK 2014
지구만큼 슬펐다고 한다 신철규 문학동네 2017
힘 빼기의 기술 김하나 시공사 2017
환상동화집 헤르만 헤세 민음사 2002
행복이 아니라도 괜찮아 시와 책읽는수요일 2012
지독한 하루 남궁인 문학동네 2017
아름다운 애너벨 리 싸늘하게 죽다 오에 겐자부로 문학동네 2009
새들은 페루에 가서 죽다 로맹 가리 문학동네 2007
러버스 키스 요시다 아키미 애니북스 2017
사람의 현상학 와시다 기요카즈 문학동네 2017
길 위에서 잭 케루악 민음사 2009
허클베리 핀의 모험 마크 트웨인 민음사 1998
잉그리드 카벤 장-자크 쉴 문학과지성사 2002
로마의 테라스 파스칼 키냐르 문학과지성사 2002
사랑과 순례 요시다 아키미 애니북스 2017
의심스러운 싸움 존 스타인벡 열린책들 2009
수도원의 비망록 주제 사라마구 해냄 2008
유다복음 김은상 한국문연 2017
생각하는 것이 왜 고통스러운가요? 데이비드 로텐버그 낮은산 2011
달콤 쌉싸름한 초콜릿 라우라 에스키벨 민음사 2004
좁은 문 앙드레 지드 펭귄클래식코리아 2008
천상의 노래 비노바 바베 실천문학사 2002

소돔 120일 사드 동서문화사 2012
102톤의 물음 에드워드 흄즈 낮은산 2013
외로우니까 사람이다 정호승 열림원 2016
뜻밖의 바닐라 이혜미 문학과지성사 2016
나의 친구 마키아벨리 시오노 나나미 한길사 2002
미처 하지 못한 말 류은숙 낮은산 2017
불가능한 종이의 역사 이원 문학과지성사 2012
환상수족 이민하 문학과지성사 2015
마의 산 토마스 만 을유문화사 2008
모두 다 예쁜 말들 코맥 매카시 민음사 2011
한밤의 아이들 살만 루슈디 문학동네 2011
병원의 사생활 김정욱 글항아리 2017
마제스틱 호텔의 지하 조르주 심농 열린책들 2017
벤허 루 월리스 시공사 2015
코란 김용선 명문사 2002
오디세이아 호메로스 서해문집 2007
예루살렘의 아이히만 한나 아렌트 한길사 2006
문학의 공간 모리스 블랑쇼 그린비 2010
들쥐인간 김도훈 이와우 2017
콜럼바인 데이브 컬런 문학동네 2017
아픈 몸을 살다 아서 프랭크 봄날의책 2017
모비딕 허먼 멜빌 작가정신 2011
사랑과 어둠의 이야기 아모스 오즈 문학동네 2015
이혼일기 이서희 아토포스 2017
악스트 14호 악스트 편집부 은행나무 2017
미할리스 대장 니코스 카잔차키스 열린책들 2008
불안의 책 페르난두 페소아 문학동네 2015
고리오 영감 오노레 드 발자크 민음사 1999
어떻게 죽을 것인가 아툴 가완디 부키 2015
나의 오늘을 기억해 준다면 크리스 그레이엄 외 RHK 2017
최소한의 사랑 전경린 웅진지식하우스 2012
기적의 시대 보리슬라프 페키치 열린책들 2009
앵무새 죽이기 하퍼 리 열린책들 2015
리틀 라이프 한야 야나기하라 시공사 2016
백치·타락론 외 사카구치 안고 책세상 2007
이토록 사소한 멜랑꼴리 김도언 민음사 2008
종교의 기원 지크문트 프로이트 열린책들 2004

배고픔의 자서전　아멜리 노통브　열린책들　2014
개그맨　김성중　문학과지성사　2011
체호프 단편선　안톤 체호프　민음사　2002
자루 속의 뼈　스티븐 킹　대산출판사　1999
지옥에서 보낸 한 철　장 니콜라 아르튀르 랭보　민음사　2016
당신에게 말을 건다　김영건　알마　2017
추억마저 지우랴　마광수　어문학사　2017
오이디푸스 왕　소포클레스　민음사　2009
천사 바빌론에 오다　프리드리히 뒤렌마트　책세상　2007
텍스트의 즐거움　롤랑 바르트　동문선　1997
나의 미카엘　아모스 오즈　민음사　1998
XYZ의 비극　엘러리 퀸　검은숲　2017
성벽 안에서　조르조 바사니　문학동네　2016
전날의 섬　움베르토 에코　열린책들　2001
그러나 증오하지 않습니다　이젤딘 아부엘아이시　낮은산　2013
달리기　장 에슈노즈　열린책들　2017
오래된 미래　헬레나 노르베리 호지　중앙북스　2015
악마의 시　살만 루슈디　문학세계사　2009
은밀한 생　파스칼 키냐르　문학과지성사　2001
만(卍).시게모토 소장의 어머니　다니자키 준이치로　문학동네　2012
남한산성　김훈　학고재　2017
고양이 대학살　로버트 단턴　문학과지성사　1996
노동하는 영혼　프랑코 베라르디　갈무리　2012
숨그네　헤르타 뮐러　문학동네　2010
이젠 책쓰기다　조영석　라온북　2017
이상 전집　이상　민음사　2012
정의란 무엇인가　마이클 샌델　와이즈베리　2014
예루살렘 광기　제임스 캐럴　동녘　2014
두 해 여름　에릭 오르세나　열린책들　2017
오래전 집을 떠날 때　신경숙　창비　1996
삼십세　잉게보르크 바흐만　문예출판사　1995
검은 설탕이 녹는 동안　전경린　문학동네　2002
아무튼, 게스트하우스　장성민　위고　2017
말　장 폴 사르트르　민음사　2008
아무튼, 망원동　김민섭　제철소　2017
아무튼, 서재　김윤관　제철소　2017
아무튼, 쇼핑　조성민　위고　2017

머리를 써야 할 때 감정을 쓰지 마라 차이웨이 유노북스 2017
마왕 이사카 고타로 웅진지식하우스 2017
아무튼, 피트니스 류은숙 코난북스 2017
바스러진 대지에 하나의 장소를 사사키 아타루 여문책 2017
내 속엔 미생물이 너무도 많아 에드 용 어크로스 2017
프랑스식 전쟁술 알렉시 제니 문학과지성사 2017
도롱뇽과의 전쟁 카렐 차페크 열린책들 2010년
이 삶을 사랑하지 않을 이유가 없다 니나 리그스 북라이프 2017
이슬람의 교리 이슬람출판국 1997
참고문헌없음 참고문헌없음 준비팀 2017
파묻힌 거인 가즈오 이시구로 시공사 2015
시녀 이야기 마거릿 애트우드 황금가지 2002
공터에서 김훈 해냄 2017
악스트 15호 악스트 편집부 은행나무 2017
자유로울 것 임경선 예담 2017
교토에 다녀왔습니다 임경선 예담 2017
내가 정말 좋아하는 농담 김하나 김영사 2015
인간은 어리석은 판단을 멈추지 않는다 제임스 F. 웰스 이야기가있는집 2017
바다는 잘 있습니다 이병률 문학과지성사 2017
해적판을 타고 윤고은 문학과지성사 2017
탐험과 소년과 계절의 서 안웅선 민음사 2017
월든 헨리 데이빗 소로우 은행나무 2011
저물녘 맹수들의 싸움 앙리프레데리크 블랑 열린책들 2017
남아 있는 나날 가즈오 이시구로 민음사 2010
소멸 토마스 베른하르트 현암사 2008
청춘의 독서 유시민 웅진지식하우스 2017
프롬 스톡홀름 배주아 폭스코너 2017
네루다의 우편배달부 안토니오 스카르메타 민음사 2004
암퇘지 마리 다리외세크 열린책들 2017
프랑스 대통령의 모자 앙투안 로랭 열린책들 2017
철학자와 늑대 마크 롤랜즈 추수밭 2012
유령의 자연사 로저 클라크 글항아리 2017
밑줄 긋는 남자 카롤린 봉그랑 열린책들 2017
인문학 이펙트 스콧 하틀리 마일스톤 2017
하늘의 문 이윤기 열린책들 2012
인간의 영혼은 고양이를 닮았다 가와이 하야오 사계절 2017
표류하는 흑발 김이듬 민음사 2017

노르웨이의 나무　라르스 뮈팅　열린책들　2017
오리진　댄 브라운　문학수첩　2017
서러워라, 잊혀진다는 것은　김탁환　민음사　2017
죄와 벌　표도르 도스토예프스키　열린책들　2009
샘터 2017.12　샘터 편집부　샘터사　2017
세계사 수업　진노 마사후미　잇북　2017
문학이란 무엇인가　장 폴 샤르트르　민음사　1998
나는 가드너입니다　박원순　민음사　2017
히포크라테스 우울　나카야마 시치리　블루홀6　2017
니체 — 그의 사상의 전기　뤼디거 자프란스키　꿈결　2017
메그레와 벤치의 사나이　조르주 심농　열린책들　2017
유리　박범신　은행나무　2017
돈　에밀 졸라　문학동네　2017
관자 평전　신동준　리더북스　2017
아픔이 길이 되려면　김승섭　동아시아　2017

에필로그

활자는 축복이다. 나는 내 생의 아직 짧다 할 독서에서 그렇게 느꼈다. 인간만이 백지에 나열된 검은 글씨에서 세상에 존재하는 모든 종류의 감정을 느낄 수 있다. 그 사실을 발견한 인류는 활자로 무엇인가를 더 효율적이고 아름답게 전달하기 위해 현세까지 자가 발전했다. 그 와중에 세상을 스쳐간 수많은 인류 중엔 글을 남겨야 하는 숙명을 지닌 사람들이 있었다. 그들은 자신이 느낀 것 중 가장 강렬한 감정을 골라, 자신이 가장 잘할 수 있는 형식의 글로 남겨놓았다. 그러다보니 글은 장르로 세분되었고, 없던 장르가 생겨났고, 그 자체가 장르인 글도 생겼다. 어떤 장르건 극한에 달한 천재가 등장했고, 그때마다 사람들은 그와 그가 적은 글을 기리며 기억했다. 그들은 범인이 도저히 생각하지 못할 지점에서 떠올리기 어려운 문장을 적었다. 종국에는 다양한 분야에서 다양한 쓰기의 천재들이 이름을 남겼고, 고전은 누군가에게 영향을 주었으며, 영향을 받은 자는 다시 누군가에게 영향을 주는 책을 썼다. 결국 활자는 세상을 온전히 구축했다. 책에는 모든 아름답고 슬프고 웃기고 분노하는 감정과 과학적이고 역사적이고 문화적이고 철학적이고 환상적인 내용이 담기고야 말았다. 그 과정에서 읽기와 쓰기는 몇 번이나 인류의 역사를 바꾸었고, 지금도 바꾸고 있는 중이다. 그 무한한 역사는 우리가 손쉽게 닿을 수 있는 곳에서 확인할 수 있다. 바로 서점에 잔뜩 쌓인 책들이다. 그것들이 인간과 활자로 구성되는 축복에서 기인했음을 나는 반복된 독서에서 아련히 깨달았다.

나는 강박적으로 눈앞에 있는 활자를 읽는 버릇이 있다. 주로 문학을 읽고, 가끔 법전도, 종교서적도, 관광지의 안내판이나 가전제품 설명서도 읽으며, 당연히 의학서적도 읽는다. 그중 목적이 없는 글쓰기는 없다. 행간은 때로 경악스러울 정도로 몽매하거나 감탄스러울 정도로 예술적이다. 읽기의 능력에는 숨겨진 저자의 목표를 파악하는 것뿐만 아니라 그를 실현하는 표현 능력이나 숨겨진 의미, 재미를 찾아내거나 텍스트를 객관화하는 능력까지 있다. 이 객관화가 완성되면 세상에 존재하는 모든 활자 중 버릴 것이 없다. 다만 힘이 부쳐 다 읽을 수가 없을 뿐이다.

일정 기간 동안 매일같이 읽어온 기록을 여기 한 권으로 남기게 되었다. 여기 책으로 엮인 원작을 심층부터 뜯어 전부 분석하자면, 그것도 거의 평생 해야 할 작업일 것이다. 그러나 나는 소수의 책을 다루기엔 깊이가 드러날까 부끄러워, 오히려 다수의 책을 읽은 기록을 남기게 되었다. 그만큼 내가 아직 부족함을 안다. 허나 돌이켰을 때 같은 글을 읽고 다른 감정을 느낀 만큼 내가 변한 것이고, 같은 일을 다른 방식으로 표현할 수 있는 만큼 내가 발전한 것이다. 훗날 나는 분명 지금의 얕은 생각이나 문장에 후회할 것이다. 갈 길이 아득하지만, 내가 지금 서 있는 곳의 기록을 여기 남겨놓는 것도 의미 있는 작업이라고 생각한다. 그것들을 부끄럽게도 여기 공개한다.

2017년 겨울
남궁인

차라리 재미라도 없든가

초판 1쇄 발행 2017년 12월 30일
초판 2쇄 발행 2020년 1월 15일

지은이 남궁인
펴낸이 김민정
편집 김필균 도한나
표지 디자인 이기준
본문 디자인 이기준 신선아
독자 모니터 이희연
마케팅 정민호 나해진 최원석
홍보 김희숙 김상만 오혜림 지문희 우상희
제작 강신은 김동욱 임현식
제작처 영신사

펴낸곳 난다
출판등록 2016년 8월 25일 제406-2016-000108호
주소 10881 경기도 파주시 회동길 210
전자우편 nandatoogo@gmail.com
트위터 @blackinana / 인스타그램 @nandaisart
문의전화 031-955-8865(편집) / 031-955-8890(마케팅) / 031-955-8855(팩스)

ISBN 979-11-88862-00-9 03810

○난다는 (주)문학동네의 계열사입니다.
○이 도서의 국립중앙도서관 출판예정도서목록(CIP)은
서지정보유통지원시스템 홈페이지(http://seoji.nl.go.kr)와
국가자료공동목록시스템(http://www.nl.go.kr/kolisnet)에서 이용하실 수 있습니다.
(CIP제어번호: CIP2017034411)